BASTEI
LÜBBE
TASCHENBUCH

Über die Autorin:

Elizabeth Maxwell arbeitete in der IT-Branche, bevor sie den Job fürs Mutter-Dasein an den Nagel hängte. Doch da die Kinderbetreuung sie relativ schnell in den Wahnsinn zu treiben drohte, widmete sie sich wieder einer alten Leidenschaft, dem Schreiben. Sie lebt mit ihrer Familie in Kalifornien.

Elizabeth Maxwell

EIN HELD FÜR ALLE TAGE

Roman

Aus dem Amerikanischen von
Petra Lingsminat

BASTEI LÜBBE
TASCHENBUCH

BASTEI LÜBBE TASCHENBUCH
Band 17 300

Dieser Titel ist auch als E-Book erschienen

MIX
Papier aus verantwortungsvollen Quellen
FSC® C083411

Vollständige Taschenbuchausgabe

Deutsche Erstausgabe

Titel der amerikanischen Originalausgabe: »Happily Ever After«
Originalverlag: Touchstone
Published by Arrangement mit Beth McMullen
Dieses Werk wurde vermittelt durch die Literarische Agentur
Thomas Schlück GmbH, 30827 Garbsen

Textredaktion: Wibke Sawatzki
Titelillustration: © shutterstock/javarman
Umschlaggestaltung: FAVORITBUERO, München
Satz: Urban SatzKonzept, Düsseldorf
Gesetzt aus der Garamond
Druck und Verarbeitung: CPI books GmbH, Leck – Germany
Printed in Germany
ISBN 978-3-404-17300-6

5 4 3 2 1

Für meine Eltern,
Henry und Eva Von Ancken

Midlife Crisis
Substantiv

Eine Phase emotionalen Aufruhrs,
die im mittleren Alter auftritt und durch einen
starken Wunsch nach Veränderung
charakterisiert ist

(Merriam-Webster's Collegiate Dictionary, elfte Ausgabe)

1. Kapitel

Geraubte Geheimnisse

1. Kapitel

Um Punkt acht Uhr fünfundvierzig schob sich Lily Dell durch die Drehtür von Jensen & Richardson Communications in New York und lächelte dem Wachmann zu. Sie war spät dran, aber das war noch lange kein Grund, unfreundlich zu sein.

»Wie geht es Ihnen, Hank?«, fragte sie.

Der ältere Mann tippte sich an die Mütze. »Prima, Miss Dell, danke der Nachfrage.«

»Schönen Tag noch, ja?«

»Hauptsache, die Sonne scheint«, erwiderte er und zwinkerte.

Dieses Gespräch führten sie jeden Morgen; Lily fand die Routine beruhigend. Irgendwo wusste sie, dass es mit ihrer Kindheit zu tun hatte, aber es brachte wenig, alles wieder aufzuwühlen. Es war vorbei. Das reichte ihr.

»Warten Sie!«, rief Lily und eilte zu den Aufzügen. Ihr Büro lag in der achtundfünfzigsten Etage; es konnte ewig dauern, bis der nächste Aufzug im morgendlichen Gewühl im Erdgeschoss ankam. Eine Frau mit blond gefärbten Haaren und langen bonbonrosa Fingernägeln steckte den Arm zwischen die Aufzugtüren und drückte sie auseinander. Lily zwängte sich hinein.

»Danke«, flüsterte sie der Frau zu.

Der Aufzug fuhr ruckartig nach oben, hielt immer wieder an, bis sie den dreißigsten Stock erreicht hatten. Dort war Lily endlich allein. Rasch wühlte sie in ihrer Handtasche nach einem Lippenstift, um sich vor ihrem Treffen mit Mr Hathaway noch rasch die Lippen nachzuziehen.

Bei dem Versuch, den Lippenstift aufzudrehen, ohne dabei Jackett, Laptop oder die schwarze Ledertasche fallen zu lassen, entkam ihr die Hülse und hinterließ dabei auf ihrer frischen weißen Bluse eine pfirsichrosa Spur.

»Mist!«, rief sie.

»Na, so schlimm doch auch nicht«, erklang da eine Stimme, und aus den Schatten des scheinbar leeren Aufzugs trat ein Mann. Er war groß und sehnig, hatte pechschwarzes Haar und unergründliche Augen von moosgrüner Farbe. Seine blasse Haut stand in starkem Kontrast zu dem teuren dunklen Nadelstreifenanzug. An seiner rechten Augenbraue entdeckte sie seitlich eine kleine Narbe. Er lächelte sie an, was ihr einen Blick auf sein makelloses Gebiss erlaubte.

Sie versuchte, das Lächeln zu erwidern, doch plötzlich war der Aufzug viel zu klein.

»Wir sind uns bereits begegnet«, sagte er ruhig und tat einen Schritt auf sie zu. »Erinnern Sie sich?«

Was für eine Frage! Seit dem Empfang konnte sie an nichts anderes mehr denken. Es war auf der Präsentation des Keller-Champagners gewesen, und obwohl Lily es nicht gern zugab, hatte sie ein wenig zu oft an den Kostproben genippt. Kurz darauf war sie dann diesem Mann auf dem Gang begegnet.

Über ein paar Meter leeren Raums hinweg hatten sich ihre Blicke getroffen, die Zeit hatte sich ins Unendliche gedehnt, und Lily hatte sich mit jedem Molekül ihres Körpers zu diesem Fremden hingezogen gefühlt. Sie waren beide nicht stehen geblieben, sondern aneinander vorbeigeschwebt und hatten sich tief in die Augen gesehen.

»Guten Abend«, hatte er gesagt.

»Ja«, hatte Lily gekrächzt.

»Sie sehen wunderschön aus.«

Dann hatte er spöttisch gegrüßt und war um die nächste Ecke verschwunden. Lily hatte beinahe eine ganze Minute gebraucht, um sich zu fassen und ihm nachzueilen. Doch als sie den Saal endlich erreicht hatte, war er nirgends zu sehen gewesen.

»Ich erinnere mich«, sagte Lily jetzt. Ihre Stimme klang merkwürdig, als käme sie von außerhalb ihrer selbst.

Langsam bückte sich der Mann, um den Lippenstift vom Fahrstuhlboden aufzuheben. Seine Bewegungen waren bedacht und geschmeidig; sie sah, wie sich der Anzug über seinen breiten Schultern spannte.

»Das haben Sie fallen lassen.« Er streckte Lily die Hülse hin. Seine Hände waren groß und anmutig, zwei Eigenschaften, die sich ihrer begrenzten Erfahrung nach eigentlich ausschlossen. Sie griff nach dem Lippenstift, ihre Blicke begegneten sich, und die Luft stand in Flammen.

»D... danke«, stammelte sie. Beim Entgegennehmen streifte sie die kühle Haut des Mannes. Sofort raste ein Signal von ihren Fingerspitzen den Arm empor, über ihren Bauch bis hinab zu den Schenkeln. Trotz der steigenden Hitze erschauerte sie. Eine Welle ungekannter Lust überrollte sie, und ihr wurde schwindelig. Sonst reagierte Lily nie so auf Männer. Sie war maßvoll, vorsichtig, vernünftig. Sie hatte gelernt, was passierte, wenn man es nicht war. Ihrem Körper war das anscheinend egal.

»Oh«, murmelte Lily und presste die Schenkel zusammen. Es fühlte sich gut an. Der Mann trat einen Schritt näher. Er verströmte einen warmen, zitronigen Duft, bei dem ihr nur noch schwindeliger wurde. Sein Lächeln war erloschen. Stattdessen betrachtete er sie, als wäre sie seine Beute, als wäre er ein stolzer Adler, der im Begriff war, sich auf eine Feldmaus zu stürzen.

»Ihre Bluse«, flüsterte er. Lily war sich sicher, dass er sehen konnte, wie ihr Herz unter dem dünnen Stoff pochte. Spürte er das auch?

»Die dürfte wohl ruiniert sein«, sagte er. Er war ihr so nahe, dass sie sah, wie makellos und glatt seine Haut war. Sie konnte nur noch daran denken, wie sehr sie sich wünschte, von ihm berührt zu werden. Egal wo.

Quälend langsam strich er ihr mit einem Finger über die Wange und den Hals entlang. In der Halsbeuge übte er leichten Druck aus, und sie keuchte auf. Ihr Körper schien sich von ihrem Geist zu lösen, drängte sich ihm entgegen.

Sein Finger setzte seinen Weg fort, strich ihr über das Schlüsselbein, schob ihre Bluse auseinander und glitt zwischen Spitzen-BH und Haut. Sie zwang sich, ihm in die Augen zu blicken, wo sie nichts als Konzentration sah. Er hob ihren BH an, damit er ihre Brust mit der ganzen Hand umfassen konnte.

Schrei, sagte sie sich. Ruf um Hilfe. Doch der einzige Laut, den sie hervorbrachte, war ein verzweifeltes: »Oh!«

Mit einer ruckartigen Bewegung zog ihr der Mann Bluse und BH-Träger von der Schulter, um die volle Brust freizulegen. Sanft umfasste er sie, beugte sich herab und leckte über den harten Nippel, nahm ihn zwischen die Zähne, zog vorsichtig daran. Blitze durchzuckten Lily, sie hätte am liebsten aufgeheult und um mehr gefleht. Der einsame Ort zwischen ihren Schenkeln pochte erwartungsvoll. Wie lang war es her? Eine Ewigkeit.

»Du schmeckst so . . . süß«, flüsterte der Mann.

Wie viel Zeit hatten sie? Würde sie ausreichen? Sie konnte nicht fassen, dass sie das dachte! Wer war dieser Mann, der ihren Körper so zum Beben brachte?

Als hätte er ihre Gedanken gelesen, legte er die Lippen an ihr Ohr. »Schnell«, sagte er und schob ihr eine Hand zwischen die

Knie. Eine Hose hätte sie gerettet, der Rock verhieß das sichere Verderben. Seine Hand erreichte ihren schlichten, schon völlig durchnässten Baumwollslip, und einen winzigen Augenblick lang wünschte sie sich, etwas Besonderes zu tragen, irgendetwas mit Spitzen.

Er beugte sich so weit vor, dass sie gezwungen war, ihm in die Augen zu sehen. Dann riss er ihren Slip entzwei und ließ die Finger über ...

»Mom!«

Hmmm? Oh, Allison. Verdammt.

»Was ist denn, Schätzchen?« Ein Schweißtropfen rinnt mir über den Rücken. Ist es heiß in meinem Arbeitszimmer?

»Komm her!«

»Okay, Ali, komme schon.«

Es ist Viertel nach elf an einem Donnerstagabend, und ich weiß zwei Dinge. Erstens, dass Lily Dell kurz davorstand, Sex in einem Aufzug zu haben, in dem Zeit keine Bedeutung hat, Baumwolle so leicht reißt wie nasse Küchentücher und ein Stöhnen sexy ist und nicht Anzeichen für eine Geisteskrankheit. Zweitens, dass meine eigenen Chancen, heute Abend Sex im Aufzug oder überhaupt irgendwo zu haben, genau bei null stehen. Und darauf kann man leider Gift nehmen.

2. Kapitel

Geplant hatte ich das nicht. Niemand träumt davon, eine leicht übergewichtige, geschiedene Mutter mittleren Alters zu sein, die dringend ihre Augenbrauen mit Wachs und ihren Körper mit irgendwelchen Pilates-Übungen in Form bringen müsste. Niemand träumt davon, einen blauen Toyota-Minivan mit undefinierbaren Krümeln zwischen den Sitzen zu fahren oder ein Sofa mit Kaffeeringen auf den Armlehnen zu besitzen. Trotzdem passieren diese Dinge. Und dann muss man eben damit leben.

Ich heiße Sadie Fuller. Manchmal sehe ich mein fünfundzwanzigjähriges Selbst, wenn ich in den Spiegel sehe. Es ist jung und frisch und neugierig auf alles, was das Leben bietet. Dann wieder gehe ich an einem Schaufenster vorbei und sehe mich, wie ich jetzt bin, mit sechsundvierzig, und ich frage mich, wer um alles in der Welt mich da anstarrt. Diese Frau mit den Krähenfüßen und Lachfältchen und der sonnenverbrannten Haut kann doch nicht ich sein. Das ist bestimmt meine Mutter.

Neben Minivan und Kaffeeringen habe ich noch eine elfjährige Tochter namens Allison, einen Hund namens Perkins und einen Exmann, der wirklich ganz wunderbar ist, wenn man davon absieht, dass er schwul ist und ich eine Frau bin.

Ich habe braunes Haar, einst glatt und glänzend, jetzt chemisch behandelt, und braune Augen, die nicht mehr so scharf sehen wie einst. Heute bunkere ich Lesebrillen wie früher

Zigaretten. Man weiß ja nie, wann ein Notfall eintritt. Ich spende regelmäßig an eine Organisation für Familienplanung und an die Demokraten, und aus irgendeinem Grund habe ich mich dieses Jahr freiwillig für die jährliche Spendengala zugunsten der Schule gemeldet. Ich zahle jedes Jahr fünfundvierzigtausend Dollar, damit Allison die fünfte Klasse der prestigeträchtigen Holt Hall besuchen darf, und hatte eigentlich gedacht, dass die Eltern darüber hinaus nichts mehr zu leisten haben. Da habe ich mich wohl geirrt.

Vermutungen bringen uns selten weiter. Sehen Sie zum Beispiel mich an. Man könnte mich für eine Hausfrau halten, die sich hat gehen lassen, und würde nie auf die Idee kommen, dass ich nachts, wenn die restliche Vorstadt schläft, unter dem Pseudonym K. T. Briggs erotische Romane schreibe.

Vielleicht haben Sie schon von mir gehört, wenn Sex in Aufzügen, auf Konferenztischen oder in Flugzeugtoiletten Ihr Ding ist. Anwälte denken an Papiere, Ärzte denken an Untersuchungsergebnisse, ich denke an schöne Leute, die es an den unpassendsten Orten miteinander treiben.

Wenn man mich fragt, was für Bücher ich denn schreibe, sage ich Liebesromane. Es ist zwar nicht so, als wäre ich eine Prostituierte oder so, aber ich befürchte, dass meine wohlhabenden konservativen Nachbarn da keinen großen Unterschied sehen. Schmutz bleibt Schmutz. Niemand will bei unserem monatlichen Elternbeiratstreffen in der Kaffeepause darüber diskutieren, wie man Oralverkehr beschreibt. Herrgott noch mal, wir sind *Moms*. Wir sind da, um über den Nährwert von Pausenbroten zu reden und darüber, ob es angemessen ist, mit Drittklässlern in eine Broadway-Aufführung von *Wicked – Die Hexen von Oz* zu gehen. Wer hat schon Zeit, über Sex in einem sonnendurchfluteten Rosengarten mit

George Clooney oder, wenn man auf Jüngere steht, Channing Tatum nachzudenken?

Allerdings würde ich die Hypothek, das Schuldgeld, die Autoversicherung oder den Unterhalt nicht bezahlen können, wenn es da draußen nicht eine ganze Menge Moms gäbe, die sich in ihrer Freizeit gern Sex an allen möglichen Orten außerhalb ihres eigenen Betts ausmalen. Und ich bin jeder einzelnen von Herzen dankbar dafür.

Ich stolpere durch den Flur in Richtung Allisons Stimme. Sie sitzt im Bett, hat sich eine Decke um die Schultern gelegt und blinzelt, als ich das Licht anschalte. Ihr Gesicht, das Ebenbild ihres Vaters, ist gerötet.

»Was ist denn los?«, frage ich und setze mich zu ihr. Instinktiv streiche ich ihr eine dunkelblonde Locke aus dem Gesicht und fasse sie an die Stirn. Sie fühlt sich kühl an. Nase und Wangen sind mit ein paar Sommersprossen gesprenkelt.

»Schlecht geträumt«, sagt sie und lehnt sich an mich. Meine Elfjährige steht kurz davor, sich in einen richtigen Teenager zu verwandeln, und muss mich dann hassen, bis sie zwanzig wird. Also genieße ich erst einmal die Augenblicke, in denen sie sich von mir noch in die Arme nehmen lässt. Wenn ich mir davon genügend im Herzen bewahre, komme ich damit vielleicht durch die dürren Jahre, die vor mir liegen.

»Wovon hast du denn geträumt?«, frage ich.

»Von Fusselmonstern mit Reißzähnen.« Allison kuschelt sich dichter an mich. Sie riecht wie Bergluft im Sommer, frisch und sauber, und wie so oft bin ich überwältigt von ihren Möglichkeiten. Die Welt liegt ihr zu Füßen. Unglaublich, in dieser Lage zu sein, selbst wenn man noch zu jung ist, um es wirklich zu kapieren.

»Und?« Ich verkneife mir, ihr vorzuschlagen, doch mal

etwas ohne Vampire zu lesen, denn dann würde sie sich zurückziehen, und im Augenblick fühlt sie sich so gut an in meinen Armen.

»Sie haben mich und Perkins verfolgt«, fährt sie fort.

Beim Klang ihres Namens hebt Perkins, eine kunterbunte Promenadenmischung, den Kopf vom Bett. Sie würde bestimmt ihr Leben geben, um uns zu verteidigen, doch da sie nicht größer ist als ein Laib Brot, könnte sie wohl nicht allzu viel ausrichten. Perkins reckt sich ausgiebig, gähnt zahnreich und schläft wieder ein. Sie wird die ganze Nacht dort bleiben und Allisons Füße treu bewachen, egal wie viele Fußtritte sie sich für ihre Mühen einfängt.

»Wohin haben sie dich denn verfolgt?«, frage ich.

»Ich weiß nicht. Irgendwohin.« Allisons Lider flattern. Ich klopfe auf ihr Kissen, und sie legt pflichtbewusst den Kopf darauf. Dann lächelt sie mich an. Was jetzt kommt, weiß ich.

»Bleibst du bei mir?« Ihre Stimme klingt süß, als hätte sie einen Krug Feenstaub geschluckt, aber ich falle immer wieder darauf herein. Hauptsächlich, weil ich es möchte.

»Ja«, sage ich. »Aber nur ein paar Minuten. Ich muss arbeiten.«

»An der neuen Geschichte?«

Ja. Mein Verlag sagt, dass darin *irgendwo* auch eine Geschichte stecken muss. Es kann nicht nur um Sex gehen, das wäre dann nämlich schlicht Pornografie. Erotik ist aber gehaltvoll. Es gibt einen Plot. Es gibt ... was auch immer. Ich weiß. Niemand schaut einen Porno wegen der Schauspielkunst, niemand liest erotische Romane wegen des Plots.

Aber das muss meine Elfjährige noch nicht hören. Ich lege mich neben sie, lege die Arme fester um ihren mageren Körper und knipse das Licht mit dem Zeh aus. Das bringt Allison zum Kichern.

»Schlaf jetzt«, flüstere ich. »Es ist spät, und morgen ist Schule.«

Ich sehe zu, wie sie die Augen schließt. Ihre roten Lippen öffnen sich, im Schlaf atmet sie rhythmisch durch den Mund. Wenn ich könnte, würde ich die Zeit in diesem Augenblick zum Stillstand bringen. Ich würde mein schönes Kind für immer festhalten, nie dieses Zimmer verlassen, nie etwas verändern.

Aber ich habe nicht viel Zeit, vor dem Zubettgehen muss ich noch einige Seiten schaffen. Ich löse mich von Allison und schleiche mich auf Zehenspitzen in mein Arbeitszimmer. Ich nehme ein paar Schluck Rotwein. Nun, wo war ich? Sex im Aufzug. Also dann.

Er schob sich so dicht an sie heran, dass Lily ihm in die Augen sehen musste, riss ihr den Slip herunter und strich ihr mit glatten Fingern über die heißen, pochenden Lippen. Oh, köstlicher Schmerz und gleichzeitig diese Lust! Am liebsten hätte Lily sich die restlichen Kleider vom Leib gerissen, ihre nackten Glieder um ihn geschlungen und ihn angefleht, sie gleich hier im Aufzug zu nehmen.

Ein Handyklingeln stört mich bei meinem Aufzugsex. Soll ich denn schon wieder um meinen Höhepunkt gebracht werden? Vielleicht ist heute einfach nicht mein Abend. Ich habe Pech wie ein Vierzehnjähriger in der Klosterschule.

Natürlich ist mein Exmann Roger am Telefon. Wir reden jeden Tag miteinander. Genauer gesagt, Roger redet, ich höre zu. Ich habe ganze Kapitel verfasst, während er am anderen Ende munter erzählt hat. Er wäre am Boden zerstört, wenn er wüsste, wie erfolgreich ich ihn ausblenden kann. Ich lege die Füße auf den Schreibtisch und nehme den Hörer ab.

»Roger.«

»Sadie.«

»Es ist spät, Roger.«

»Aber ich habe ein Problem, und das *kann* einfach nicht warten.« Rogers Probleme sind immer dringend.

»Was ist denn?«, frage ich.

»Ich glaube, ich kann Fred nicht heiraten.«

»Hattest du denn vor, Fred zu heiraten?«

»Wir haben gestern darüber geredet, aber dann habe ich darüber meditiert, und nun glaube ich, die Antwort muss Nein lauten.«

»Hat Fred dich gefragt, ob du ihn heiraten willst? Ausdrücklich?«

»Nun ja, nicht direkt.«

»Ist Fred jetzt bei dir?«

»Ja, im Bett.«

Mit dem Bild, wie Roger sich bei geschlossener Badezimmertür auf der Toilette zusammenkauert und in sein Handy flüstert, wende ich mich wieder meinem Laptop zu und überfliege die Seite. Wo war ich stehen geblieben?

»Sadie, hörst du überhaupt zu?«

»Aber ja, Roger.«

»Hast du mir meinen Scheck geschickt?«

»Natürlich, Roger.«

»Gut«, sagt er. »Diesen Monat bin ich ein wenig knapp dran. Im Frühling ist das Studio nicht so gefragt. Die Leute sind lieber *draußen*. Ich versteh das nicht.«

Laut Roger wollen die Leute im Winter nicht zum Yoga, weil es zu kalt ist, im Sommer, weil es zu heiß ist, und im Herbst, weil sie rausgehen und sich die hübschen bunten Blätter im Central Park ansehen können. Roger ist jeden Monat ein wenig knapp dran. Ich hatte gehofft, dass Fred bei ihm bleibt. Fred ist reich. Aber anscheinend hat Roger sich das voll und ganz aus dem Kopf meditiert.

»Ich auch nicht«, sage ich und füge meinem Manuskript einen Satz hinzu. Lese ihn noch einmal. Lösche ihn. Nippe wieder an meinem Wein.

»Wie geht es meinem kleinen Mädchen?«, fragt Roger.

»Schläft. Es ist Nacht, weißt du.«

»Ach ja.«

»He, was ist im Augenblick die angesagteste Bar in New York?«, frage ich.

»Das Buddha, an der Dreiundzwanzigsten«, erwidert Roger ohne Umschweife.

»Hetero?«

»Kein bisschen.«

»Ich muss meinen Helden in eine hippe New Yorker Bar schicken«, sage ich. »Aber für dieses Buch muss es wohl eine Hetero-Bar sein.«

»Wie wäre es mit dem Hot-Dog-und-Popcorn-Stand im Target?«, sagt Roger und lacht.

»Nicht witzig.«

»Sorry.«

»Hast du sonst noch was auf dem Herzen, Roger? Ich bin bei viertausendzweihundert Worten, und ich möchte noch auf fünftausendfünfhundert kommen, bevor ich zu Bett gehe.«

»Tut mir leid, Sadie«, sagt er. »Ich fühle mich eben nur so

einsam jetzt, wo ich beschlossen habe, mit Fred Schluss zu machen. Was, wenn ich nie einen anderen Mann finde?«

»Bisher musstest du noch nicht einmal allein zu Mittag essen«, erinnere ich ihn, was beinahe stimmt. Wenn Roger Fred morgen den Laufpass gibt, wird er bis nächsten Sonntag zum Brunch schon wieder wahnsinnig verliebt sein. Roger verschwendet keine Zeit mit Überlegungen, warum eine Beziehung zerbrochen sein könnte. Augen zu und durch, und dann auf zum Nächsten. Dafür bewundere ich ihn sogar ein bisschen, denn ich habe eine Menge Erfahrung damit, keinen anderen Mann zu finden.

»Ich vermiss dich, Sadie«, sagt er.

»Tust du nicht«, erwidere ich.

»Du weißt schon, was ich meine.«

»Ja. Gute Nacht, Roger.«

Ich lege auf, bevor er mich in eine ausführliche Analyse seiner romantischen Probleme verwickeln kann.

Ich habe Roger nur aus einem Grund geheiratet: Er war der Vater des Kindes, das wir beide nicht geplant hatten. Da ich den Gedanken an Kinder und Liebe schon aufgegeben und mich mit meinem Dasein als alte Jungfer abgefunden hatte, hatte mich die Geschichte ziemlich überrascht. Wir waren kein Traumpaar. Roger hatte keinen Ehrgeiz und brauchte viel Zuwendung. Und ich war noch traumatisiert von einer spektakulär gescheiterten Beziehung. Ich mochte Roger ganz gern, aber bei seinem Anblick klopfte mir weder das Herz bis zum Hals noch raste mein Puls, was mir zu einer Heirat immer dazuzugehören schien. Der Sex war auch nicht so toll, aber bei der Vorstellung, Eltern zu werden, hatten wir all unsere Vernunft fahren lassen und uns rasch eingeredet, dass wir wie geschaffen füreinander waren.

»Lass uns heiraten!«

»Lass uns eine Familie gründen!«

Man musste mich nicht groß überreden. Roger war nett. Er hielt einem die Tür auf und zog Stühle heraus. Er mochte Liebeskomödien, egal wie schlecht sie besetzt waren. Außerdem kochte er gern und empfing gern Gäste. Und vor allem war er außer sich vor Freude, Vater zu werden.

»Ich habe nie gedacht, dass mir das auch mal passieren könnte«, sagte er, den Kopf an meinen schwellenden Bauch gelehnt. Im Nachhinein hätte ich mir den Hintergrund für diese Bemerkung wohl in aller Ausführlichkeit erklären lassen sollen, aber ich war im Rausch der Glückshormone und konnte nicht klar denken.

Ich habe mich von Roger scheiden lassen, weil er sich in einen Mann namens James verliebte. Roger sagte, all das Yoga hätte ihm dabei geholfen, sein wahres Selbst zu entdecken, und sein wahres Selbst stellte sich als schwul heraus. Bei einem teuren Dinner, für das ich bezahlte, breitete er die Stadien seiner Selbstfindung vor mir aus. Darüber wollte ich eigentlich nichts hören. Ich erinnerte ihn dauernd daran, dass wir ein Kind miteinander hatten, als könnte das etwas an seiner sexuellen Orientierung ändern. Am Ende des Essens warf Roger mir ein trauriges Lächeln zu und bat um die Scheidung. Sein Herz musste James umwerben. Und dann Tim, gefolgt von André, Seymour, Jacob, Ian, Oliver, Gavin und so weiter und so fort.

Nachdem sich der vermeintlich sichere Ehehafen als haiverseucht herausgestellt hatte, beschloss ich äußerst vernünftig, dass ich nun alles versucht, alle Möglichkeiten durchgespielt hatte und damit fertig war. Ich war mit den Männern durch und mit der Liebe und allem, was mit einem von beiden zu tun hatte. Dieses neue, vernünftige, sehr allein dastehende Ich würde prima zurechtkommen.

Natürlich dauerte es nur etwa sechs Monate, bis ich erkannte, dass ich nie wieder allein sein würde. In dieser kurzen Zeitspanne machte Rogers Entwicklung eine Kehrtwende, und er fing an, sich wie ein unsicherer Teenager zu benehmen. Nun hatte ich zwei Kinder, um die ich mich kümmern musste. Für eine frisch gebackene alleinerziehende Mutter war das ein ernüchternder Gedanke.

Die Wanduhr sagt, dass es auf Mitternacht zugeht, und dann höre ich immer auf, egal wo ich bin oder wie viel ich geschafft habe. Allison wird morgen früh um sieben auf sein und Dinge von mir wollen, und wenn ich nicht wenigstens sechs Stunden Schlaf bekomme, bin ich erledigt. Der einzige Vorteil, den es hat, im Bett zu liegen, ist, dass man sicher schlafen wird. Ich meine, was zum Teufel sollte man auch sonst tun?

Also, wo war ich stehen geblieben?

Doch bevor Lily richtig begriff, was passierte, richtete dieser intensive und feurige Mann ihre Kleidung, bis sie genau wie vorher aussah. Nein. Nein. Nein!

»Wirklich schade um die Bluse«, sagte er und trat einen Schritt von ihr zurück.

Lily lehnte immer noch an der Aufzugwand und bebte am ganzen Körper. Sie war nichts als ein Gefäß, das nun erfüllt war von Lust und Sehnsucht. Ihr Atem ging hastig und keuchend.

Beruhige dich, sagte sie sich.

In diesem Augenblick kam der Aufzug im achtundfünfzigsten Stock zum Stehen. Die Türen glitten auf und gaben den Blick frei auf einen modernen Empfangsbereich, an dem Peter Jensen sie höchstpersönlich erwartete.

»Lily, wie schön«, sagte Jensen und grinste. »Wie ich sehe, hatten Sie bereits Gelegenheit, sich mit Aidan Hathaway bekannt zu machen.«

Lily wandte sich zu dem Mann um, in dessen intensivem Blick nun leise Belustigung lag.

»Sie sind Hathaway?« Ihre Beine zitterten so sehr, dass sie den Aufzug kaum noch würdevoll verlassen konnte.

Als Antwort schenkte Aidan Hathaway ihr ein Lächeln, das nur Gefahr bedeuten konnte.

3. Kapitel

Freitagmorgen um zehn vor sieben steht Allison am Fußende meines Bettes und räuspert sich. Im Hintergrund summt die Klimaanlage. Zwar haben wir erst April, aber wir erleben den zweiten Tag einer Hitzewelle, welche die Meteorologen vor Ort hysterisch stimmt. Sie werfen nur so um sich mit Worten wie *Weltuntergang* und *Apokalypse*. Ja, es ist heiß, sogar verdammt heiß, aber der Theorie vom Weltuntergang kann ich nicht so ganz zustimmen, zumindest nicht an diesem Morgen.

»Mom? Bist du wach?«

»Nein«, brumme ich und ziehe mir die Decken über den Kopf. »Nicht mal annähernd.«

»Welche Jeans?« Allison reißt mir die Decke weg und hält mir zwei dunkelblaue, unglaublich kleine Jeans unter die Nase. Wie kann ein Körper dermaßen spindeldürr sein und trotzdem allen notwendigen inneren Organen genügend Platz bieten? Vielleicht liegt es an dem makrobiotischen Naturreis, den ihr Vater ihr immer gibt. Er schwört, dass er mein Leben verändern würde. Worauf ich sage, dass Nudelauflauf das auch tun würde, wobei ich allerdings bezweifle, dass wir über dieselbe Sorte Veränderung reden.

»Mom, wach doch auf! Welche Jeans?«

»Die sehen doch genau gleich aus«, sage ich.

»Nein«, erwidert meine Tochter mit Nachdruck. »Sie sehen nicht gleich aus. Du schaust ja gar nicht richtig hin.«

»Stimmt«, sage ich. »Ich schlafe noch.«

Das trägt mir eine typische Teenagergrimasse ein. Allison schiebt die Unterlippe so weit vor, dass die Finken, die ich draußen vor dem Fenster höre, bequem darauf landen könnten. Aber ich bin so klug, dies nicht zu erwähnen. Mit einem Schmollen komme ich klar. Einen ausgewachsenen Tobsuchtsanfall kann ich vor meiner ersten Tasse Kaffee nicht gebrauchen.

»Die da.« Ich deute auf die Jeans, die sie in der linken Hand hält.

»Die gefällt mir nicht.«

»Okay, dann eben die andere.«

»Danke, Mom«, sagt Allison und springt in ihr Zimmer davon, wo sie bestimmt anfängt, sich mit der Frage zu quälen, welches Shirt sie dazu anziehen soll. Wenn ich jetzt aufstehe, kann ich sicher im Badezimmer eingeschlossen sein, ehe sie wiederkommt.

Unten höre ich die Tür zufallen, was bedeutet, dass es jetzt genau sieben Uhr ist. Kennen Sie diese Atomuhren, die so genau sind, dass sie in dreißig Millionen Jahren nur eine Sekunde nachgehen? Na, gegen Greta sind sie gar nichts. Meine deutsche Haushälterin, irgendwas zwischen sechzig und uralt, betritt das Haus jeden Morgen um Punkt sieben. In den zehn Jahren, die wir nun zusammen sind, hat sie sich nicht ein einziges Mal verspätet – es ist die längste, erfüllteste Beziehung meines ganzen Erwachsenenlebens. Ich meine, Greta kriegt die Dinge *gebacken*. Sie kocht. Sie legt zusammen. Sie bügelt. Wenn sie wütend ist, ignoriert sie mich ein paar Stunden und beruhigt sich dann wieder. Sie ist weder hinterhältig noch betrügt sie mich. Ich vertraue ihr vollkommen. Dass sie die einzige Person ist, von der ich das sagen kann, beunruhigt mich nur, wenn ich länger darüber nachdenke.

Außerdem haben sich Greta und Allison bei ihrer allerersten Begegnung – Allison war gerade einmal zwölf Monate alt – ineinander verliebt. Sie haben sich in die Augen geblickt, und dann war es um beide geschehen. Wenn ich den beiden so zusehe, habe ich manchmal das Gefühl, als wäre ich draußen und sähe hinein.

Eine Minute nachdem die Tür zugeknallt ist, höre ich, wie Sachen aus dem Geschirrspüler geholt und eingeräumt werden. Dann weht kräftiger Kaffeegeruch die Treppe herauf und lockt mich aus dem Bett. Unten reicht Greta mir eine Tasse mit warmer, schaumiger Milch obendrauf. Am liebsten hätte ich sie geküsst, aber sie steht nicht auf Körperkontakt. Nicht mit mir. Niemals.

»Danke und guten Morgen«, sage ich. Sie nickt wortlos und wendet sich Allison zu, die zu uns in die Küche getreten ist. Allison hält zwei Shirts hoch.

»Welches?«, fragt sie. Ich hätte das mit dem Badezimmer durchziehen sollen.

»Pfannkuchen oder Waffeln?«, schießt Greta zurück.

»Pfannkuchen«, sagt Allison.

»Das gestreifte.« Greta deutet auf ein Shirt. Ich verfolge den Austausch, als wäre ich ein Schiedsrichter bei den U. S. Open.

»Prima!«, sage ich. »Damit wäre das ja geklärt.« Keine von beiden schenkt mir Beachtung. Ich nehme den Kaffee mit zum Tisch und verstecke mich hinter der Lokalzeitung.

Ich koche nicht viel. Allison sagt, dass mein Essen deswegen so schrecklich schmeckt, weil ich nicht aufpasse und normalerweise ein, zwei wichtige Zutaten vergesse. Was auch stimmt. Darüber nachzudenken, auf wie viele Arten Aidan

Hathaway und Lily Dell es auf zweihundertfünfzig Seiten miteinander treiben können, lenkt schon ab. Es geht nicht um den Weltfrieden, das ist mir klar, aber man muss sich trotzdem konzentrieren.

Während Allison und Greta sich auf Deutsch unterhalten, starre ich, die ich nicht mit einer deutschen Haushälterin aufgewachsen bin und in dieser Sprache wenig mehr sagen kann als *Ich bin ein Berliner*, blicklos auf die Schlagzeilen und versuche, meinen Tag so zu planen, dass die Bedürfnisse aller befriedigt werden können. Es wird nicht klappen. Irgendetwas wird mir durch die Lappen gehen. Meine To-do-Liste betrachte ich inzwischen als ständig im Werden begriffen. Ein Epos, das viele Jahre umspannen wird. Es wird niemals enden! Wenn ich sie interessanter gestalte, könnte ich meinen Verleger vielleicht dazu überreden, sie als elektronischen Fortsetzungsroman herauszubringen.

»Braucht einer was von Target?«, frage ich.

»Rosa Nagellack!«, ruft Allison.

»Waschmittel«, sagt Greta.

Greta erledigt den Großteil unserer Einkäufe. Unserer Markteinkäufe, wie sie es nennt. Aber Megamärkte wie Target oder Home Depot würde sie niemals betreten. Die riesigen Hallen, die überwältigende Masse der dort angebotenen Billigwaren haben etwas an sich, was ihr Zartgefühl verletzt, und ich bin mir im Klaren darüber, dass dieser Aspekt unserer Beziehung nicht verhandelbar ist.

Gerade als ich abklären will, welchen Rosaton ich besorgen soll, welche Waschmittelmarke, überkommt mich plötzlich ein stechendes, kaltes Gefühl, als hätte sich der Geist der zukünftigen Weihnacht um mich gewunden und presste mir die Luft ab.

Panik. Ich stütze mich mit beiden Händen auf der Marmoroberfläche der Kücheninsel ab und schließe die Augen, um den Schwindel zu überwinden. Ein dünner Schweißfilm steht mir auf der Stirn, und ich schaudere unter der Kälte. Ich keuche auf, ein scharfes, schreckliches Geräusch. Meine Lungen fühlen sich klein und nutzlos an.

»Mom?«

Ich öffne die Augen und begegne Allisons Blick. Ihr hübsches Gesicht ist ganz erschrocken.

»Alles in Ordnung, Sadie?« Greta sieht mich an, während sie gleichzeitig einen Pfannkuchen in die Luft wirbelt und genau in der Mitte der Pfanne wieder auffängt.

Langsam lässt die Enge in meiner Brust nach. Das hier ist nicht meine erste Panikattacke. Es ist vielmehr Panikattacke 342 oder so. Wir sind quasi alte Freunde. Ich sauge die köstliche, süße Luft in tiefen Zügen ein und bemühe mich, nicht allzu verrückt auszusehen.

»Alles in Ordnung«, sage ich, die Hände immer noch auf der Arbeitsfläche. »Mir war nur kurz schwindelig. Liegt wohl an der Hitze.«

Ich lächele. Dann esse ich eine Scheibe Toast und nippe an meinem Kaffee. Wenn die Panik nachlässt, empfinde ich normalerweise Erleichterung und Dankbarkeit, dass dies kein Dauerzustand ist. Aber jetzt fühle ich mich äußerst merkwürdig, als hätte sich ein Teil von mir abgespalten und wäre anderswo hingegangen, als befände ich mich in einem Schwebezustand. Greta wendet sich wieder ihren Pfannkuchen zu, doch Allison betrachtet mich weiterhin mit gerunzelter Stirn. Ich küsse sie auf den Scheitel.

»Mir geht es gut«, sage ich. »Iss dein Frühstück. Wir müssen los, zur Schule.«

Ich ziehe mich zurück, vorgeblich, um zu duschen, doch ich gehe nicht ins Bad. Stattdessen zieht es mich in mein Arbeitszimmer, obwohl ich mir nicht erklären kann warum. Mein Herz schlägt unregelmäßig, das Gefühl, losgelöst zu sein, folgt mir. Ich möchte duschen, mich anziehen und Allison in die Schule bringen. Ich will nicht in mein Arbeitszimmer. Doch was ich will, spielt anscheinend keine Rolle.

Ich stehe vor der geschlossenen Tür, schiere Panik steigt in mir auf bei der Aussicht, sie zu öffnen.

»Hör auf, Sadie«, flüstere ich. »Reiß dich zusammen.«

Ich lege eine Hand auf den Türknauf. Mir klappern die Zähne. Der Rücken des grauen T-Shirts, das ich letzte Nacht im Bett getragen habe, ist schweißnass. Die Ärztin sagte, Panikattacken seien bei Frauen in meinem Alter nicht ungewöhnlich und könnten jederzeit auftreten, ohne Vorwarnung.

»Manchmal gibt es einen konkreten Anlass, manchmal nicht«, sagte sie mit abwesendem Lächeln. Dann erzählte sie mir von einer Frau, die etwa im selben Alter war wie ich und jedes Mal panische Angst verspürte, wenn sie den Kofferraumdeckel ihres Wagens öffnen sollte.

»Sie war sich sicher, dass sie dort einen Pfau vorfinden würde«, sagte die Ärztin.

Einen Pfau? Die Ärztin nickte ernst. Das war ihre Art, mir zu sagen, dass es noch schlimmer kommen könnte. Zumindest hatte ich keine Angst vor einem Pfau im Kofferraum. Aber in gewisser Weise war ein Pfau besser als unbestimmte Panik. Dann könnte ich nämlich einfach Kofferräume meiden. Die Ärztin hat mir Xanax verschrieben und gesagt, ich solle in zwei Wochen wiederkommen.

Inzwischen habe ich Xanax immer dabei, egal, wohin ich gehe, als wäre es ein Talisman gegen das Panikmonster. Ich trinke auch Wein und sage mir, dass mich das beruhigt, was es für einen kurzen Augenblick auch tut. Aber diese Mittel sind alle nur Notlösungen, und ich frage mich, was passiert, wenn ihre Wirkung nachlässt.

Ich stehe immer noch vor meinem Arbeitszimmer, zähle von zehn rückwärts und drücke die Tür auf. Der Raum ist leer. Keine Pfauen. Schwer lasse ich mich am Schreibtisch nieder und streiche an seinem Rand entlang. Ich liebe meinen Schreibtisch, die modernen Linien, die klare Form. Er ist ganz geschäftsmäßig, und wenn ich daran sitze, bin ich es auch.

Ich entspanne mich allmählich, sage mir, dass alles vollkommen in Ordnung ist. Mein Laptop steht aufgeklappt auf dem Tisch, genau wie ich ihn letzten Abend zurückgelassen habe. Auf dem Bildschirm ist das Manuskript von *Geraubte Geheimnisse*, in den Hauptrollen Aidan Hathaway und Lily Dell. Ich richte den Blick auf den Cursor, der auf halber Höhe steht und rhythmisch und beruhigend blinkt. Dann schweift mein Blick zur Wortzahl unten auf der Seite. Sechstausendzweihundert Worte.

Unmöglich. Ich schaue weg. Ich schaue wieder hin. Immer noch sechstausendzweihundert Worte. Fragen Sie jeden beliebigen Autor: Wir erinnern uns an die Wortzahl. Die Wortzahl misst unser Fortschreiten, die einzige Rückmeldung, die wir bekommen, ehe wir das Manuskript einem Lektor oder einem Freund zeigen, den wir angewiesen haben, die erste Fassung nicht zu heftig zu kritisieren. Genau wie ich weiß, dass meine Nase ein wenig schief ist, weiß ich auch, dass ich lang vor meinem Ziel von fünftausendfünfhundert Worten aufgehört habe, nämlich bei viertausendzweihundert Worten, um genau zu sein. Noch als ich ins Bett schlüpfte, habe ich mir geschworen, das Versäumte heute Abend nachzuholen. Woher stammen also die überzähligen fünfzehnhundert Worte? Ein Schleier des Grauens senkt sich über mich wie eine Burka. Gedächtnisverlust mit sechsundvierzig? Verfrühter Ausbruch von Alzheimer? Was passiert dann mit Allison und Greta und Perkins? Bevor ich wieder zu hyperventilieren anfange, werde ich von unten gerufen.

»Mom, Schule! Bist du schon fertig mit Duschen?«

Wie lange sitze ich schon hier und starre auf meinen Laptop? Ich fasse mir ins Haar, das wie üblich zerzaust ist. Nein. Hab's nicht unter die Dusche geschafft, und jetzt kann ich es vergessen. Ich werde heute Vormittag aussehen, als wäre ich gerade erst aus dem Bett gerollt, was ja auch der Wahrheit entspricht.

»Wir kommen zu spät, Mom. Da bin jetzt aber nicht ich schuld!«

Ich springe auf und laufe in mein Zimmer. Unterwegs reiße ich mir die karierte Pyjamahose und das graue T-Shirt vom Leib, Dinge, die eine Singlefrau nur dann im Bett tragen würde, wenn sie auch Single bleiben möchte, und die nun panikverschwitzt sind.

4. Kapitel

Geraubte Geheimnisse

2. Kapitel

Lily saß in der Gramercy Tavern an der Bar und bemühte sich, vor Demütigung und Zorn nicht rot anzulaufen. An diesem Morgen, direkt nach dem Vorfall im Aufzug, hatte Hathaways Sekretär sie angerufen und aufgefordert, abends um sieben in dem renommierten Restaurant zu erscheinen.

»Nennen Sie dem Restaurantleiter Ihren Namen, er wird Sie richtig positionieren«, sagte der Sekretär mit knappem britischem Akzent. »Und kommen Sie pünktlich. Mr. Hathaway mag es nicht, wenn man sich verspätet.«

Richtig positionieren? Doch der Sekretär hatte schon aufgelegt, ehe Lily klarstellen konnte, was genau das bedeuten sollte.

»Ich gehe nicht hin«, erklärte sie den drei hohen Raumteilern, die ihren Arbeitsplatz umgaben. »Kommt nicht in Frage.« Aber nun saß sie doch hier.

Der Restaurantleiter hatte ihren Namen entgegengenommen und sie auf einem bestimmten Barhocker platziert.

»Er hat es gern, wenn seine Mädchen nach Süden blicken«, hatte der Mann gesagt und sie ein wenig gedreht. »Auf die Art kann er Sie sehen, wenn er hereinkommt, aber Sie können ihn nicht sehen.« Der Restaurantleiter hatte ihr diese Information gegeben, als wäre sie ganz normal. Da sie nicht gewusst hatte, was sie sonst hätte tun sollen, hatte sie sich bedankt und ihren Platz an der Bar eingenommen. Sie kochte vor Zorn.

Nach einem Augenblick hatte Lily sich so gedreht, dass sie die

Tür zur Bar im Auge hatte. Sie hatte nicht die Absicht, bei Hathaways Spielchen mitzumachen.

Im Lauf des Tages hatte Lily sich eingeredet, dass sie nur deswegen hingehen würde, um mit Hathaway zu klären, was im Aufzug eigentlich passiert war. So etwas war sonst gar nicht ihre Art, und sie hatte das Gefühl, dass sie dies sehr deutlich zum Ausdruck bringen müsste. Ihr ging es darum, ihren guten Ruf wiederherzustellen.

Vor ihr erschien plötzlich ein Drink. Der Barkeeper, ein süßer blonder Typ, zwinkerte ihr zu. »So eine hübsche Lady sollte nicht allein hier sitzen und zur Tür starren«, sagte er mit warmem Lächeln. »Auf wen Sie auch warten, wenn er nicht pünktlich sein kann, vergessen Sie ihn lieber.«

»Danke.« Lily hob das Glas an die Lippen. Der Drink war violett und roch nach Veilchen. »Das ist ja köstlich. Was ist das?«

»Wie heißen Sie?«, fragte der Barkeeper.

»Lily.«

»Dann ist das ab sofort ein Lily.«

Sie senkte den Blick. Eine warme Röte trat ihr anstelle des flammenden Zorns von vorhin ins Gesicht. Sie wusste nicht, ob der Alkohol oder der Flirt daran schuld war.

»Wie süß von Ihnen.« Sie nahm noch einen Schluck.

Plötzlich wurde die Miene des Barkeepers lang. Er griff sich einen Lappen und machte sich eilig daran, den Tresen mit kreisförmigen Bewegungen zu wischen, obwohl er so sauber war, dass Lily sich darin spiegeln konnte.

»Entschuldigen Sie«, sagte er und hastete davon.

In genau diesem Augenblick legte sich auf eine kalte Hand auf Lilys Nacken. Sie keuchte auf. Aidan Hathaway.

»Sie sehen wieder wunderschön aus, Lily«, sagte er und hielt dabei ihren Nacken weiter in leichtem Griff. Etwas an der Art, wie er ihren Namen aussprach, ließ ihr die Knie weich werden. Was sie da empfand, war Sehnsucht.

Doch dann brachte sie sich in Erinnerung, dass sie den Typen nicht einmal sonderlich mochte. Wer ließ sich denn von seinem Sekretär die Verabredungen treffen?

»Tut mir leid, dass ich Sie habe warten lassen«, fuhr er fort und zog den Barhocker so nah heran, dass sich ihre Knie berührten. »Die Arbeit. Ich habe etwas für Sie.«

Er reichte ihr eine Einkaufstüte von Bloomingdale's. Darin befand sich eine als Geschenk verpackte Schachtel.

»Machen Sie es auf«, sagte er.

Sie tat, wie ihr geheißen, holte die Schachtel heraus und hob vorsichtig den Deckel an. Mit zitternden Händen schob sie das Seidenpapier beiseite und enthüllte eine Bluse, die aussah wie die, die sie sich an diesem Tag mit Lippenstift ruiniert hatte. Im Gegensatz zu ihrem Modell war diese jedoch keine billige Kopie, sondern ein hochwertiges Original. Lily sah zu Hathaway auf, in seine grünen Augen. Ihr Ärger war vollständig verraucht.

»Ich weiß nicht, was ich sagen soll«, meinte sie. »Danke.«

»Sie hat Ihnen gestanden«, sagte Aidan. »Es wäre doch schade, wenn Sie sie nicht mehr hätten.«

Oh, wie sehr sie ihn wollte! Ihr Begehren war beinahe zu stark, um es ertragen zu können. Logisch war es auch nicht. Wenn man mit dem Chef schlief, setzte man seine Karriere aufs Spiel, das wusste doch jeder. Aber das hier war Aidan Hathaway, New Yorks begehrtester Junggeselle.

Halt dich an deinen Plan, Lily, schalt sie sich. An deine Aufgabe.

Aidan sagte nichts. Er musterte sie nur aufmerksam, und dann umflorte sich sein Blick, als könnte er ihre Gedanken lesen.

»Sie sind unglaublich schön.« Seine Stimme war heiser. »Und Sie haben davon keine Ahnung.«

»Mr. Hathaway«, begann Lily. Sie hatte die Rede vor dem Badezimmerspiegel eingeübt. »Es ist mir eine solche Ehre, Leiterin Ihres Kreativ-Teams bei uns zu sein, dass es mir wichtig ist, eine rein geschäftliche Beziehung mit Ihnen zu unterhalten. Ich will keine Ablenkung. Ich will mich voll und ganz auf die Vermarktung Ihrer Produkte in aller Welt fokussieren.«

Sie spürte, wie ihr die Röte ins Gesicht stieg, während er sie mit seinem Blick gefangen hielt. Er lächelte, als sie weiterredete.

»Außerdem sollte ich wohl erklären, dass mein ... unser Benehmen im Aufzug ... also ... wirklich ...«

Sie geriet ins Stottern, und ihr entglitten die Worte, die sie sich so sorgfältig zurechtgelegt hatte. Wenn er sie nur nicht so ansehen würde!

»Fahren Sie doch fort«, sagte Aidan und legte ihr beiläufig die Hand auf den Oberschenkel. Sie konnte ihn riechen, denselben zitronigen Duft, der den Aufzug so klein hatte wirken lassen. Nun konnte sie keinen vernünftigen Gedanken mehr fassen. Er war nur noch wenige Zentimeter von ihr entfernt.

»Sind Sie fertig?«, fragte er.

Lily nickte. Sie konnte an nichts anderes denken als an seine Hand auf ihrem Schenkel. Seine Fingerspitzen streiften den Saum ihres zurückhaltenden orangefarbenen Etuikleids, das sie für den Abend angezogen hatte. Sie schluckte.

»Gut«, sagte er.

Bevor sie es sich versah, hatte er sie vom Barhocker gezogen und in die Arme genommen. Seine warmen Lippen fanden die ihren, und er küsste sie, lang, fordernd und tief. Seine Berührung zündete Feuerwerke hinter ihren Augenlidern. Sie schlang ihm die Arme um den Hals und hielt sich an ihm fest.

Plötzlich rückte er ein Stück von ihr ab und suchte mit den Lippen ihr Ohr.

»Ich will dich«, flüsterte er. »Gleich als ich dich zum ersten Mal gesehen habe, habe ich dich gewollt. Ich kann es kaum noch ertragen.«

Er schob ihr die Hand zwischen die Beine und dann so weit nach oben, dass sie alle Vernunft vergaß.

»Möchtest du mit zu mir?«, fragte er.

Wieder musste Lily feststellen, dass ihr die Stimme versagte. Sie nickte. Ja. Bitte.

»Ich will dich besitzen«, wisperte er. »Dich verzehren.«

Etwas an diesem Wort jagte ihr eine Gänsehaut über den Rücken. Aidan Hathaway hatte den Ruf, alles zu verzehren, wonach ihn gelüstete. Ja, nach der Sache im Aufzug hatte sie über den Mann recherchiert, hatte den Klatsch über seine ganzen Frauengeschichten gelesen. Sie hatte gelesen, wie er sich mit der Präzision eines Adlers auf Firmen stürzte, die er sich einverleiben wollte, und nicht eher ruhte, bis er sie sauber unter dem Dach von Hathaway Enterprises untergebracht hatte.

Aidan Hathaway war neunundzwanzig Jahre alt.

Sein Blick hielt sie gefangen, obwohl sie sich danach sehnte, dass er sie freiließ. Er schien direkt in ihre Seele zu blicken, bis ganz nach unten zu den schmutzigen, verborgenen Dingen, Geheimnissen, von denen sie noch niemandem erzählt hatte. Am liebsten wäre es ihr gewesen, wenn Hathaway Enterprises Jensen & Richardson Communications niemals engagiert hätte. Aber dafür war es zu spät.

»Willst du das, was ich will?«, fragte Aidan.

»Ja«, hauchte sie, ohne über ihre Antwort nachzudenken. Sie entschlüpfte ihr wie ein erleichterter Seufzer.

Er machte sich an der Rückseite ihres Kleides zu schaffen. Es war die wunderschöne Kopie eines Pradamodells und wurde im Rücken von einer Reihe schlichter Knöpfe geschlossen. Als sie spürte, wie er einen Knopf öffnete und die Hand unter den Stoff gleiten ließ, erschauerte sie. Ein Teil von ihr schrie ihn innerlich an, aufzuhören, sie waren in einem voll besetzten Restaurant! Einem anderen Teil von ihr wäre es jedoch völlig gleichgültig gewesen, wenn er ihr auf der Stelle die Kleider vom Leib gerissen und es mit ihr auf diesem blitzsauberen Tresen getrieben hätte. Dieser Teil behielt die Oberhand.

»Schscht«, wisperte Aidan und fuhr mit den Lippen über die weiche Haut an ihrem Hals. Sie legte den Kopf in den Nacken. Ihr Körper flehte um mehr. Nichts anderes zählte mehr als das Hier und Jetzt.

5. Kapitel

Ich sollte von Anfang an klarstellen, dass Jason nicht mein Liebhaber ist. Der Ausdruck »Sexbeziehung« gefällt mir aber auch nicht, denn dabei denkt man eher an heiße Mittzwanziger, die ihre durchtrainierten, gestählten Körper in den Toilettenkabinen eines Nachtklubs ineinander verschlingen, weniger an einsame, wabbelige Leute mittleren Alters, die sich zu einer hin und wieder notwendigen, wenn auch nicht ganz befriedigenden Nummer zusammenfinden.

Ich habe Jason durch eine Kontaktanzeige kennengelernt, von der ich immer noch nicht gern zugebe, dass ich sie aufgegeben habe. Ich meine, wie erniedrigend ist es denn, aller Welt zu offenbaren – wenn auch anonym –, dass man niemanden finden kann, der mit einem schläft? Das ist so ähnlich wie im Sportunterricht, wenn man als Letzte für das Kickballteam ausgewählt wird, nur in Erwachsen. Das letzte Mal hat beinahe fünf Jahre zurückgelegen. Ich habe in der beständigen Angst gelebt, ich könnte aufwachen, in den Spiegel sehen und dort dem Blick einer verschrumpelten alten Backpflaume begegnen. Ich war verzweifelt.

»GDS, 46, Mutter, 1,62, üppig, sucht unkomplizierte Beziehung. Gern am Freitagvormittag. Nichtraucherin. Fetischisten zwecklos.«

Die letzte Bemerkung habe ich eingefügt, um witzig zu sein, aber irgendwo war es mir auch ernst damit. Dass ich am Ende mit einem Mann dasitzen könnte, der meinen Zehen Schweinkram erzählen will, war noch deprimierender, als eine Backpflaume zu sein. Ich musste mich nach allen Seiten absichern, wenn ich dies hier überleben wollte.

Ein Mann namens Jason Blair meldete sich auf meine Anzeige. Seine E-Mail offenbarte nicht direkt eine umwerfende Persönlichkeit, aber zumindest wirkte er auch nicht wie ein Axtmörder. Wir haben uns zwei Orte weiter zum Mittagessen getroffen, und ich war froh, dass sich hinter dem Namen ein recht attraktiver Mann verbarg. Jason war vierundvierzig, geschieden und arbeitete als Anwalt für Urheber- und Patentrecht in der Stadt. Er begeisterte sich für Modelleisenbahnen und Heimwerkerprojekte, obwohl er momentan in einer Eigentumswohnung lebte, in der er nicht mehr tun musste, als hin und wieder eine Glühbirne zu wechseln.

Er hatte braunes, grau meliertes Haar, haselnussbraune Augen hinter randlosen Brillengläsern und einen kleinen Spitzbart, den ich ihm noch auszureden hoffte. Sein Konfektionsanzug bauschte sich an der Schulter, und das hellblaue Oberhemd spannte sich unten herum über ein kleines Bäuchlein. Die Vorstellung, wie dieser Bauch gegen meinen klatschte, hinterließ einen bitteren Geschmack in meinem Mund. Was war nur los mit mir? Warum konnte ich mich nicht einfach mit einem Mann treffen wie jede normale dicke, alleinerziehende Mutter?

Ich sag Ihnen, warum. Weil die Welt da draußen eine Wüste ist, in der nur Kaputte und Verzweifelte leben, und ich gehöre auch dazu. Nachdem ich das erkannt hatte, kaufte ich mir einen Vibrator, aber bei meinem Batterieverschleiß wurde ich allmählich zur One-Woman-Ökokatastrophe. Ich brauchte die menschliche Version. Da kam Jason ins Spiel. Hier ging es um die Befriedigung von Grundbedürfnissen, nicht darum, die Liebesaffäre des Jahrhunderts zu starten. Ich war nicht auf der Suche nach meinem Traummann. Den gab es gar nicht. Ich wollte Sex. Und das war etwas, was ich diesem netten Mann vollkommen klarmachen würde, ehe irgendwelche Hüllen fielen.

Jason erzählte, dass er da war, weil ihm in seiner langen Ehe, die ein abruptes Ende genommen hatte, als er seine Frau mit dem Fliesenleger im Bett erwischt hatte, alles Selbstvertrauen abhandengekommen war. Er wusste nicht, wie er sich verabreden, mit Frauen plaudern oder mit irgendwem außer seiner inzwischen von ihm geschiedenen Frau schlafen sollte. Er wollte den Zeh wieder in den Pool tauchen. Ich war der Pool. Nach dem Essen hatten wir ein peinliches Gespräch, das in etwa so ablief:

»Also, ähm, was halten Sie von einem, ähm, Arrangement?«, fragte ich. Ich war mir ziemlich sicher, dass Jason meinen Anforderungen genügte. Über den Spitzbart konnte ich fürs Erste hinwegsehen.

»Ich weiß nicht«, sagte er. »Ich meine, vermutlich könnte es ja vielleicht irgendwie … funktionieren. Oder?« Da war die Sache mit dem Selbstvertrauen, von der er gesprochen hatte.

»Ja.«

»Dann ist es also abgemacht?«, fragte er.

»Ja«, sagte ich wieder. »Aber es muss Freitagvormittag sein, so gegen halb zwölf, denn da geht meine Haushälterin einkaufen, und meine Tochter ist in der Schule.«

»Was machen Sie noch mal beruflich?«

»Ich bin Autorin. Romane. Eine Schriftstellerin.«

Er fragte nicht nach Titeln.

»Okay. Dann also nächste Woche bei Ihnen?«

»Prima«, sagte ich.

»Ach, und hier.« Er reichte mir einen Umschlag. »Ich bin gesund.« Innen lag ein Attest, das bezeugte, dass Jason Blair an keinerlei Geschlechtskrankheiten litt und nicht HIV-positiv war. Mein neuer Freund wurde mit eigener Garantiekarte geliefert. Wie nett.

»Danke«, sagte ich. »Ich revanchiere mich noch.« Ich hatte jetzt schon Angst vor dem Gespräch, das ich mit meiner Internistin würde führen müssen.

Wir standen auf und gaben uns Luftküsse. Es schien eine merkwürdige Art, sich von einem Mann zu verabschieden, den man eben für einen Fick nächste Woche vorgemerkt hatte.

Sieben Tage später erschien Jason wie abgemacht bei mir. Ich war nervös. Ich hatte mich gewachst, rasiert, geschrubbt und geschniegelt und mit einer Fettabsaugung geliebäugelt; nicht dass das einen großen Unterschied gemacht hätte. Ich ermahnte mich, dass das hier Realität war, und in der Realität war Sex weitaus lächerlicher als in einem Roman oder Film. Man musste mit schlechter Beleuchtung rechnen, mit Fett, Schweiß und Peinlichkeit. Dennoch hoffte ich irgendwo, dass es ein überwältigendes Erlebnis werden würde. Oder wenigstens eine Ablenkung.

Es war nicht überwältigend. Nur damit Sie es wissen. Jason brachte mir ein welkes Blumensträußchen von Trader Joe's, dem Biodiscount eine Meile die Straße runter. Das war nett, aber unnötig. Wie Julia Roberts in *Pretty Woman* sagte, die Uhr tickte, und wir waren uns doch schon einig.

»Kommen Sie rein«, sagte ich. Jason betrat die große Diele,

und sofort begann ich an meiner Intelligenz zu zweifeln. Wer war dieser Fremde, den ich gerade zu mir ins Haus gebeten hatte? Perkins kam angetrottet, schnüffelte an Jasons Schuh und wedelte mit dem winzigen Schwanz. Der Hund mochte ihn also. Das war schon mal etwas.

»Ich bin nervös«, sagte Jason und lächelte verlegen. »Ist das nicht verrückt?«

Ich stieß die Luft aus. »Nein, gar nicht. Ich auch.«

»Ich muss einfach wieder in den Sattel.«

Ich hob die Augenbrauen.

»Nein, nein, nein«, sagte er und wurde rot. »Ich hab nicht gemeint, dass Sie ein Pferd sind ... Sie sind ... sehr ... hübsch. Himmel. Tut mir leid.«

Ich lachte. Das alles war wirklich absurd, doch da mussten wir jetzt durch.

»Schon gut«, sagte ich und nahm seine Hand. Sie war feucht und warm. Ich ermahnte mich, nicht so streng zu sein. Schließlich hatte ich ja auch mehrere Rettungsringe um die Taille und dazu noch Rasurbrand. Das Schlimmste, was Jason bisher getan hatte, war, mich mit einem Nutztier zu vergleichen.

»Gehen wir rauf«, sagte ich, plötzlich kühn geworden. Lag das am hausgemachten Müsli, das Greta mir an diesem Morgen aufgedrängt hatte, oder war es Ausdruck schierer Verzweiflung? Ich beschloss, nicht weiter darüber nachzudenken, während ich Jason zum Schlafzimmer führte.

»Ihr Haus ist toll«, sagte er, als wir die Treppe hinaufgingen. »Was machen Sie noch mal beruflich?«

»Ich schreibe Bücher.«

»Ach ja.« Wieder fragte er nicht nach Titeln. Auch wenn Jason sich im Bett als wahrer Superheld erweisen würde, war unsere Beziehung zum Scheitern verurteilt. Ein Mann, der liest, ist unglaublich sexy. Ein Mann, der das nicht tut, ist müder Durchschnitt.

Ich hatte morgens mein Bett gemacht, weil ich befürchtete, Jason könnte mich für schlampig halten, wenn ich es wie üblich ungemacht ließ. Doch nun die Decke zurückzuschlagen, um die sauberen hellrosa Laken aufzudecken, war merkwürdig intim, als würde ich den Typen einen Blick zwischen meine Beine werfen lassen, à la Sharon Stone. Mir wurde heiß, und mein Herz, das bis jetzt relativ ruhig geschlagen hatte, begann heftiger zu klopfen.

»Warten Sie, ich helfe Ihnen.« Jason riss eine Decke bis zum Fußende herunter.

»Danke.« Und jetzt?

»Kann ich Sie ... dich küssen?«, fragte er und wischte sich die Handflächen an der Hose ab. Er war in noch schlechterer Verfassung als ich.

»Bitte sehr«, sagte ich und tat einen Schritt auf ihn zu. Er roch gut, nach Frühstück. Kaffee, Pfannkuchen, warmer Sirup. Ich ermahnte mich, dass ich nicht vorhatte, ihn zu essen.

Seine Lippen waren okay, nicht zu trocken, und zum Glück schlabberte er mir nicht über das ganze Gesicht. Nach einem Moment entzog ich mich ihm.

»Müssen wir, na ja, Regeln aufstellen?« Verdammt. Das hatte ich ihn eigentlich unten fragen wollen. »Gibt es etwas, was du wirklich gern magst oder absolut verabscheust?« Mittlerweile war mein Gesicht wohl feuerrot, und ich hatte keine Möglichkeit, es zu verbergen. Was für eine durch und durch blöde Idee. Welche dumme Gans kam auf den Gedanken, einfach irgendeinen Typen anzurufen, um unverbindlich mit ihm zu schlafen? Ich wollte hier raus.

»Nun ja«, sagte er, »ich mag gern einen geblasen bekommen, aber das mögen ja alle Männer. Analverkehr mag ich nicht so, außer es wäre etwas, was dir wirklich gefällt. Ich mag es, wenn sie oben ist.« Er zuckte mit den Achseln. »Leider bin ich, was Sex angeht, wohl nicht so ganz auf dem neuesten Stand. Ich war zwanzig Jahre mit ein und derselben Person verheiratet. Wie ist es bei dir?«

Ich konnte mich gerade noch beherrschen, ehe ich herausplatzte mit so etwas wie: »O Gott, ich will nur, dass mich jemand anderes als meine Tochter berührt. Wie und wo, das ist mir völlig egal!«

»Geht mir ähnlich«, sagte ich. »Nicht zu ausgefallen klingt gut. Und wie ... ähm ... machen wir es jetzt? Ich meine, das mit den Kleidern?«

»Nun«, Jason räusperte sich, »ich würde dich gern ausziehen, wenn das okay ist?«

»Klar.«

Er stellte sich sehr gut dabei an, mir die Sachen auszuziehen. Ich hatte mir Mühe gegeben und saubere, nicht ausgeleierte Unterwäsche angezogen, und auch wenn mein BH heutzutage eher einem Panzer gleichkam als sexy Dessous, hatte ich einen genommen, der ein gesticktes Blümchen zwischen den Cups hatte. Als er meinen BH aufhakte und meine Brüste nach unten fielen, war ich wieder erstaunt darüber, wie groß sie geworden waren. Ich hätte nie gedacht, dass ich mal stolze Besitzerin zweier Hängemöpse sein würde.

Doch Jason gefielen sie, er barg den Kopf an meinem üppigen Busen und machte merkwürdige Geräusche. Manchen Männern war die Festigkeit weniger wichtig als die Größe. Ich versuchte, nicht über den Lärm nachzudenken und einfach seine weichen Hände auf mir zu genießen.

Als er mich ausgezogen hatte, fragte ich höflich, ob ich mich nun revanchieren dürfe. Das Haar auf seiner Brust war dunkler als das auf seinem Kopf und ebenfalls grau meliert. War es entmutigend für einen Mann, wenn sein Brusthaar grau wurde? Falls unsere Beziehung diesen Morgen überdauerte, würde ich ihn das vielleicht fragen. Im Großen und Ganzen hatte ich nichts gegen haarige Männer, solange ich sie nicht am ganzen Körper mit Sonnencreme einreiben musste.

Jason hatte kaum Muskeln, doch seine weiche Haut fühlte sich kühl an und hatte einen hübschen olivfarbenen Ton, was für einen Ahnen aus dem Mittelmeerraum sprach. Ich öffnete seine Gürtelschnalle und ließ die Hose nach unten rutschen, bis sie zu seinen Füßen lag. Langsam hakte ich die Finger in den Bund seiner Boxershorts und zog daran.

Das Wort *Penis* ist ein absolutes No-go im erotischen Roman. Besser, man wählt ein anderes Wort: *Männlichkeit, Glied, Schaft, Schwanz,* was auch immer, aber auf keinen Fall *Penis*. Das vermiest einem den Spaß. Aber in der echten Welt kann man einen Penis ruhig einen Penis nennen, und Jasons Penis war für meine Zwecke genau richtig. Nicht zu groß, nicht zu klein. Er krümmte sich nicht zu einer Seite, und er hing auch nicht auf Halbmast, wenn er zu allem bereit sein sollte. Im Stillen applaudierte ich meinen immer noch intakten Fähigkeiten, einen Mann hart werden zu lassen.

»Also«, sagte Jason und deutete aufs Bett, »sollen wir?«

In diesem Bett hatte ich noch mit niemandem anders als Allison gelegen. Nach meiner Scheidung hatte ich mein gesamtes Schlafzimmermobiliar auf den Gehsteig gestellt mit einem »Zu verschenken«-Schild. Ich wollte neu anfangen. Das alte Zeug war binnen einer Stunde weg, und ich ersetzte es prompt durch neues Zeug. *Mein* Zeug. Und nun wollte ich mich auf mein Zeug legen und einem völligen Fremden gestatten, sich mit seinem haarigen Körper auf mich zu legen.

Ich stöhnte unter seinem Gewicht. Männer waren schwer. Das hatte ich vergessen.

»Ich bin gern oben«, flüsterte ich. »Aber vielleicht sollten wir uns beim ersten Mal ans Altbewährte halten, findest du nicht?«

Jason nickte. Auf seiner Stirn standen Schweißperlen. Obwohl ich wusste, dass ich mir bei ihm keine Chlamydien oder Schlimmeres holen würde, hatte ich keine Ahnung, wie es um sein Herz-Kreislauf-System bestellt war. Ich versuchte mich zu entspannen, doch ich war knochentrocken. Als Jason meine Brüste und meinen wabbeligen Bauch küsste, versuchte ich mir vorzustellen, dass ich mit George Clooney im Bett lag, was diesmal keine so große Hilfe war wie sonst. Aber Jason wollte trotzdem loslegen. Er brachte seine Hüften in Position.

»Jetzt?«, fragte er höflich. Wir waren gerade einmal drei Minuten im Bett. Ach, na ja. Vielleicht würde ich die Bilderbuchversion nächste Woche bekommen.

»Klar«, sagte ich. »Kleinen Moment noch.«

Ich leckte meine Finger ab und fuhr damit über die Wüste weiter unten. Etwas Befeuchtung war auf alle Fälle nötig.

»Okay«, sagte ich. »Jetzt.«

Jason drang in mich ein wie ein Verdurstender, dem man endlich ein Glas kaltes Wasser reicht. Er stöhnte und erschauerte und stieß ein paar *oh, oh, ohs* aus, und nach etwa neunzig Sekunden sank er mit einer einzigen großen Zuckung auf mir zusammen.

»Wow, Sadie«, sagte er, sobald er wieder Luft bekam. »Das war großartig.«

Als ich nicht antwortete, glitt er von mir herunter, stützte sich auf den Ellbogen und betrachtete mich.

»Du bist nicht gekommen.«

In den viereinhalb Minuten Geschlechtsverkehr, die wir eben erlebt hatten? Nein. Nicht so richtig.

»Also, nein.« Der Vorteil dieser Beziehung war, dass ich nicht zu lügen brauchte. Hier ging es nicht um Gefühle oder Empfindungen, ich brauchte also auch keine Rücksicht zu nehmen.

»Darf ich dich lecken?«, fragte Jason so ernsthaft, dass ich kichern musste.

»Schon gut. Ich weiß das Angebot zu schätzen. Vielleicht nächstes Mal?«

Wir mussten fertig werden, ehe Greta nach Hause kam und mich vor dem Lunch mit einem Fremden nackt im Bett erwischte. Jasons Miene verriet Erleichterung. Einen Augenblick glaubte ich, es läge daran, dass er sich nicht in unbekanntes Territorium hinabwagen musste. Aber das war es gar nicht. Es war Erleichterung darüber, dass ich ihn nicht abschrieb, weil er über die sexuelle Selbstbeherrschung eines Fünfzehnjährigen verfügte. Er bekam eine zweite Chance.

»Es wäre mir eine Ehre«, sagte er, und ich kicherte noch einmal. Ich konnte einfach nicht anders. Schnell wurde aus dem Gekicher Gelächter, und bald wälzten Jason und ich uns völlig hysterisch auf meinem Bett. Hysterisch, nackt und klebrig. Ich wischte mir immer noch Tränen aus den Augen, als ich mich dann anzog. Wir verabschiedeten uns an meiner Haustür mit einem flüchtigen Kuss auf die Lippen und einer Umarmung.

»Nächste Woche um dieselbe Zeit?«, fragte er.

»Ja.«

»Ich bring meinen Engländer mit.«

Ich schreckte zurück. »Was? Ich dachte, wir hätten gesagt, keine …«

Er lächelte. Das Lächeln brachte sein ganzes Gesicht zum Strahlen.

»Meine Rohrzange. Der Wasserhahn in deinem Bad tropft«, sagte er. »Das habe ich bis ins Schlafzimmer gehört.«

Ich nickte. Toll. Beim nächsten Mal würde also nicht nur ein Rohr verlegt, sondern auch eins festgeschraubt.

»Und der Sex wird auch besser, versprochen«, fügte er hinzu. »Nächstes Mal bin ich nicht mehr nervös.«

Ich nickte noch einmal. Ich war mir sicher, dass er meinen Wasserhahn reparieren würde, aber ob er mich auch dazu bringen könnte, vor Lust zu schreien? Das würden wir doch erst einmal abwarten müssen.

Aber er wurde tatsächlich besser. Viel besser. In der fünften Woche hatte Jason herausgefunden, dass der Einsatz seiner Zunge gefordert war, wenn er mich zum Orgasmus bringen wollte. Er sagte, er sei durchaus bereit, Instruktionen entgegenzunehmen, wenn es um Oralsex ging. Und ich nahm ihn beim Wort und leitete ihn Schritt für Schritt an, was er wann und wo zu tun hatte.

Ich wollte meinen Bilderbuchsex.

6. Kapitel

Geraubte Geheimnisse

3. Kapitel

Aidan Hathaways Finger beschrieben langsame Kreise auf ihrem Rücken.

»Der Barkeeper«, flüsterte Aidan ihr ins Ohr und legte ihr wieder eine Hand auf den Nacken. Wenn er sie dort hatte, fühlte sie sich schwach und hilflos. Das behagte ihr nicht, doch sie brachte es nicht fertig, sich zu wehren. »Gefällt er dir?«

Was? Warum fragte er sie nach dem Barkeeper?

»Er scheint in Ordnung zu sein«, flüsterte sie. Er packte sie fester.

»Willst du ihn?«

»Ich verstehe nicht«, sagte Lily. Ein kalter Schweißtropfen lief ihr den Rücken hinunter. Aidan zog sie dichter an sich.

»Willst du mit ihm vögeln?« Sein Flüstern war zu einem Knurren geworden. Lilys Herz raste. Worum ging es hier eigentlich?

»Nein«, stammelte sie. »Ich kenne ihn doch nicht mal.«

»Und?«

Sie hatte keine Ahnung, worauf Aidan hinauswollte.

»Ich will dich«, sagte sie schließlich und hoffte, dass dies die richtige Antwort war. Die Nackenumklammerung lockerte sich.

»Ich will dich nackt sehen«, sagte er sachlich. »Gehen wir.«

Normale Menschen verhielten sich nicht so. Normale Menschen zahlten für ihre Drinks und tauschten auf dem Weg nach draußen Artigkeiten mit dem Restaurantleiter aus. Hathaway jedoch nicht. Er war kein normaler Mensch.

Aidan nahm sie in die Arme, schirmte sie auf dem Weg zur Tür von allen anderen Gästen ab. Der Wortwechsel über den Barkeeper hatte sie aus dem Gleichgewicht gebracht. Die Erregung, die sie in seiner Nähe spürte, war nun von Angst gezeichnet.

Ihr Instinkt riet ihr, sofort wegzulaufen, irgendeine Ausrede zu erfinden und ihn loszuwerden. Sie könnte sich einen neuen Job suchen. In einen anderen Staat, wenn nötig, in ein anderes Land ziehen. Beim Gehen schob Aidan die Hand noch tiefer in die klaffende Rückseite ihres Kleids. Draußen stürmte die kühle Luft auf sie ein. Auf dem Gehsteig eilten die New Yorker geschäftig umher, kamen und gingen, trafen sich, umarmten sich, lachten, telefonierten. Keiner von ihnen hätte verstehen können, wie sehr sie sich vor Lust verzehrte nach diesem schönen, merkwürdigen Mann. Sie drängte sich näher an ihn, war sich seiner Hand in ihrem Kleid, an ihrer Haut brennend bewusst. Er lächelte sie an und küsste sie, schob ihr dabei die Hand wie im Aufzug unter den BH. Am liebsten hätte sie geschrien.

»Übe dich noch ein wenig in Geduld«, sagte er und rückte von ihr ab. »Schaffst du das?«

Sie würde alles tun, wenn es ihr etwas Erleichterung versprach von dem wunderbar schmerzhaften Druck, der sich immer weiter in ihr aufbaute.

Aidan winkte, worauf ein schwarzer Bentley mit getönten Scheiben am Gehsteig hielt. Würde er warten, bis sie bei ihm angelangt waren, oder würde er ihr bereits in der Limousine die Kleider vom Leib reißen? Vor Erwartung war ihr die Kehle wie zugeschnürt.

Gerade als Aidan ihr die Tür öffnen wollte, sprang eine elegante ältere Frau vom Rücksitz auf. Sie trug ein hautenges schwarzes Kleid, kniehohe Lederstiefel und ein durchscheinendes schwarzes Cape. Ihr pechschwarzes Haar war aus dem Gesicht gekämmt, was ihre runden, dunklen Augen betonte.

»Was zum Teufel?«, sagte Aidan. »Thomas!«

Ein livrierter Chauffeur sprang aus dem Wagen.

»Keine Ahnung, wo sie herkommt, Sir«, stammelte Thomas und starrte die Frau schockiert an. »Gerade noch war der Rücksitz leer, und dann sitzt diese ... diese Person hinten. Als wäre sie aus heiterem Himmel dort erschienen. Ich rufe Ihren Sicherheitsdienst.«

Die Frau stand auf dem Gehsteig und sah unbekümmert zu, wie Thomas sein Handy herauszog und wählte. Dabei schnalzte sie mit den kirschroten Lippen, als machte sie sich bereit, jemanden zu verschlingen. Sie musterte Lily von oben bis unten, verharrte an der Stelle, wo Aidans Hand auf ihr ruhte.

»In vier Minuten sind sie da, Sir«, sagte Thomas.

»Das werden vier sehr lange Minuten«, bemerkte die Frau und trat einen Schritt auf Aidan zu. Sie sog seinen Anblick in sich auf, als litte sie schon lange Zeit Durst.

»Du erinnerst dich nicht an mich.« Es klang nicht wie eine Frage.

»Ich habe keine Ahnung, wer Sie sind«, antwortete Aidan barsch, »oder was Sie in meinem Wagen wollten.«

»Du kennst meinen Namen«, sagte die Frau. »Clarissa.«

»Ich kenne niemanden, der so heißt.«

»Oh, aber doch«, sagte sie. »Du musst.«

Clarissa glaubte keine Sekunde, dass Aidan sich nicht an sie erinnerte. So viel hatten sie geteilt, das konnte man nicht einfach vergessen. Zeit und Entfernung konnten ihnen nichts anhaben. Sie hatten die Liebe, und das war das Einzige, was eine Rolle spielte.

Aber wer war diese Schlampe, der das Kleid fast herunterhing und die nun ängstlich neben ihrem Mann stand? Während Aidan das Mädchen schützend an sich zog und der Chauffeur vergeblich versuchte, telefonisch Hilfe herbeizurufen, umrundete Clarissa das Grüppchen. Sie wusste nicht, was Aidan sich dabei dachte. Sah er denn nicht, dass dieser Rotschopf nichts für ihn war? Er hatte so viel mehr verdient. Er hatte sie, Clarissa, verdient.

Aidan wurde ganz still, während sie um ihn herumging. Er sah aus wie jemand, der unter einem Zauberbann steht. Rasch löste sich das Mädchen von ihm.

»Verzeihung«, sagte sie. »Ich sollte jetzt besser gehen.«

»Lily, warte!« Aidan erwachte abrupt und streckte die Hand nach ihr aus. Seine Finger schlossen sich um ihren Oberarm. Clarissa hatte sich das Wiedersehen mit Aidan unzählige Male vorgestellt, aber in keinem dieser Szenarios war ein groß gewachsenes Mädchen namens Lily vorgekommen. Die Dinge liefen nicht genau so, wie sie geplant hatte, und das machte sie zornig.

Bevor noch irgendjemand merkte, was geschah, hatte Clarissa Lily in die Arme genommen. Sie hielt sie eng an sich gedrückt und murmelte einen Vers. Sie hatte ihn schon ziemlich lang nicht mehr verwendet, doch sie wusste, dass er immer noch machtvoll war. Die Luft wurde erdig, roch ein wenig verkohlt. Lily atmete schwer in der Umarmung. Sie wand sich, doch Clarissa war zu stark, und Lilys Willenskraft war zu schwach.

Es wurde kalt. Clarissa skandierte rascher. Sie spürte, dass der Höhepunkt nahe war, der Augenblick der Befreiung. Dies zählte zu ihren liebsten Erfahrungen, sie genoss es jedes Mal aufs Neue. Doch gerade als sie den Erfolg zu spüren begann, befreite Aidan Lily aus ihrem Griff.

»Ich weiß nicht, wer Sie sind oder was Sie da treiben«, knurrte er, »aber Sie legen sich mit der Frau an, die ich liebe, und das gefällt mir nicht.«

Obwohl der Schock, den seine Worte in ihr hervorriefen, sie beinahe umwarf, bemerkte Clarissa noch, wie überrascht auch Lily von Aidans Erklärung war. Vielleicht war diese »Liebe« dem rotblonden Ding ebenfalls neu? Nicht dass es eine Rolle spielte. Das alles war nicht in Ordnung. Es war unhaltbar.

Clarissa trat einen Schritt auf die beiden zu, nah genug, dass sie mit ihren langen Fingern durch Lilys üppige Locken streichen konnte. Sie riss daran, und Lily stöhnte vor Schmerz. Aidan stieß Clarissa beiseite, doch eine Hand voll rote Haare blieb in ihrer Hand zurück.

»Sie müssen jetzt gehen«, erklärte er, »bevor ich Ihnen wehtue.« Seine Stimme war leise und zornig, doch Clarissa lachte nur.

»Du gehörst mir, Aidan.«

»Sie sind ja verrückt«, sagte er.

»Sir, der Sicherheitsdienst ist unterwegs«, erklärte Thomas. »Noch drei Minuten.«

»In drei Minuten sind ein paar Männer nicht genug, um dich zu retten«, wisperte sie und hielt Lilys Haarsträhne zwischen den Handflächen.

»Ein dunkler Ort in New York City«, sagte sie und fixierte Lily. »Ein Ort, an dem du allein bist.« Diese Formel hatte sie schon lange nicht mehr verwendet, aber sie fühlte sich gut an.

»Was machen Sie da?«, wollte Aidan wissen. Wie sie das an den Aidan erinnerte, den sie kannte! Immer bereit, sich für die kleinen Leute einzusetzen, die Unterdrückten. Aber sie musste ihm zeigen, was er vergessen hatte. Eine andere Möglichkeit gab es nicht.

Clarissa antwortete nicht. Sie redete schneller, die Worte flossen ihr über die Lippen wie ein Wasserfall im Frühling. Plötzlich wurde Lily von einer unsichtbaren Hand gepackt und heftig geschüttelt. Ihr Körper bebte und zitterte. Sie kreischte vor Schmerz und fiel Aidan in die Arme.

»Aidan, hilf mir!«, kreischte Lily. Clarissa skandierte weiter.

»Was machen Sie da?«, rief Aidan. »Hören Sie auf!« Er wollte sich auf Clarissa stürzen, doch da Lily immer noch zuckend in seinen Armen lag, war es ihm unmöglich.

Und dann trat Stille ein. Lily war verschwunden.

Aidan taumelte, die Macht ihres Verschwindens hätte ihn beinahe umgeworfen. Clarissa stand im Lichtschein einer Straßenlaterne, ihre diamantenbesetzten Kreolen funkelten wie Sterne. Ihre Miene verriet vollkommene Verzückung.

Aidan packte sie bei den Schultern und schüttelte sie heftig. Doch das konnte ihrer Seligkeit nichts anhaben.

»Erzählen Sie mir, was Sie mit Lily getan haben, sonst bringe ich Sie um«, sagte er. »Und zwar auf der Stelle. Es ist mir egal, wenn ich dabei beobachtet werde.« Clarissa hatte nicht viel Zeit. Sie hatte die Ankunft von Aidans Sicherheitsleuten hinausgezögert, so lang sie konnte, doch gleich würden die Wachmänner eintreffen und die Sache komplizieren.

»Oh, Aidan«, seufzte sie. »Manchmal bist du wirklich schwer von Begriff.«

»Ich liebe Lily«, sagte er. »Ich weiß nicht, wer Sie sind oder was Sie getan haben, aber das ist egal. Sie können an dieser Tatsache nichts ändern.«

Clarissa warf ihm einen spöttischen Blick zu. »Wie pathetisch.«

»Sie ist mein Schicksal, Sie verrücktes Miststück«, sagte er. »Und dem Schicksal können Sie sich nicht in den Weg stellen.«

»Was soll das denn überhaupt bedeuten?«, fragte Clarissa.

»Alles«, erwiderte Aidan. »Und ich werde alles tun, um Lily zurückzuholen. Ich werde niemals aufgeben.«

Sie hatte geplant, dass von Liebe und Schicksal geredet würde, hatte dabei aber mehr sich selbst und Aidan im Auge gehabt, nicht irgendein Mädchen namens Lily. Clarissa beschloss, ihrem Mann die Erkenntnis nahezubringen, dass Lily ihn nicht liebte. Sie würde ihm vor Augen führen, dass sein wahres Schicksal an ihrer Seite lag, dass er tun musste, was sie ihm sagte. Denn für sie zeigte sich die wahre Liebe in Vereinnahmung und Beherrschung. Andernfalls würde man nichts als ein gebrochenes Herz davontragen.

»Du würdest also dein eigenes Leben aufs Spiel setzen, um diese Frau zu retten?«

»Ja«, sagte Aidan, ohne zu zögern.

»Und du bist dir sicher, dass sie nicht nur dein schönes Gesicht und deinen harten Schwanz für ein paar Stunden im Dunkeln will?«

Der Anflug von Zweifel in Aidans Miene freute sie. Er hatte keine Ahnung, was Lily für ihn empfand. Bis die Worte ausgesprochen waren, bis auf »Ich liebe dich« ein »Ich liebe dich auch« folgte, war alles reine Spekulation.

»Ja«, sagte Aidan.

»Na dann«, erklärte Clarissa, »lass uns doch herausfinden, ob das stimmt.«

Mitten auf dem Gehsteig begann sie herumzufuchteln, als wollte sie gleich einen exotischen Tanz aufführen. Ihr schwarzes Cape wirbelte um sie herum. Sie wusste, sie sah entsetzlich aus. Als ihre Augen im Kopf zurückrollten, strömte ihr eine stille Beschwörung über die Lippen. Leute blieben stehen. Gab es hier Straßentheater zu sehen? Irgendeine Zaubershow? Am Ende ihrer Trance warf sie Aidan einen triumphierenden Blick zu.

»Ich biete dir einen Deal an«, sagte sie. »Ich gebe dir achtundvierzig Stunden Zeit, deine Lily zu finden und den Zauber zu entdecken, der euch beide hierher zurückbringt. Wenn es dir gelingt, bekommst du deine Lily und dein Leben. Doch wenn du scheiterst, gehörst du für immer mir. Akzeptierst du meine Bedingungen?«

Die Sirenen wurden lauter, doch ihr Mann war so vernünftig, einzusehen, dass ihm seine Sicherheitsleute in dieser Angelegenheit nicht helfen konnten.

»Ja!«, rief er wie aufs Stichwort. »Ich akzeptiere!«

Clarissa trat vor und legte Aidan eine kalte Hand auf die Wange.

»In die Fremde sollst du verschwinden, mein Lieber«, flüsterte sie. »An einen Ort, den keiner kennt. Hoffentlich treffe ich das Ziel.«

Aidan rang nach Luft, fasste sich an die Kehle und ging auf dem Gehsteig in die Knie. Er versuchte zu rufen, doch es war zu spät. Er war verschwunden.

Clarissa stand einen Augenblick da und sah auf den Fleck, wo Aidan eben noch gestanden hatte. Und dann lächelte sie.

Warum sollte ich den ganzen Spaß verpassen?, dachte sie.

Tja, warum. Mit einer schlichten Handbewegung verschwand auch Clarissa in der Nacht.

Als kurz darauf die Wachleute eintrafen, fanden sie Thomas auf den Knien vor. Er heulte wie ein Baby.

7. Kapitel

Keine fünf Minuten nachdem ich Allison an der Schule abgesetzt habe, sitze ich wieder im Minivan und fahre durch die Stadt zu Target. Einmal habe ich mit dem Gedanken gespielt, einen Blog anzufangen, damit ich einen Beitrag posten konnte, den ich mit »Wenn gute Menschen Minivan fahren« überschreiben wollte.

Ich wohne in Billsford, New York, einem reizenden Örtchen ungefähr vierzig Meilen von Manhattan entfernt. Weil wir der einzig wichtigen Insel so nahe liegen, klettern die Immobilienpreise ins Astronomische, und die Steuern sind so hoch, dass die Selbstmordrate zum Stichtag im April immer um ein paar Prozente ansteigt.

Ich erzwang den Umzug von der Stadt ins Umland, weil ich eines Tages kurz nach Allisons Geburt im Eingang eines großen Vorkriegsgebäudes an der Ecke Broadway und Great Jones über einen toten Mann stolperte. Die Polizei versicherte mir, dass der Mann nicht durch Fremdeinwirkung gestorben war, sondern wegen Vernachlässigung und weil er sein Medikament nicht hatte nehmen wollen. Das war zwar eine Spur besser als Mord, aber ich bekam den Mann einfach nicht aus dem Kopf. Seine schmutzigen Kleider und die gelben, verfaulten Zähne. Seine bloßen Füße. Die völlige Leblosigkeit.

»Ich spende für die Obdachlosen«, kreischte ich den netten Polizisten an. »Ich gebe den Tafeln säckeweise Lebensmittel. Warum passiert das ausgerechnet mir?«

»Nun ja, Ma'am, es ist ja nicht direkt Ihnen passiert«, sagte der Officer. »Der Tote ist schließlich er.«

Darin musste ich dem Polizisten recht geben. Trotzdem verfolgte mich der Tote, bis mein schlafverwirrtes, hormonüberflutetes Gehirn mich aufforderte, etwas zu unternehmen, je unlogischer und dramatischer, desto besser.

Ich packte die kleine Allison zusammen, sprang in einen Zug der Metro-North und verließ die Stadt. In Billsford stieg ich aus, weil der Bahnhof putzig aussah und die Stadt dahinter ebenso. Ich wollte etwas Putziges. Ich wollte grünes Gras. Keine obdachlosen, vergessenen Toten vor meiner Tür.

Der Immobilienmakler, der in mir leichte Beute witterte, zeigte mir fünf Häuser. Sie lagen zwischen einem lächerlichen Palast von Tara-Ausmaßen und einem frisch renovierten Wohnhaus im georgianischen Kolonialstil. Die Grundstücke waren alle riesig, mit Garten, Bäumen und Schmetterlingen. Ich kam mir vor wie in einem frühen Disney-Film.

»Hin und wieder sehen Sie vielleicht etwas Rauch aus der Feuerstelle Ihres Nachbarn«, sagte der Makler. Das Wort Feuerstelle hatte ich nicht mehr gehört, seit wir in der Grundschule die Pilgerväter durchgenommen hatten. Es gefiel mir. Noch während wir darin standen, entschied ich mich für das Haus, samt Feuerstelle und Schmetterlingen.

Roger war nicht erfreut. Er fragte sich, was für eine Ehe wir eigentlich führten, wenn ich ihn bei einer so monumentalen Entscheidung wie einem Wegzug aus New York City nicht einmal fragte. Ich schob mein irrationales Verhalten auf die Hormone. Roger meinte, dass ich diese Ausrede für alles benutzte, was aber, wie ich ihm erklärte, noch lange nicht hieß, dass es der Unwahrheit entsprach. Ich sagte, er könnte sich eine Monatskarte für den Zug kaufen und in weniger als einer Stunde in seinem Yogastudio in SoHo sein. Außerdem könnte er expandieren und im schicken Westchester County ein weiteres Studio eröffnen. Dort roch es nach reichen, gelangweilten, gut betuchten Frauen. Eine Goldmine. Danach war er etwas glücklicher, aber wohl nicht glücklich genug, um heterosexuell zu bleiben.

Als ich in eine Parklücke etwa zwanzig Meter vor dem Eingang zu Target einbiege, versuche ich, mir die Pluspunkte meiner Vorstadtexistenz vor Augen zu führen. An den Vormittagen unter der Woche gibt es vor den Megamärkten immer genügend Parkplätze.

Ich gehe in den Laden, und ein Stoß gekühlter, künstlich riechender Luft entweicht nach draußen. Die Kühle ist nach der unbehaglichen Hitze und Luftfeuchtigkeit draußen hochwillkommen. Auf der kurzen Fahrt haben sich im Radio die apokalyptischen Wettermeldungen mal wieder überschlagen.

»Erderwärmung!«

»Rekordhitze!«

»Heuschrecken!«

»Zombies!«

»Vampire!«

Zu ihrer Verteidigung muss ich zugeben: Es ist *verdammt* heiß. Ich krame in meiner Tasche nach der aktuellen Einkaufsliste, auf der nun auch Waschmittel und Nagellack stehen.

Den leeren roten Einkaufswagen vor mir herschiebend, biege ich vor den Schals und billigen Handtaschen links ab. Ich vermisse das Gewicht meiner Tochter auf dem kleinen Sitz zum Herunterklappen, und wie sie mich unerbittlich in die Oberschenkel getreten hat, während wir die Gänge auf und ab gewandert sind. Wenn man jahrelang immer ein kleines Kind dabeigehabt hat, kann sich eine Solotour zu Target richtig bittersüß anfühlen.

Beim Klopapier halte ich an und verbringe eine volle Minute, die ich nie wiederbekommen werde, mit der Überlegung, welches Fabrikat ich nun in den Wagen legen soll. Bin ich bereit, mir den Hintern mit etwas Sandpapierähnlichem abzuwischen und dabei den Regenwald zu retten, oder will ich etwas, was beim Gebrauch die oberste Hautschicht schont, aber dafür den Untergang der menschlichen Zivilisation verursacht? Auf die Art kann man den ganzen Vormittag bei Target verbringen. Ich nehme die zweilagige Hausmarke und gehe weiter zu den Waschmitteln.

Aus den Augenwinkeln sehe ich einen Mann in der Babyabteilung. Er steht zwischen einem bonbonrosa Reisebettchen und der Luxusausgabe eines Spielcenters, das mit einer Menge glitzernder Plastikfische bestückt ist. Dort wedelt er mit den Armen wie ein junger Albatros, der bereit ist, zum ersten Mal von der Klippe abzuheben. Mit dem wilden Blick, dem hochroten Kopf und dem feuchten schwarzen Haar, das ihm an der Stirn klebt, wirkt er ziemlich verrückt. Was heißt, dass mir gar nichts anderes übrig bleibt, als stehen zu bleiben und zu gaffen. Meine Wagenräder quietschen auf dem frisch gebohnerten Boden. Eine laute Stimme unterbricht die freundliche Musik, um ein Sonderangebot anzukündigen.« Draußen ist es so heiß! Sichern Sie sich noch heute unsere schönen Strandlaken!«

Der Mann trägt einen maßgeschneiderten Anzug, ein gestärktes weißes Hemd und eine rote Krawatte. Die Krawatte ist zu knallig, das Scharlachrot wirkt unnatürlich. Das rechte Hosenbein ist auf halber Höhe zerrissen, darunter sieht man eine blutverkrustete Wunde. Seine italienischen Lederschuhe sind schlammverschmiert, doch irgendwie hat der Schlamm die falsche Farbe, nicht erdig genug. Ist er auf dem Weg hierher durch vertrocknete Play-Doh-Knete gekrabbelt?

Während ich ihn anstarre, senkt er langsam die Arme, bis sie wieder seitlich herabhängen. Dann dreht er sich um die eigene Achse, stirnrunzelnd, offensichtlich verwirrt, dass er von Reisebettchen und Babyschaukeln umringt ist. Er nimmt einen der glänzenden Fische vom Spielcenter und reibt ihn an seinem schmutzigen Gesicht. Ein Pädophiler? Ein Verrückter? Es spielt keine Rolle, denn ich habe tatsächlich aufgehört zu atmen. Der Mann mit dem zerrissenen Anzug, den schmutzigen Schuhen und der wirklich seltsamen Beziehung zu Plastikfischen ist möglicherweise der schönste Mensch, den ich je gesehen habe. Mir steht der Mund offen, als hätte ich meinen IQ beim Klopapier gelassen.

Bevor ich noch zu geifern anfange, schließe ich den Mund. Schön mag er sein, Spaß hat er keinen. Er wirkt ziemlich fertig. Verwirrt. Er legt den Fisch zurück zum Spielcenter und fährt sich durch das dichte Haar, dreht an einer längeren Strähne vorn, bis es den Anschein hatte, als wollte er sie sich aus dem Kopf ziehen. Er zuckt zusammen, lässt das Haar los und birgt das Gesicht in den Händen. Mehrmals atmet er tief durch. Als er schließlich wieder aufsieht, ist sein Blick ruhiger. Er lächelt nicht, aber er sieht nicht länger so aus, als stünde er kurz vor einem ausgewachsenen Nervenzusammenbruch. Er lockert die Schultern, Arme, Handgelenke, lässt den Kopf ein paarmal kreisen und bückt sich, um die Zehen zu berühren.

In den Vororten leben eine Menge merkwürdiger Leute, glauben Sie mir, aber die meisten sind so klug, ihre Merkwürdigkeit hinter verschlossenen Türen auszuleben. Das ist sicherer. Niemand will als abartig gelten.

Ich schiebe meinen Einkaufswagen auf den Mann zu, der mittlerweile auf der Stelle joggt. Die Leuchtstoffröhren über ihm knistern und knacken. Die Enge in meiner Brust kehrt zurück, leichter diesmal, sodass ich nicht keuchend zu Boden gehe, aber ich bin mir ihrer dennoch bewusst. Ich lege die Hand auf meine Tasche. Das Xanax ist dort, wenn es schlimmer wird. Schon davon geht es mir wieder besser.

»Entschuldigen Sie«, sage ich. Von Nahem sieht der Fremde noch besser aus. Seine dunkelgrünen Augen sind von langen Wimpern umrahmt, von der Sorte, wie sie einem jede Werbung für Wimperntusche verspricht. Sein Teint ist rein und bleich, genau wie meine Marmorplatten in der Küche, nur dass er von innen Hitze ausstrahlt, was ihm einen rosigen Schimmer verleiht. Er ist jung, fünfundzwanzig, höchstens dreißig.

»Sie haben doch nicht vor, mit diesen Schuhen einen Marathon zu laufen, oder?«, frage ich. Der Mann zuckt zusammen, als hätte ich ihn mit einem Viehtreiber gestoßen.

Während er mich von oben bis unten mustert, habe ich einen Augenblick Zeit, mir Gedanken über die Auswahl meiner Kleidung an diesem Morgen zu machen. Mein weißes T-Shirt ist über das Farbspektrum gewandert und nun schmutziggrau, und mein khakigrüner Skort Größe 46, der an dem dünnen Katalogmodel so reizend und lässig ausgesehen hatte, erinnert an mir an einen Kartoffelsack. Ein ungewaschener Pferdeschwanz, dazu aggressiv gespaltene Haarspitzen, sind auch nicht gerade hilfreich. Ich bin das genaue Gegenteil von sexy. Ich bin unsichtbar.

»Ich jogge nicht.« Der Mann sieht auf seine schmutzverkrusteten Schuhe hinunter. Seine üppigen roten Lippen verziehen sich zu einem automatischen Lächeln, das sich nicht in seinen Augen widerspiegelt.

»Geht es ... Ihnen gut?« Ich trete einen Schritt näher. »Es ist nur ... nun ja, Sie wirken, als ginge es Ihnen ... nicht so gut.«

Der Mann riecht staubig, nach Mottenkugeln, als hätte man ihn gerade erst aus dem Lager geholt. Aus der Nähe sehe ich eine schwache weiße Ablagerung, die sich von dem dunklen Anzugstoff abhebt. Er sieht an mir vorbei, in Richtung der Zahnhygieneprodukte, als versuchte er, sich in Raum und Zeit zu orientieren.

»Ja.« Er gibt sich selbstsicher, doch so ganz gelingt es ihm nicht. »Mir geht es gut. Ich hatte einen schlechten Start in den Tag, das ist alles.«

An einem normalen Vormittag unter der Woche kaufen im Target nur Mütter oder Kindermädchen ein. Die Geschäftsleute, Männer wie Frauen, sind schon vor Stunden in den Nahverkehrszug nach Manhattan gestiegen. Inzwischen haben diese Leute vermutlich zwei, drei wahnsinnig produktive Meetings abgehalten, Dutzende wichtiger Entscheidungen getroffen, mehrere Tassen fair gehandelten Kaffee getrunken und schnell eine Runde Squash im New York Athletic Club eingeschoben. Jedenfalls stehen sie nicht verwirrt in der Babyabteilung herum. Von wegen schlechter Start.

»Kann ich Ihnen irgendwie *helfen?*«, frage ich und habe keine Ahnung, was ich tun soll, wenn er Ja sagt.

»Danke, aber mir geht es gut«, sagt der Mann und richtet seine Krawatte. Er blickt auf seine Uhr von Patek Philippe, die aussieht, als würde sie besser zu einer Südpolexpedition passen als in die Vorstadt. »Ehrlich. Alles in Ordnung. Vielen Dank für Ihre Fürsorge.« Sein Lächeln, strahlend inzwischen, aber immer noch nicht ganz echt, gibt mir zu verstehen, dass er froh wäre, wenn ich endlich verschwände. Ich sehe, wenn ich unerwünscht bin.

»Okay, prima. Schönen Tag noch.« Ich setze mich mit meinem Einkaufswagen in Bewegung.

»Warten Sie!«, ruft mir der Mann nach. Seine Stimme klingt fast panisch. »Würden Sie mir bitte sagen, wie spät es ist? Meine Uhr ist anscheinend stehen geblieben.«

»Neun Uhr siebenunddreißig.«

»Und, na ja, ich weiß nicht recht, wie ich diese Frage stellen soll, aber wo genau bin ich eigentlich?«

Was? Ich lasse meinen Wagen stehen und kehre um. Direkt vor ihm bleibe ich stehen. Aus der Nähe schätze ich, dass er eins neunzig groß ist, Körperfettanteil bei null Prozent. Vermutlich fällt ihm das auch noch wie von selbst zu, weswegen ich ihn gleich ein bisschen weniger sympathisch finde.

»Meinen Sie, wo in diesem Laden oder, nun ja, wo im Universum?«

Eine solche Frage habe ich, glaube ich, noch nie gestellt. Ich warte, während er über seine Antwort nachdenkt.

»Ich würde sagen, eher Letzteres.«

»Oh.«

»Ja.«

»Hatten Sie einen Unfall?« Ich deute auf das Loch in seiner Hose. Überrascht blickt er nach unten, tastet mit den Fingern an der Wunde herum, verzieht schmerzerfüllt das Gesicht.

»Ich weiß nicht«, sagt er. »Vielleicht bin ich hingefallen?«

»Fragen Sie mich das?«

»Vielleicht.«

Ich sollte den Notruf wählen und ihnen sagen, dass sie eine Zwangsjacke einpacken sollten. Der Mann mustert mich.

»Kennen wir uns?«, fragt er.

Mir geht es ähnlich. Er wirkt vertraut. Andererseits hätte

ich es bestimmt nicht vergessen, wenn ich diesem Typen schon einmal begegnet wäre.

»Nein«, sage ich. »Ich glaube nicht.«

»Merkwürdig.«

»Sie sind in Billsford im Staat New York«, sage ich. »Außerhalb von New York City. Wissen Sie, welchen Tag wir heute haben?«

Wieder fährt er sich nervös durch das Haar, worauf es wie Stachelschweinborsten nach oben steht. Bestimmt würde er das nicht gerne hören.

»Billsford?«

»Was ist denn das Letzte, woran Sie sich erinnern?«, frage ich.

Er streckt die Hände aus. Offenbar würde er es mir gern sagen, mir alles erklären, doch er bringt nichts heraus.

»Ich finde, wir sollten uns Hilfe holen. Möglich, dass Sie sich bei Ihrem Sturz verletzt haben. Ist Ihnen schwindelig?«

»Nein«, sagt er und sieht sich noch einmal um. »Aber ich fühle mich tatsächlich ... seltsam.«

Ja. Das scheint heute Morgen umzugehen. Vielleicht hat er eine Gehirnerschütterung? Oder er erholt sich gerade von einer Narkose?

»Sie haben sich nicht vor Kurzem operieren lassen oder Hockey gespielt, oder?«

»Was?«

»Vergessen Sie's.«

»Wo sind wir hier? Was ist das alles für ein Zeug?«, fragt er.

»Target«, sage ich.

»Target? Was soll das denn sein?«

Das ist der endgültige Beweis.

»Kann ich Ihnen bitte irgendwo Hilfe holen?«, frage ich. »Jemanden anrufen?«

»Nein!« Er packt mein Handgelenk. Ein heißer Blitz durchzuckt mich von der Stelle, wo er mich berührt. Es ist keine Lust, sondern etwas anderes, irgendeine Verbindung, für die ich kein Wort finden kann.

»Ach je«, sage ich.

Er hält mein Handgelenk weiter fest umklammert. »Ich will nach Hause«, wispert er. Er mustert mich aufmerksam, und plötzlich erinnert er mich an Allison, wenn sie aus einem Albtraum hochschreckt, verloren an der Schwelle zwischen Wachen und Schlafen.

»Aber natürlich wollen Sie das«, sage ich und nehme seine Finger von meinem Handgelenk. »Erinnern Sie sich an Ihren Namen? Haben Sie eine Brieftasche?«

Gehorsam schaut er in der Hosentasche und der Innentasche seines Jacketts nach. Nichts.

»Und an meinen Namen erinnere ich mich nicht«, sagt er, als überraschte ihn das. Wie es sich wohl anfühlt, die grundlegendsten Fakten über sich selbst vergessen zu haben? Wer ist man denn, wenn man keinen Namen hat? Ein unbeschriebenes Blatt. Niemand. Aus irgendeinem Grund wird mir bei dieser Vorstellung kalt.

Ich führe den Mann zum Büro der Marktleitung. Bereitwillig begleitet er mich, schlurft mit seinen schmutzigen Tausend-Dollar-Schuhen über den Boden. Unterwegs wähle ich den Notruf.

Zwanzig Minuten später übergebe ich den Mann an eine Sanitäterin mit grauem Haar und tiefer, tröstlicher Stimme. Sie flößt Vertrauen ein. Der Mann lächelt sie zögernd an. Sie nimmt meinen Namen, meine Adresse und Telefonnummer auf. Die übliche Vorgehensweise, sagt sie. Und danke, dass Sie Ihre Bürgerpflicht getan haben. Okay, das sagt sie nicht direkt, aber ich sehe, dass sie es denkt.

Ich wende mich an meinen neuen, verrückten Freund und streiche ihm das Haar glatt. »Alles wird gut.«

Er wirkt skeptisch, nickt aber trotzdem und dreht sich wieder der Sanitäterin zu, die ihm gerade eine Blutdruckmanschette anlegt. Ich bin entlassen.

Erst als ich bei mir zu Hause in die Auffahrt biege, wird mir klar, dass ich meinen Einkaufswagen mit dem sorgfältig ausgesuchten zweilagigen Klopapier irgendwo in der Babyabteilung habe stehen lassen.

8. Kapitel

Um elf sitze ich wieder zu Hause an meinem Schreibtisch. Obwohl ich es nicht gern zugebe, der Mann im Target hat mich aus der Fassung gebracht. Er war verloren und verwirrt und irgendwelchen fremden Leute auf Gedeih und Verderb ausgeliefert. In wichtigen Dingen auf andere angewiesen zu sein gehört zu meinen größten Ängsten. Was, wenn sie einen im Stich lassen? Besser, man erledigt alles selbst, dann kann man nicht enttäuscht werden.

Vermutlich hätte ich den Target-Vorfall ohne Weiteres überstanden, doch wenn dazu noch tausendfünfhundert Worte kommen, die wie durch Zauberhand in *Geraubte Geheimnisse* aufgetaucht sind, dann hat man Grund für eine pharmazeutische Intervention. Ich öffne die Dose Xanax und schlucke zwei kleine weiße Pillen. An manchen Tagen nehme ich eine Pille, an anderen zwei. Heute sind zwei dran, und das noch vor dem Mittagessen.

Ich starre auf meinen Bildschirm. Meine Hände zittern. Irgendetwas Schlimmes passiert. Vermutlich ein Hirntumor. Ein psychotischer Realitätsverlust. Reglos sitze ich auf meinem Sessel, warte darauf, dass das Medikament zu wirken beginnt.

Das dritte Kapitel entwickelte sich prächtig. Laut meinem Entwurf sollten Aidan und Lily das Restaurant verlassen, zu ihm gehen und sich auf quälend langsame Weise ausziehen. Er sollte sie dann fesseln und reizen, und sie sollte schockiert, aber bereit sein. Als ich zu Bett ging, wusste ich *genau*, in welche Richtung sich die Geschichte entwickeln sollte. Jemand namens Clarissa kam darin ganz gewiss nicht vor. Hat mein Hirntumor mich in eine Art kreative Trance versetzt? Um sicherzugehen, schlucke ich noch ein Xanax. Die Ärztin hat mich ermahnt, dass ich mich an die Dosierung halten sollte, da angstlösende Medikamente süchtig machen können, aber das ist mir im Moment völlig egal. Eine Hexe namens Clarissa hat *Geraubte Geheimnisse* überfallen.

Mein Handy klingelt und unterbricht den Lärm in meinem Kopf. Jason ist unterwegs.

Ich schiebe mich vom Schreibtisch weg. Bis er kommt, bleiben mir höchstens noch zwanzig Minuten – das Mindeste, was ich für ihn tun kann, ist, dass ich nicht nach Angstschweiß rieche.

Immer noch zittrig trete ich aus der dampfenden Dusche, aber es ist nicht so schlimm, dass ich es nicht unter Kontrolle habe. Gerade als ich ein orangefarbenes Handtuch um mich schlinge, klingelt es an der Tür. Ich linse aus dem Seitenfenster und sehe Jason. Er hat eine Tüte Sandwiches aus Vinnie's Italian Deli dabei. Wenn es zeitlich passt, lasse ich ihn manchmal zum Essen bleiben, und dann führen wir Gespräche mit erwachsenen Themen. Sie wissen schon, über den Anwaltberuf, welche Filme wir kürzlich gesehen haben, Immobilienpreise in Billsford. Sichere Themen. Neutrale Themen.

Doch als ich die Tür aufmache, überkommt mich das Bedürfnis, ihm zu erzählen, was für einen seltsamen Morgen ich erlebt habe. Ich würde mit der Hexe anfangen und gleich darauf auf den schönen, verrückten Mann bei Target zu sprechen kommen. Doch ich halte mich im Zaum. Derartige Gespräche führen wir nicht. Wir schlafen miteinander und reden übers Wetter.

»Hübsches Handtuch«, sagt Jason grinsend. Im Lauf der letzten Monate ist er frech geworden. Er erzählt mir, dass er mit jemandem ausgeht. Ich lüge und behaupte, ich auch. Bald wird er mir erklären, dass er eine Freundin hat, dann wäre es vorbei mit unseren Freitagvormittagen. Ich muss mir noch überlegen, was das für mich heißen wird.

»Ich bin zeitlich knapp dran«, sage ich.

Jason legt die Sandwiches auf einen Beistelltisch und zupft am Handtuch. Es fällt zu Boden.

»Du hast wirklich tolle Titten«, sagt er. »Zwei richtige Hand voll.«

»Du liebe Güte, danke«, sage ich. »Gehen wir rauf?«

»Du zuerst. Ich will deinen nackten Hintern ansehen, während du die Treppe hochgehst.«

Himmel. Ich habe ein Monster erschaffen.

Vor ein paar Monaten kam Jason endlich dazu, mich nach einem Buchtitel von mir zu fragen. Statt zu erklären, welche Art Bücher ich schreibe, gab ich ihm eine Hardcoverausgabe meines jüngsten K. T. Briggs.

»Nackenbeißer?« Er betrachtete das Cover, auf dem ein heißer Typ mit wehendem blondem Haar abgebildet war. Sein Hemd stand offen und enthüllte einen geriffelten Waschbrettbauch, in den Armen hielt er eine Frau. Sie hatte dasselbe wehende blonde Haar, und ihr Kleid war an strategischen Stellen zerrissen, um den Blick auf lange Beine und cremeweiße Schenkel zu offenbaren. Im Hintergrund war ein Hengst zu sehen.

»Gewissermaßen«, sagte ich.

»Ich kann es gar nicht abwarten, es zu lesen«, sagte er. Himmel, war er überrascht, als er es dann tat.

»Du beschreibst eine Brustwarze als Knospe!«, schrie er

mich nächste Woche an. »Und einen Schwanz als Liebesschaft!«

Ich zuckte mit den Achseln. »Na und?«

»Ich hatte einen Ständer. Im Zug. Das war peinlich.«

»Du hast das in der Öffentlichkeit gelesen?«

»Na ja, ich hab es eingeschlagen ins *Wall Street Journal.*«

»Du brauchst einen E-Reader.«

»Vermutlich. Aber es hat mir wirklich gefallen. Total spannend. Ich hätte beinahe meine Haltestelle verpasst.«

»Danke«, sagte ich. »Das ist nett.«

»Also, tust du diese Dinge?«, fragte er.

Mit dieser Frage hatte ich gerechnet und mir eine Antwort zurechtgelegt. Nur weil ich über etwas schreibe, heißt es nicht, dass ich es auch praktiziere. Ich meine, ich könnte eine Biografie von Abraham Lincoln schreiben, auch wenn ich dem Mann nie begegnet bin. Oder einen Thriller über einen Serienkiller, ohne je einen Mord begangen zu haben. Warum also kann ich nicht über Lederstiefelfetischisten schreiben, ohne mein eigenes Schuhwerk jeden Abend nach Sonnenuntergang in einer dunklen Kammer zu streicheln?

»Nein«, gab ich ihm die Kurzversion meiner Antwort.

Jason fing sich gerade noch, ehe seine Miene Enttäuschung verriet.

»Nun ja, vielleicht macht K. T. Briggs sie ja?«

Ich warf ihm einen finsteren Blick zu. »Nein. Aber es freut mich, dass dir das Buch gefallen hat.«

An diesem Vormittag kam Jason in unter einer Minute. Bestimmt stellte er sich mich vor, oder vermutlich K. T. Briggs, ans Kopfende des Betts gefesselt, die Beine weit gespreizt.

Ich laufe die Treppe hinauf und bemühe mich, meinen Hintern nicht wackeln zu lassen, aber er wogt hinter mir, als würde er seine eigene Schwerkraft schaffen. Die Vorstellung entlockt mir ein Kichern. Die Erde, der Mond und mein Hintern.

Das Hinterngewackel macht Jason heiß. Wir machen es an der Wand oben an der Treppe. Er hält meine Hände über meinem Kopf fest. Das ist ungünstig. Jason ist etwa eins fünfundsiebzig, doch der Größenunterschied reicht aus, dass er mich buchstäblich anheben muss, um überhaupt in mich eindringen zu können. Ich sorge mich, dass er vor Anstrengung zusammenklappen könnte.

»Mein Gott, Sadie«, sagt er jedes Mal, wenn er mich gegen die Wand donnert. »Du fühlst dich heute so gut an.«

»Ich ... bin ... froh ... dass ... du ... das ... findest«, sage ich zwischen den dumpfen Stößen. Rechts neben meinem Kopf hängt ein hübsches Landschaftsbild von einem ortsansässigen Künstler. Es hüpft im selben Rhythmus von der Wand weg. In dieser Position spüre ich seinen Penis wahrhaftig bis an die Backenzähne. Im Stehen mag ich es nicht so besonders. Dabei sehne ich mich am Ende immer nach einem Schemel.

Hinterher lassen wir uns auf den Teppich im Flur fallen. Es ist ein ziemlich neuer Teppich, hellgrün, was für den beengten Raum genau das Richtige ist. Farngrün heißt die Schattierung, glaube ich. Ich verlagere mein Körpergewicht, damit mir der Samen nicht übers Bein läuft und den farngrünen Teppich verfleckt. Jason streicht mir über den Bauch und zwischen die Beine. Er lässt die Hand dort ruhen.

»Also«, fragt er. »Willst du jetzt?«

Ohne die Antwort abzuwarten, bringt er sich in Position, spreizt meine Beine, damit er bequem dazwischenpasst. Meine Hüftmuskeln dehnen sich. Ich fange an, mich zu entspannen. Von hier unten aus habe ich die Treppe und die Tür im Blick. Greta hat die Topfpflanzen auf den Stufen draußen gegossen, trotzdem hängen sie in der ungeheuren Hitze schlapp herunter.

Jason arbeitet sich mit der Zunge von meinem Knie nach oben ins gelobte Land. Mir ist noch kein Weg eingefallen, wie ich ihm beibringen könnte, dass es reine Verschwendung von Speichel ist, wenn er mir das Knie leckt. Im Knie habe ich nämlich nur sehr wenige Nervenenden. Aber offenbar hat er entschieden, dass dies der Punkt ist, an dem er starten sollte, und ich will nicht undankbar erscheinen. Seine Zunge ist warm, und ich schließe die Augen. Mir gefällt der Moment, kurz bevor er mit der Zunge in mich eindringt. Die Vorfreude, die Verheißung, das Wissen, dass das Gute erst noch kommt.

Und hier liege ich, bereit für all das Gute, das kommen soll, als das Telefon klingelt. Jason taucht wie ein Erdhörnchen zwischen meinen Beinen auf.

»Musst du rangehen?«

Nein. Wirklich nicht. Ich will hier bleiben und auskosten, wie du mit der Zunge Kreise um meine Klitoris beschreibst, bis ich laut aufschreie und an deinen Haaren zerre.

»Allison war letzte Woche krank, nicht?«, fügt er hinzu.

Dass Jason sich an derartige Dinge erinnert, fühlt sich auf eine Art intim an, die mich stört, wie ein Fingernagel, den man zu weit abgeschnitten hat. Aber er hat recht. Ich muss rangehen. Heute wird es kein gelobtes Land geben.

»Scheiße«, seufze ich. Nicht sehr anmutig stehe ich auf und laufe zum Telefon.

»Guten Morgen«, sagt eine muntere Stimme. »Hier ist die Notaufnahme des Klinikums Billsford.«

Mir stockt der Atem, denn wenn ein Krankenhaus anruft, kann das nur heißen, dass dein Kind tot ist.

»Spreche ich mit Sadie Fuller?«

»Ja«, quietsche ich.

»Wir haben einen Mann hier, der behauptet, dass Sie seine nächste Angehörige wären.«

»Einen Mann?« Alle Luft fließt aus meinen Lungen. Ich habe am ganzen Leib Gänsehaut. Allison ist kein Mann. Aber ich habe auch keine Brüder, Onkel oder Neffen, die damit gemeint sein könnten. Die Gänsehaut kehrt zurück.

»Ist sein Name Roger?«, frage ich. »Wie alt sieht er aus?«

»Jung«, sagte sie. »Um die fünfundzwanzig oder so. Und ich weiß nicht, ob sein Name Roger ist. Das ist Teil des Problems.«

Roger ist sehr attraktiv und sehr fit. Er kann tagelang Kopfstand machen. Aber er sieht mindestens aus wie vierzig. Obwohl ich ihm ständig sage, dass er immer noch als zweiunddreißig durchgehen kann, weil ich will, dass er glücklich ist.

»Dann wissen Sie seinen Namen nicht?«, frage ich. »Und er weiß ihn auch nicht?«

»Nein«, sagte sie. »Offenbar leidet er an Gedächtnisverlust, aber an Sie konnte er sich gut erinnern. Namen, Telefonnummer und Adresse. Er wurde heute Morgen eingeliefert. Sehr attraktiv.«

Das Letzte bringt sie ein wenig verlegen vor, doch nun weiß ich, dass es sich um den Typen aus dem Target handelt.

»Können Sie mir seinen Namen sagen?«, fragt sie. »Meinen Sie, es könnte sich um einen Bekannten von Ihnen handeln? Er hat uns sogar Ihr Aussehen beschrieben.«

Wie bedauerlich für mich. Man kommt nie damit durch, wenn man sich in einem Ort wie Billsford schlampig kleidet.

Irgendwer ist immer in der Nähe, der einen auffliegen lässt. Ich will schon sagen, dass ich keine Ahnung habe, wer der Mann ist, dass ich ihn in der Babyabteilung gesehen habe, wo er verwirrt und durcheinander wirkte, und nur meiner Bürgerpflicht nachgekommen bin, mehr nicht. Aber irgendetwas hält mich davon ab, irgendein Gefühl, das mir sagt, ich sollte ins Krankenhaus gehen und nach ihm sehen.

»Ich bin mir nicht sicher, von wem Sie sprechen«, sage ich, »aber ich könnte ja mal vorbeikommen und ihn mir ansehen.«

»Das wäre toll, Ms. Fuller.«

Wir legen auf. Ich bin immer noch nackt. Jason kommt durch den Flur, trägt nur seine Boxershorts. Seit ich Größe 44 trage, will ich mich niemandem mehr nackt zeigen, nicht mal mir selbst. Ich war sicher, dass Roger mich unattraktiv fand und dass unser Sexleben deswegen zum Erliegen kam. Wenigstens konnte ich, als er mir sagte, er sei schwul, damit aufhören, meine neue Üppigkeit für unseren Mangel an Körperkontakt verantwortlich zu machen. Das Problem war nicht, dass ich zu dick war, das Problem war, dass ich weiblich war, und daran konnte man nun wirklich nichts ändern. Jason hingegen scheint nichts als Entzücken zu verspüren, wenn er mich ohne Kleider zu sehen bekommt.

»Alles okay?«, fragt er mich.

»Ja.« Aus irgendeinem Grund halte ich es für wichtig, ihm keine Einzelheiten zu verraten. Warum, das kann ich nicht sagen.

»Möchtest du da weitermachen, wo wir aufgehört haben?«

Sowohl Jason als auch ich sind inzwischen recht geübt darin, über Sex zu reden, als wäre es eine rein geschäftliche Sache. Hast du bekommen, was du brauchst? Wie war das für dich? Haben wir irgendwelche wichtigen Meilensteine erreicht? Ich sage mir, dass das in Ordnung ist, der moderne Weg, das zu bekommen, was man braucht.

»Weißt du«, sage ich und verschränke die Arme vor der nackten Brust, »ich glaube, für mich ist es okay so. Ich habe einen Abgabetermin vor mir, für den ich wohl besser ranklotzen sollte.«

»Oh.« Jason klingt enttäuscht, erholt sich aber schnell wieder. »Ich lasse dir das Sandwich mit Truthahn und getrockneten Tomaten da. Ich glaube, dass auch etwas Provolone dabei ist.«

»Danke«, sage ich und meine es auch so.

Jason bringt mir Sandwiches mit Käse. Er ist freundlich und gutmütig. Das zumindest kann ich zugeben, ohne gegen meinen Vorsatz zu verstoßen, mich emotional nicht zu binden. Er ist nicht gierig. Tatsächlich hat es den Anschein, als wäre er vollkommen selbstlos. Er hat meinen Wasserhahn repariert, meinen Garagentoröffner und die Fliegentür am Nebeneingang, die dauernd heruntergefallen ist. Ich glaube auch, dass er abgenommen hat. Er sagt, dass er sich zum ersten Mal seit zwanzig Jahren richtig glücklich fühlt. Wenn er das sagt, fange ich zu weinen an, nur deswegen, weil es so unglaublich traurig ist.

Beim Anziehen erzählt Jason von seinem neuen Auto, einem roten Sportcoupé mit schwarzen Ledersitzen. Ich habe keine Kleider herumliegen, nur unten am Fuß der Treppe das Handtuch, also entschuldige ich mich, um mich anzuziehen. Ein paar Minuten später treffen wir uns an der Haustür. Jason ist wirklich dünner geworden. Er sieht gut aus. Ob er es wohl weiß?

»Bis nächste Woche?« Er fragt immer. Das gehört zu unserer Routine.

»Ja«, sage ich etwas unkonzentriert.

Er küsst mich, und ich schiebe ihn mehr oder weniger zum Haus hinaus. Das Geheimnis mit dem gut aussehenden Mann macht mir zu schaffen. Ich bin sicher, dass er meinen Namen und meine Nummer mitbekommen hat, als ich sie den Sanitätern nannte, aber warum sollte er mich als nächste Angehörige bezeichnen? Was will er von mir?

Fünf Minuten später sitze ich im Minivan und bin unterwegs zum Klinikum Billsford.

9. Kapitel

Der Minivan und ich fahren durch Billsfords schmale, kurvenreiche Straßen. Die Bäume sind üppig grün, wie im Frühlingsrausch, und die Zweige hängen so tief herab, dass es unmöglich ist, um die nächste Kurve zu blicken. Zum Krankenhaus ist es nicht weit, aber man ist hier immer ewig unterwegs, egal, wohin man fährt. Ich verspüre leise Sehnsucht nach Gehsteigen und U-Bahnen.

Der Krankenhausparkplatz ist voll. Auch wenn mir nicht ganz wohl dabei ist, mir einen Platz zu schnappen, der mit dem Schild »Nur für Patienten« gekennzeichnet ist, also Leuten vorbehalten sein sollte, die am Verbluten sind, bleibt mir nicht viel anderes übrig. Außerdem bleibe ich ja nicht lang.

Am ausladenden Empfangstresen sitzt eine Krankenschwester mit Namensschild. BRIDGET steht darauf in Großbuchstaben, wie ein Schrei.

»Hallo«, sage ich. Mir ist bewusst, dass mein Haar darunter gelitten hat, vor einer knappen halben Stunde heftig gegen die Wand gedrückt worden zu sein. Die Lösung ist, stolz darauf zu sein und nicht zu erröten.

»Kann ich Ihnen helfen?«, fragt Bridget.

»Ich habe eben einen Anruf bekommen wegen eines … Manns«, sage ich. »Ich bin Sadie Fuller.«

Bridget weiß Bescheid.

»Natürlich. Der Typ. Der gut aussehende Typ.«

»Ja.«

»Er ist sehr attraktiv«, sagt sie noch einmal. Sie ist jung und hübsch. Mir ist klar, was mit ihr los ist.

»Genau«, sagte ich.

Sie findet ihre Professionalität wieder, schlägt sich dabei möglicherweise ein Bild des fraglichen Herrn in einem dünnen, offenen Krankenhauskittel aus dem Kopf.

»Seine psychologische Untersuchung ist gleich zu Ende«, sagt sie mit Blick auf ihren Computer. »Fahren Sie in den zweiten Stock, dort hilft Ihnen die Krankenschwester weiter.«

Ich gehe zu den Aufzügen.

»Er sieht wirklich gut aus«, ruft Schwester Bridget mir nach. Am liebsten hätte sie mich wohl gefragt, ob er Single und zu haben ist, aber vermutlich hat man ihr in der Ausbildung beigebracht, dass es die Grenzen des guten Geschmacks überschreitet, sich an Patienten mit Wahnvorstellungen heranzumachen.

Im zweiten Stock riecht es stärker nach Krankenhaus als am Empfang. Eine Kombination aus Desinfektionsmitteln, Bleiche und wiederaufbereiteter Luft überlagert den Geruch von Krankheit und Elend. Die Neonröhren tauchen alles in grünliches Licht. Ich hatte noch nie das Gefühl, dass Krankenhäuser Orte sind, die einen zum Weiterleben inspirieren.

Cathy ist die diensthabende Krankenschwester. Sie trägt ein altmodisches Häubchen, bei dessen Anblick ich mich am liebsten bekreuzigen will, nur zur Sicherheit.

»Sie haben kein Besucherabzeichen«, sagt sie mit prüfendem Blick auf meine Brust.

»Nein, Schwester Bridget hat mir keins gegeben.«

Schwester Cathy schnalzt missbilligend mit der Zunge. Ein Drucker erwacht zum Leben, ein Abzeichen wird hergestellt.

»So«, sie setzt sich in ihr Dienstzimmer und rückt das Häubchen zurecht, »wie kann ich Ihnen helfen?«

»Ich bin hier, um zu sehen, ob ich den gut aussehenden Mann kenne.« Es klingt lächerlich, aber es entspricht mehr oder weniger der Wahrheit. Schwester Cathy macht schmale Augen.

»Das Krankenhaus hat *mich* angerufen«, sage ich. »Ich versuche, bei der Identifizierung eines Patienten zu helfen.«

»Des gut aussehenden?«

Hatte ich das nicht schon gesagt?

»Ja. Haben Sie viele Patienten hier, die nicht wissen, wie sie heißen?«

Sie ignoriert die Frage. »Er ist sehr ... charmant.« Sie tippt eifrig in den Computer, doch die rosige Färbung ihrer Wangen ist nicht zu übersehen. Eine solche Aufregung hat sie vermutlich nicht mehr erlebt, seit der Papst im Yankee Stadium die Messe zelebrierte.

»Bestimmt.«

»Er kommt gerade von der psychologischen Untersuchung«, sagt sie brüsk und steht auf. »Ich kann Sie zu ihm bringen.«

Eine merkwürdige Nervosität steigt in mir auf, ein Gefühl der Erwartung, gemischt mit Furcht. Der Patient liegt in einem Einzelzimmer. Vielleicht, weil er der einzige Patient hier oben ist, oder vielleicht, weil Schwester Cathy ihn für ein Schätzchen hält. Und für so charmant. Durch ein riesiges Fenster strömt die Sonne herein und taucht ihn in so strahlendes Licht, dass ich damit rechne, jeden Augenblick die Engel singen zu hören.

Schwester Cathy seufzt. »Er ist so ...«

»Ich weiß«, unterbreche ich sie. »Charmant.«

Beim Klang meiner Stimme dreht sich der Mann um.

»Sadie!« Er eilt zu mir und ergreift meine Hände. Schwester Cathy beobachtet uns genau. Sein Blick ist flehend. Seine Hände fühlen sich eiskalt an. Er drückt meine Hände. Bitte.

»Harry«, platze ich heraus, möglicherweise, weil ich gestern im Supermarkt Prinz Harry auf der Titelseite von *People* gesehen habe. Ich wende mich zu Schwester Cathy, im Gesicht ein strahlendes falsches Lächeln. »Das ist Harry … Plant. Mein Großcousin zweiten Grades.«

Ich frage mich ja manchmal, ob irgendwer außerhalb des britischen Königshauses etwas mit dieser Verwandtschaftsbezeichnung anfangen kann, aber ich habe das Gefühl, dass meine Behauptung dadurch schwieriger zu widerlegen ist.

»Der Rest der Familie lebt auf der anderen Seite des großen Teichs.« Allmählich erwärme ich mich für meine Lüge. Die Miene des frischgebackenen Harrys zeigt tiefe Erleichterung. Ich habe keine Ahnung, was ich da tue. Vor Kurzem habe ich gelesen, anderen zu helfen ist der beste Weg, sich selbst gut zu fühlen. Vielleicht treibe ich diese Idee nur auf die Spitze.

Ich umarme Harry. Sein Körper ist fest und mager. Durch sein Hemd spüre ich Muskeln.

»Wie geht es dir, alter Knabe?«, frage ich. Schwester Cathy rollt die Augen.

»Dann können Sie diesen Mann identifizieren?«

»Hab ich das nicht eben getan?«

»Ich hole den Arzt.« Sie macht auf dem Absatz kehrt und rauscht aus dem Zimmer.

Großcousin Harry setzt sich aufs Bett.

»Danke«, sagt er leise. »Ich weiß nicht, ob ich hier auch nur eine Minute länger überlebt hätte.«

»Oh«, sage ich und setze mich neben ihn. »Ich bin mir nicht sicher, ob ich Sie hier rausholen kann oder, nun ja, sollte. Ihnen geht es nicht gut.«

Abrupt steht er auf. »Mir geht es prima. Alles okay.«

»Ich weiß«, sage ich beruhigend. »Aber Sie können sich nicht daran erinnern, wer Sie sind, nicht?«

Ernüchtert setzt er sich wieder.

»Nein.«

Ich zucke mit den Achseln, um anzudeuten, dass ich einen Fremden mit Gedächtnisverlust nicht mit nach Hause nehmen kann. Das ergäbe einfach keinen Sinn, allen guten Absichten zum Trotz. Wieder ergreift er meine Hände, rückt mir auf der Bettkante näher. Ich empfinde ein heftiges Déjàvu.

»Man hat mir Dosenerbsen serviert«, sagt er und sieht dabei zutiefst beleidigt aus. »Und Wackelpudding. So ein Essen habe ich noch nie zuvor gesehen. Aber sie wollen mich nicht gehen lassen, es sei denn, jemand bürgt für mich. Und Sie wissen, wer ich bin.«

»Nein, weiß ich nicht.«

»Na, eben haben Sie aber so getan.«

»Okay«, sage ich, »nehmen wir mal an, rein theoretisch, ich würde Sie hier rausholen. Wohin würden Sie gehen?«

»Ich würde, also, ich würde einfach ... also, vielleicht gehe ich ...«

»Ich glaube, es wäre am besten, wenn Sie hierblieben«, sage ich. »Am sichersten.«

Großcousin Harry gleitet vom Bett und sinkt auf ein Knie, als wollte er mir einen Heiratsantrag machen. Er lächelt. Es ist ein wunderschönes Lächeln, und für einen Augenblick bin ich von seinem Liebreiz überwältigt.

»Bitte«, sagt er. »Es gibt da etwas, was ich unbedingt tun muss. Um Gottes willen, bitte helfen Sie mir.«

»Was ist es denn?«

Er zögert, lässt meine Hand aber nicht los. »Ich ... ich kann mich nicht genau erinnern, aber es ist dringend. Ich kann es spüren. Es ist ... die Liebe.«

Nun, damit ist es amtlich. Wenn ein anscheinend obdachloser Mann ohne Familie, der nicht einmal mehr weiß, wie er heißt, anfängt, von Liebe zu brabbeln, ist es normalerweise an der Zeit, die Zwangsjacke herauszuholen, denn der Typ ist offensichtlich übergeschnappt.

Doch in seiner Miene liegt etwas, was mich innehalten lässt, ein Schmerz, der verlangt, dass ich aufmerksam zuhöre und mir seine Worte wirklich durch den Kopf gehen lasse. Bevor ich antworten kann, kommt der Arzt herein. Er ist jung, hat eine runde Brille und einen Strubbelkopf. Die dunklen Ringe um seine Augen legen nahe, dass er schon tagelang hier ist, vielleicht sogar jahrelang, und sich wahrscheinlich von Dosenerbsen in der Cafeteria ernährt. Er presst sich eine Faust vor den Mund, um ein Gähnen zu unterdrücken. Seine Lider flattern. Er wird direkt vor mir im Stehen einschlafen. Ich treffe eine rasche, unlogische und etwas groteske Entscheidung: Ich will Großcousin Harry hier herausholen, bevor dieser erschöpfte Arzt ihm noch aus Versehen die Leber herausnimmt oder den rechten Unterschenkel amputiert.

»Doktor«, sage ich. Er zuckt zusammen. Hinter ihm steht Schwester Cathy und wirft mir finstere Blicke zu.

»Ms. Fuller.« Er studiert sein Klemmbrett und fragt sich vermutlich, was er hier will. »Schwester Cathy meint, Sie würden unseren Patienten kennen.«

»Vielleicht«, korrigiert Schwester Cathy ihn.

»Oh«, sage ich, »ich kenne ihn definitiv. Er heißt Harry Plant. Er ist mein Großcousin. Wir sind praktisch miteinander aufgewachsen.«

Schwester Cathy schnaubt. »Die könnte doch seine Mutter sein«, murmelt sie vor sich hin. Blöde Kuh.

Der Arzt seufzt und schwankt. Er möchte einfach den Typen hier weghaben, damit er im Pausenzimmer ein wenig Schlaf tanken kann. Das will er sich von einer verrückten alten Schwester bestimmt nicht nehmen lassen. Mit einem Winken schickt er Schwester Cathy hinaus.

»Mr. Plant scheint nichts weiter zu fehlen«, sagt er dann. »Wir haben sein Bein verbunden, doch beim CT war alles in Ordnung. Kein Schädel-Hirn-Trauma. Ich rate Ihnen, ihn so schnell wie möglich zu seinem Hausarzt zu bringen, damit dieser den Gedächtnisverlust überwacht. Ich denke, die Erinnerung wird innerhalb eines Tages zurückkehren. So läuft das normalerweise.«

»Ich habe vollstes Vertrauen in Ihre Entscheidung, Doktor«, sage ich. »Ich kümmere mich um ihn.«

»Es ist schön, wenn man Familie hat«, sagt der Arzt.

»Ja, nicht wahr?« Ich schiebe Harry seine Schuhe und Strümpfe zu.

»Also, Sie brauchen nur noch hier zu unterschreiben, dann ist alles in Ordnung.«

Ich gebe mich nicht mit dem Kleingedruckten ab, sondern unterzeichne die Entlassungspapiere. Dann begleite ich den erleichterten Arzt aus dem Zimmer und wende mich Harry zu. Was habe ich da getan?

Während Harry mit seiner Fußbekleidung beschäftigt ist, überkommt mich Panik. Ich taste in meiner Tasche nach dem

Notfall-Xanax, doch anscheinend habe ich schon alle genommen. Harry steht auf und schließt mich dankbar in die Arme. Er riecht nach Krankenhaus, was völlig falsch ist. Dieser Mann sollte nach Kiefernadeln riechen, nach Geld und nach Sex.

»Danke«, flüstert er mir in mein zerzaustes Haar.

Ich schiebe ihn weg. Ein Prickeln überläuft mich, als wäre mein Körper ein einziger Musikantenknochen, den man auf die Tischkante geschlagen hat. Ich bin auch nicht besser als Schwester Cathy.

»Gehen wir«, sage ich.

Von der anderen Parkplatzseite öffne ich die Seitentüren des Minivans. Großcousin Harry bleibt wie angewurzelt stehen.

»Was ist das?«, fragt er.

»Mein Wagen.«

»Das ist ja ein ... Minivan.« Er gibt sich keine Mühe, sein Entsetzen zu verbergen.

»Und?« Mein Minivan ist für mich dasselbe wie ein nerviger Verwandter. Ich darf Witze über ihn reißen, andere nicht.

»Ich habe nur noch nie in einem gesessen«, sagt er. Es ist faszinierend zu beobachten, wie er versucht, seinen emotionalen Halt zurückzugewinnen.

»Damit haben wir wohl festgehalten, dass Sie keine Kinder haben.« Obwohl ich das auch schon daraus hätte schließen können, wie unglaublich fehl am Platz er heute Morgen im Target gewirkt hat. Wenn man Kinder hat, kann man mit verbundenen Augen bei Target einkaufen. Der Laden ist eine unausweichliche Nebenwirkung der Elternschaft.

»Nein«, sagt er und sieht aus, als schauderte ihn. »Ich glaube nicht.«

Ich werfe meine Handtasche durch die offene Tür hinten und schiebe sie zu, während ich die Beifahrertür öffne. Der Sitz ist übersät mit leeren Kaffeebechern, ungeöffneten Briefen, einem Schal, einer Plastiktüte mit etwas, was in der Jurazeit einmal ein Erdnussbuttersandwich gewesen sein mochte. Ich hebe das ganze Zeug auf und werfe es nach hinten. Mein Begleiter keucht.

»Was tun Sie da?«, fragt er.

»Wollten Sie sich auf all das draufsetzen?«, frage ich. »Wenn Sie wollen, kann ich es wieder vorholen.«

»Nein.« Er steigt vorsichtig in den Minivan. »Es ist nur, dass Autos wie Frauen sind. Man muss sie respektieren und behandeln, als wären sie schön. Alle.«

Seit wir uns begegnet sind, ziehe ich hier zum ersten Mal in Betracht, dass er tatsächlich verrückt sein könnte.

»Das ist ein blöder Minivan«, sage ich. »Der hat keinen Respekt verdient.«

Großcousin Harry verzieht das Gesicht.

»Ich fahre einen Jaguar-Oldtimer und einen Maserati«, sagt er plötzlich. »Einen Bentley habe ich auch, aber zu dem gehört noch ein Chauffeur.«

Wir erstarren beide und sehen uns an.

»Wo haben Sie die Autos denn untergebracht?«, frage ich rasch.

Er schließt die Augen. »Sie stehen in einer Lagerhalle, glaube ich«, sagt er. »Alles ist sehr … großstädtisch.«

Nun, das grenzt die Sache auf ungefähr fünfundzwanzig Bundesstaaten ein.

»Tut mir leid«, sagt er. »Ich bin nicht gerade hilfreich.«

Ich tätschele ihm den Arm. »Ist doch großartig, dass sich Ihre Erinnerungen allmählich wieder einstellen.«

Seine Miene verrät Verwirrung.

»Schauen Sie doch mal, was das für riesige Getränkehalter sind«, sage ich und lasse den Motor an. »Wetten, dass Sie in Ihrem Jaguar-Oldtimer keine zwölf Becher Kaffee unterbringen?«

Wir fahren vom Parkplatz runter, und dann steuere ich mein Zuhause an, weil ich keine Ahnung habe, was ich sonst tun soll.

10. Kapitel

Ich bin dazu geboren, Liebesromane zu schreiben. Schon ein flüchtiger Blick auf meine Kindheit zeigt, dass ich in der Angelegenheit kaum eine andere Wahl hatte. Ich wuchs als Einzelkind in einem Städtchen im Staat New York auf. Meine Eltern waren schon älter und beide Literaturdozenten an der geisteswissenschaftlichen Hochschule vor Ort. Meine Mutter trug weite Bauernröcke und jede Menge bunter Glasperlen. Sie hatte breite Hüften, große Hände und eine laute Stimme. Ihr langes Haar trug sie frei und offen, im Sommer steckte sie sich hin und wieder Margeriten ins Haar, denn sie heißt natürlich Margaret. Margaret schwebte durchs Leben, stets ein breites, glückliches Lächeln auf den Lippen, weil sie ja meinen Vater Walter hatte. Den Tunika tragenden, kahlköpfigen, birkenstockbeschuhten Shakespeare-Spezialisten Walter Fuller.

Walter liebte Margaret mehr als alles auf der Welt und tut es noch, bis heute. Er liest ihr jeden Wunsch von den Augen ab, überrascht sie mit glitzerndem Tand, Grüntee mit Sojamilchschaum und exotischer Schokolade (Jalapeño! Kardamom!). Gerüchte besagen, dass Margaret überfordert war vom Windelwechseln, und so übernahm Walter es, meinen süßen Popo abzuwischen, damit seine liebste Gattin beim Anblick von Babykacke nicht in Ohnmacht fallen musste. Walter lebt, um Margaret zu dienen, und Margaret überschüttet ihn dafür mit Liebe.

Professor Margaret Fullers Spezialgebiet ist Jane Austen. Ich wuchs auf mit Geschichten von unglücklicher Liebe, die in den letzten Kapiteln dramatisch wiederbelebt wurde, um schließlich in ein Happy End zu münden. Und Margarets eigenes Leben schien das ja auch zu bestätigen: Sie lernte Walter mit zweiundvierzig Jahren kennen, und alles ist wunderbar gelaufen. Dass die Liebe am Ende nur für Ms. Austens Figuren galt, nicht aber für ihre Erschafferin, focht meine Mutter überhaupt nicht an. Mir gegenüber hat sie nie erwähnt, dass die große Autorin von Liebesromanen allein und unbekannt im Alter von einundvierzig Jahren verstarb.

An kalten Winterabenden saßen wir zu dritt im kleinen Wohnzimmer, so nahe am Holzofen, wie wir es wagten, und lasen. Es war üblich, beinahe unerlässlich, dass man, wenn man auf eine gute Passage stieß, sie laut vorlas, wenn nötig, mit verschiedenen Stimmen. Zum Frühstück wurde ich mit Sonetten oder Passagen aus *Stolz und Vorurteil* bombardiert. Meine Eltern zitierten dauernd große weiße, tote Autoren und verschwanden dann in einem Nebel von Lust im Schlafzimmer, während ich am Esszimmertisch mutterseelenallein Patiencen legen durfte.

Als wir in der Schule *Der große Gatsby* lasen, wies mich meine Mutter ausdrücklich darauf hin, wie schrecklich dieser Roman doch sei.

»Aber es ist ein amerikanischer Klassiker«, wandte ich ein. »Das steht auf dem Umschlag.«

»Er geht völlig am Thema vorbei«, schoss sie zurück.

»An welchem Thema?«, flehte ich.

»Dem Thema eben.« Sie erklärte sich nicht weiter. Irgendwann wurde mir klar, dass sie es nicht mochte, wenn ein Buch traurig endete. Wenn das Liebespaar am Ende nicht zueinanderfand, warum sollte man sich überhaupt damit abgeben? Und ich neigte dazu, ihr recht zu geben. Nachdem ich *Gatsby* gelesen hatte, hatte ich tagelang einen harten Knoten im Bauch. Ich hatte diese armen, elenden Kreaturen absorbiert und wurde sie nicht mehr los. Sie verfolgten mich, und das war so unangenehm, dass ich im zarten Alter von zwölf oder so beschloss, mir Margarets Einstellung zu eigen zu machen. Hol dir dein Happy End, und wenn es das Letzte ist, was du tust.

Es war also völlig logisch, dass ich über die Liebe schreiben sollte. Wenn man Sadie Fuller in der Bibliothek nachschlägt, findet man einige recht bekannte zeitgenössische Liebesgeschichten. Ich schrieb die Art Romane, die als »süß« bezeichnet werden, also weder von wogenden Brüsten noch erigierten Penissen noch Körperöffnungen jedweder Art erzählen. Ich war sehr gut darin, intime Szenen anzudeuten und die verschwitzten Einzelheiten der Vorstellungskraft meiner Leserinnen und Leser zu überlassen.

Fünf oder sechs dieser Bücher spuckte ich im Jahr aus. Eines erreichte sogar jenen Gipfel messbaren Erfolgs, eine Verfilmung fürs Fernsehen. Was eine gute Story ausmacht, sitzt mir in den Knochen. Herrgott, ich könnte eine zarte, romantische Szene sogar auf einem Autorennen ansiedeln, das können nicht viele von sich behaupten. Ich verdiente meinen Lebensunterhalt, zahlte meine Miete, kaufte Schuhe, die ich nicht brauchte. Und ich war glücklich, denn ich glaubte an die Liebe. Es war mein einzig wahrer Glaube. Wir alle verdienten Blumen, Diamanten und einen Mann, der sich ganz unserem Glück verpflichtet fühlte, so wie Walter es bei Margaret tat. Wir alle verdienten Champagner, sternklare Nächte und Küsse, die so leidenschaftlich sind, dass uns die Knie weich werden. Oder nicht? Ich betrachtete meine Bücher nicht als Fantasien oder Eskapismus. Sie waren schlicht die fiktive Manifestation dessen, was auch auf mich wartete.

Und eines Tages ging ich durch die Tür und begegnete Kurt Allen. Ich erinnere mich an seine ersten Worte, als wären sie mir mit einem Eisen ins Gehirn gebrannt worden.

»Entschuldigen Sie, Miss, Sie haben das hier fallen lassen.«

Ich war neunundzwanzig und unterwegs in die Stadt, um mich mit meiner literarischen Agentin zu treffen. Obwohl mich von der großen Dreißig noch sieben Monate trennten, witzelte meine Mutter bereits, ich solle mir eine Katze besorgen, so wie jede vernünftige alte Jungfer. Wir lachten. Sie legte den Hörer auf. Ich weinte. Und nun stand vor mir ein Mann, der das Modell für Barbies Ken hätte sein können, hielt mir meine Schlüssel hin und lächelte auf mich herab.

Ich hörte Engel. Ich sah Sterne. Ich war sprachlos.

»Die haben Sie ein paar Blocks weiter hinten verloren«, sagte er. »Sie gehen ganz schön schnell.«

Er trug einen Anzug, der gewiss nicht von der Stange kam, und hatte eine sehr erwachsen wirkende Aktentasche dabei. In seinen Lederschuhen spiegelte sich die blasse Wintersonne, und plötzlich hatte ich ein Bild von ihm vor Augen, wie er in der Grand Central Station an einem dieser Schuhputzstände sitzt.

»Danke«, stammelte ich. Er war mir gefolgt! Dieser schöne Mann war mir nachgerannt, damit ich meine Schlüssel zurückbekam!

»Gern geschehen«, sagte er. Ich bedauerte es, dass ich schwarze Handschuhe trug, als ich die Schlüssel entgegennahm. Ich wollte seine Haut spüren, selbst wenn es nur die Fingerspitzen waren. »Sind Sie in die Innenstadt unterwegs?«

»Ja.« Meine Stimme zitterte immer noch, und ich befahl mir, mich zusammenzureißen. Diese Begegnung war kein Zufall. Dies war Schicksal! Ich war bereits beim dritten Kapitel der Romanfassung.

»Kann ich Sie begleiten?«

Es war, als würde in meiner Brust plötzlich eine Rose erblühen.

»Bitte«, sagte ich. »Das wäre nett.«

Während wir den belebten Gehsteig hinuntergingen, machte Kurt Allen mich mit einer Kurzfassung seiner Lebensgeschichte vertraut. Er arbeitete in der Kanzlei seines Vaters und lebte in einem schicken Viertel ein exklusives Leben. Er wollte sich mit einem Freund zum Essen treffen, war aber bereit, dies zu verschieben, wenn ich das Treffen mit meiner Agentin verlegen könnte.

Was glauben Sie wohl, was ich getan habe?

Drei Stunden lang aßen wir zu Mittag. Wir saßen am Union Square, obwohl es kalt war. Er küsste mich vor dem belebten Hundespielplatz. Das stellte sich als ungünstig heraus, denn das menschliche Riechzentrum sitzt in dem Teil des Gehirns, der eng mit der Erinnerung verbunden ist. Aber ich weigerte mich, dies als Vorzeichen zu sehen, dass die Sache beschissen enden würde.

Ich wartete geflissentlich fünf Verabredungen ab, ehe ich mich für ihn auszog, wie es in einem Ratgeber stand, den ich gelesen hatte. Als wir schließlich im Bett landeten, entdeckte ich, dass Kurt mit mir schlief wie ein Verbindungsstudent, der fertig werden wollte, ehe die anderen das Fass ausgesoffen hatten. Ich fand Entschuldigungen für ihn, weil ich mich bereits in ihn verliebt hatte. Ich sah uns im Alter, wie wir Händchen haltend auf der Veranda eines Farmhauses in

New England saßen und unseren Enkeln beim Spielen zusahen.

Kurt schenkte mir weder Blumen noch Pralinen noch glitzernde, glänzende Dinge, weil er vor Freude platzte, mit mir zusammen sein zu dürfen. Aber ich sagte mir, dass ich auch nicht in Jane Austens England lebte. Ich war ein modernes Mädchen aus New York City. Ich wusste, dass Kurt mich liebte. Ich konnte es spüren.

Nach einem Jahr lud er mich ein, zu ihm zu ziehen. Zum ersten Mal wohnte ich irgendwo, wo ich beim Blick aus dem Fenster etwas anderes sah als die Mauer des Hauses nebenan. Im Sonnenlicht blühte ich auf. Ich renovierte. Ich suchte neue Handtücher aus. Ich summte Liebeslieder. Mit Kochen gab ich mich nicht ab, denn wir gingen entweder essen oder bestellten uns etwas. So machte man das eben in New York. Bald würden wir uns verloben, dann konnte ich anfangen, mich wegen der Blumen verrückt zu machen, der Farbzusammenstellung und welches Kleid meine braunen Augen am besten zur Geltung bringen würde. Endlich durfte ich erleben, worüber ich schon so lange geschrieben hatte. Spüren Sie, wie ich mich innerlich winde?

Da war ich also, lebte meine Fantasie aus, arbeitete eifrig an einem Roman über zwei junge, wunderbare New Yorker, die an all den Wahrzeichen knutschten und zusammen Handtücher kaufen gingen. Ich verbrachte meine Freizeit damit, jedem zu erzählen, wie wunderbar die Liebe war. Endlich war ich auch Mitglied im Klub. Doch unterwegs gab es Schlaglöcher. Abgrundtiefe, zerstörerische Schlaglöcher.

Das erste Loch, in das ich fiel, war ein schwarzes Spitzenhöschen in der Wäsche, das mir nicht gehörte. Ich brauchte über eine Minute, um zu erkennen, dass das Höschen hier nichts zu suchen hatte, und als es mir endlich klar wurde, versuchte ich, es mir schönzureden.

»Kurt hat für Spitzenwäsche nichts übrig«, sagte ich. »Und er steht auch nicht sonderlich auf ausgefallene Stellungen. Er mag es missionarisch. Er ist da ganz traditionell veranlagt.« Ich meine, ihm würde es nie einfallen, im Bad aufzutauchen, wenn ich mir dort gerade die Zähne putzte oder pinkelte. Er fand, gewisse Grenzen sollte man einfach nicht überschreiten. Doch nun stand ich da und hatte ein schwarzes Spitzenhöschen in der Hand. Ich warf es in den Müll. Vielleicht gehörte es Verna, unserer Putzfrau? Klar. Sie bekäme es gerade mal über den linken Knöchel.

Doch ich hielt an meinen Illusionen fest, weil ich mir einfach nicht vorstellen konnte, dass die Liebe verdorben war. Das hier war nicht *Der große Gatsby.* Das hier war mein großartiges Leben. Und dann rumpelte ich in das nächste Schlagloch, eine deutliche Duftwolke teuren Parfüms, die vom zerknitterten Jackett meines Freundes aufstieg. Sofort ging ich zu seinem riesigen begehbaren Kleiderschrank und riss die Türen auf. Eine Million Fäuste desselben Dufts prasselten mir auf die Nase. Ich fuhr zurück, als wäre ich körperlich getroffen worden. Mein Parfüm war viel blumiger, mädchenhafter. Dieses hier war dunkel und sinnlich und trieb mir die Tränen in die Augen.

Das letzte und einzig entscheidende Schlagloch auf meinem Weg zu Liebe und Ehe war, wie mich all meine Habseligkeiten, säuberlich in Kartons verpackt, in der Eingangshalle der schönen, sonnigen Wohnung erwarteten, die ich mir anscheinend nicht mehr mit Kurt teilte.

Nach zwei gemeinsamen Jahren erklärte Kurt Allen die Sache so: »Ich mag dich wirklich gern, Sadie, aber du bist nicht die Sorte Frau, die ich heiraten kann. Ich brauche eine ernsthaftere, vielleicht auch größere. Das ist für meine Karriere wichtig.« Oder so ähnlich. Nach der halben Ansprache hatte ich aufgehört zuzuhören, in meinen Ohren klingelte es so laut, dass es alle anderen Geräusche übertönte.

In den Wochen darauf trafen wir uns mehrmals bei Starbucks, der einzige Ort, an dem er sich mit mir treffen wollte. Ich hatte den Eindruck, dass er glaubte, ein Treffen in der Öffentlichkeit würde mich davon abhalten, eine Szene zu machen. Gehörte ich neuerdings tatsächlich zu der Sorte Mädchen, die kreischten und ihre Kleider zerrissen?

Ich versuchte ihn davon zu überzeugen, dass er etwas Wunderbares einfach wegwarf, doch davon wollte er nichts hören. Er wiederholte nur immer wieder, dass ich nicht die Richtige für ihn war, wie ein Mantra. Unsere Herrlichkeit war schlicht fabriziert gewesen. Von mir. Mir blieben ein paar schlecht gepackte Kartons und eine einzige Frage, die in meinem Kopf widerhallte: Wie hatte ich mich nur so in Kurt täuschen können?

Wie in einem Klischee legte ich mich in dem Apartment, das ich unbesehen gemietet hatte, ins Bett. Ich versank in Kummer und Schmerz, hatte keine Ahnung, wohin mein Leben steuerte, es war mir auch gleichgültig. Ich war aus dem »Glücklich bis ans Ende ihrer Tage«-Klub ausgestoßen worden, dem einzigen Klub, dem ich je hatte angehören wollen.

Nachdem ich ein paar Monate intensiv Trübsal geblasen und dabei verschiedene wichtige Abgabetermine verstreichen lassen hatte, schlug mir meine Literaturagentin Liz Stelow vor, dass ich die Definition von Liebe in meiner Arbeit ein wenig erweiterte.

»Gib ein wenig Sex dazu«, sagte Liz. »Das ist zurzeit angesagt. Spanking. BDSM. Geh in einen Fetischladen. Informier dich, wie man mit Nadeln spielt. Egal was, ausgefallene Praktiken verkaufen sich.«

»Spanking?«

»Übers Knie legen.«

Ich musste öfter ausgehen.

»Aber wirklich, Sadie, es wird Zeit, dass du in die Pötte kommst«, sagte Liz. »So langsam ärgerst du mich.«

Ich hatte nie in Erwägung gezogen, über Sex zu schreiben. Schon bei der Vorstellung wurde ich rot. Schließlich war ich im Schlafzimmer ziemlich konservativ. Ausgefallen hieß für mich, das Licht anzulassen. Vielleicht hatte das die Liebe meines Lebens in die Arme vom schwarzen Spitzenhöschen und sexy Parfüm getrieben?

»Vergiss es«, sagte ich zu Liz. »Das kann ich nicht.«

»Komm schon, Sadie. Bei deinen Liebesgeschichten musst du dir die pikanten Einzelheiten, die du dann auslässt, doch zumindest durch den Kopf gehen lassen, oder? Spätnachts, wenn du allein bist? Vielleicht hast du sie ja auch mit diesem elenden Kerl praktiziert, ohne den du so viel besser dran bist?«

Kurts bloße Erwähnung brachte mich wieder zum Weinen, worauf Liz prompt auflegte. Beim Weinen merkte ich, dass ich schließlich keine Tränen mehr hatte. Nach zehn Wochen hatte ich mich ausgeweint. Ich war ausgetrocknet. Es war vorbei. Völlig niedergeschmettert legte ich den Kopf auf den Schreibtisch.

Doch dann hörte ich eine Stimme. Sie klang nach mir, doch sie war stärker, selbstsicherer.

»Ich sag dir jetzt, was du tun musst«, sagte die Stimme. »Leg das, was von deinem romantischen Herzen übrig ist, in eine Schachtel. Eine hübsche Schachtel, vielleicht in Tiffany-

Blau oder einem hübschen beruhigenden Pfirsichrosa, aber stabil; ein Behältnis, das dein verletzliches Organ aufnehmen kann für eine dauerhafte Quarantäne vor allen Liebesdingen. Du bist eine eigenständige, finanziell unabhängige Frau. Also, geh von der Schachtel weg, hör auf, deine Agentin zu verärgern, und schreibe über irgendetwas *anderes.*«

»Ja«, sagte ich laut in meiner leeren Wohnung. »Liebe ist nur ein Genre, keine lebenslängliche Gefängnisstrafe.«

Immer noch in dem karierten Pyjama, den ich schon einen ganzen Monat lang trug, tappte ich zu meinem Laptop, blies den Staub vom Deckel und klappte ihn auf. Ich sah mich einem leeren Dokument gegenüber und hätte beinahe laut geschrien. Panik stieg in mir auf, drohte mich zu ersticken. In der Buchbranche ist es leider so: Wenn man nichts zustande bringt, warten hundert andere, die es können. Ich spürte ihren kollektiven heißen Atem im Nacken. Ich legte die Finger auf das Keyboard. Lockerte die Schultern. Sex ist etwas Körperliches. Über Sex zu schreiben ist dasselbe, wie wenn man über Baseball, Kampfsport oder Krieg schreibt. Es passiert. Beschreib es, Sadie. Beschreib die Einzelheiten. Überlass nichts der Fantasie.

Am Ende hatte ich mehrere Kapitel über ein superheißes Girl namens Sally, die wie wild mit einem Loser namens Kurt vögelt und ihn dann fallen lässt, weil er ein Arsch ist, der die Sache mit dem Spanking einfach nicht hinkriegt. Danach fühlte ich mich so gut, als hätte ich jeden Orgasmus selbst gehabt, und so schrieb ich einfach weiter.

Ich schwelgte in der Sprache, benutzte Zungen, Zähne, pochende Schwänze und Masturbation, während ich in öffentlichen Verkehrsmitteln saß. Ich benutzte Lederpeitschen, Handschellen und Nippelklemmen. Es gab Spanking, Bondage und Dominanz. Alles war heiß, feucht und pulsierte vor Lust. Ich kaufte das Kamasutra und studierte beim Morgenkaffee die Abbildungen. Ich bestach meine Freunde und Bekannten mit Wein und Schokolade, damit sie von ihrem Sexleben erzählten, während ich mir ausführliche Notizen machte. Ich hätte nie gedacht, wie viele anscheinend normale Menschen scharf auf Sex im Aufzug eines Wolkenkratzers sind.

Nicht mal einen Monat später mailte ich Liz ein voll ausformuliertes Manuskript. Gleich am nächsten Tag rief sie mich an.

»Meine Güte, Sadie«, sagte sie. »Das hat mich so scharf gemacht, dass ich meinen Mann angerufen habe, damit er es mir am Telefon besorgt.«

Vergesst Jane Austen. K. T. Briggs war da.

11. Kapitel

Auf unserer Fahrt vom Krankenhaus nach Hause bestürme ich Cousin Harry mit Fragen.

»Kommt Ihnen irgendetwas hier vertraut vor?«

»Nein.«

»Sie haben gesagt, es ginge um die Liebe. Erinnern Sie sich, warum?«

»Nein.«

»Sind Sie verheiratet?«

»Ich weiß nicht.«

»Haben Sie eine Freundin?«

»Ich weiß nicht.«

»Einen Freund?«

Er zuckt mit den Achseln.

»Woran erinnern Sie sich denn nun als Letztes?«

»Eine Bar. Ein dunkles Restaurant. Vielleicht Sushi?«

»Fragen Sie, oder sagen Sie es mir?«

Wütend starrt er mich an. Ich gebe nach.

»Ich nehme Sie mit nach Hause«, sage ich. »Ich weiß nicht recht, was ich sonst mit Ihnen machen sollte.«

»Die Getränkehalter sind sehr hübsch«, sagt er. »Wenn Sie das Auto aufräumen würden, vielleicht würde es dann nicht mehr dieses Geräusch machen, wenn Sie um eine Kurve biegen.«

»Welches Geräusch?«

»Ach, egal. Ich bin Ihnen wirklich dankbar für Ihre Hilfe. Bestimmt geht es mir bald schon viel besser.«

Ich sage es ihm nicht, aber ich habe so das Gefühl, dass ich ihn vorher längst über das Internet identifiziert haben werde. Gut aussehende, Maßanzug tragende, von Chauffeuren gefahrene Typen gibt es nicht im Dutzend, selbst in dieser wohlhabenden Gegend nicht. Bestimmt sucht irgendwer da draußen nach ihm.

Ich fahre den Minivan in die Garage von Elm Road Nummer 32 und schließe das Tor, bevor ich die Türen entriegele und meinen neuen Hausgast aussteigen lasse. Die Grundstücke hier in Billsford sind riesig, aber ich weiß, dass manche Leute ihren Nachbarn mit Ferngläsern hinterherspionieren. Ja, das ist pervers, aber schwerreiche Leute langweilen sich oft furchtbar, und diese Spioniererei gibt ihnen eine Aufgabe. Sie nennen es Nachbarschaftswache. Sie wollen die Gegend einfach beschützen vor … Wovor eigentlich? Vor Bären? Trollen? Leuten, deren Einkommen nicht im siebenstelligen Bereich liegt?

Cousin Harry passt nicht in mein Haus. Es ist ein Haus für Frauen, wurde die letzten fünf Jahre nur von Frauen bewohnt. Es ist hell und luftig, und es mangelt nicht an geblümten Möbeln und Stoffen. Im Weinkühlschrank haben wir Chardonnay, Rosé und eine Auswahl ordentlicher Spätburgunder. Bier haben wir nie. Wer Bier will, sollte es sich mitbringen. Wir räumen unsere Schuhe auf. Unsere Schmutzwäsche landet im Wäschekorb. Wir schlabbern niemals Zahnpasta über das ganze Waschbecken, und unsere Klobrille bleibt immer unten.

Harry runzelt die Stirn, als könnte er sich nicht vorstellen, dass in meinem Haus tatsächlich gewohnt wird.

»Ich glaube, ich wohne irgendwo hoch droben«, sagt er und sieht sich um. »Vielleicht im obersten Stockwerk? Im Penthouse?«

Das überrascht mich jetzt nicht sonderlich. In der Küche bitte ich Harry mit einer Geste, am Tisch Platz zu nehmen. Wo ist Greta? Wichtiger noch, was zum Teufel erzähle ich ihr, wenn sie auftaucht?

»Haben Sie Hunger?«, frage ich.

»Mir ist nach Austern und Champagner.« Ich lache. Er nicht. Offensichtlich war das kein Scherz gewesen. Ich höre auf zu lachen.

»Wie wäre es mit einem Rest Nudelauflauf?«, frage ich.

»Zum Essen?«

Eigentlich könnte man ja erwarten, dass ein Typ, den man vor Dosenerbsen und Wackelpudding gerettet hat, ein wenig dankbar wäre, aber anscheinend nicht.

»Meine deutsche Haushälterin hat ihn gekocht«, sage ich. »Er ist der beste.«

Harry steht wohl kurz vor dem Verhungern, denn er erklärt sich bereit, den Auflauf zu probieren. Nach drei Bissen stöhnt er vor Behagen. So ergeht es einem mit Gretas Nudelauflauf. Bevor ich die Kontaktanzeige aufgab, habe ich eine Menge davon gegessen.

Während er über seinem Teller in Verzückung gerät, frage ich mich, wie wahnsinnig es wohl wäre, einen völlig Fremden allein in meinem Haus zurückzulassen, während ich Allison schnell von der Schule abhole. Doch Harry wirkt nicht bedrohlich. Ich habe das Gefühl, als würde ich ihn kennen, sogar schon längere Zeit, obwohl das nicht möglich ist. Außerdem befindet er sich gerade in einer Art fett- und kohlehydratinduziertem Koma, kann also wohl kaum Schaden anrichten.

»Ich muss meine Tochter von der Schule abholen«, sage ich. »Wenn ich wiederkomme, setzen wir uns an den Computer und finden raus, wer Sie sind, okay?«

Er braucht einen Augenblick, um zu sich zu kommen. Gretas Kalorienbombe hat ihn jedoch eindeutig belebt. Seine Wangen haben sogar eine Spur Farbe bekommen.

»Okay«, sagt er. »Wie stellen wir es denn an, Ihre Tochter abzuholen?«

Ich lache. Ich kann es mir nicht verkneifen. Mein Cousin Harry wurde offenbar mit einem goldenen Löffel im Mund geboren. Als ich anfange zu lachen, lächelt Harry erst und stimmt dann in mein Gelächter ein. Es klingt wunderbar, tief und voll, ich spüre es in meinen Schenkeln als zittrige Anspannung, die den Stromkreis in meinem Gehirn unterbricht.

Lust. Das Gefühl ist so unvertraut, dass es mir für einen Augenblick die Sprache verschlägt.

»Geht es Ihnen gut?«, fragt er.

»Ja, alles okay.« Ich fächele mir mit einem Stück deutschsprachiger Zeitung Luft zu. »Auf einmal ist es so heiß.«

Wie furchtbar peinlich.

»Nun, mir ist auch aufgefallen, dass es draußen ungewöhnlich heiß ist«, sagt er.

»Ja«, sage ich. »Richtiggehend schwül.« Ich wedele weiter mit der Zeitung. »Warum machen Sie sich nicht ein wenig frisch, während ich Allison abhole? Oben ist eine Dusche, zweite Tür links, frische Handtücher finden Sie unter dem Waschbecken. Ich bin gleich wieder da.«

Doch irgendwie habe ich es vergeigt, denn so, wie Harry mich ansieht, hat er mich durchschaut. Ich bin für ihn wie ein offenes Buch. Oder, besser noch, ein Leckerbissen. So hat mich meines Wissens noch keiner angesehen.

»Eine Dusche klingt prima«, sagt er langsam, »aber ich glaube, ich muss Ihnen wenigstens eine Ihrer Fragen beantworten.«

»Meine Fragen?« Mein Hirn brodelt, vermutlich müsste man es in Grad Kelvin messen. Wenn ich eine Zeichentrickfigur wäre, würde mir Dampf aus den Ohren zischen.

»Im Wagen«, sagt Cousin Harry, »haben Sie gefragt, ob ich verheiratet bin, eine Freundin oder einen Freund habe.«

Er lächelt. Das Lächeln ist raubtierhaft und sarkastisch, als würde er jetzt schon lachen über das, was er gleich tun würde.

»Ich bin mir ziemlich sicher, dass ich keinen Freund habe«, sagt er, »denn am liebsten würde ich Ihnen jetzt den Rock über die Hüften schieben, Sie über den Tisch beugen und ficken, bis Sie mich anflehen, aufzuhören.«

Meine Wangen laufen knallrot an, und mein Magen vollführt einen medaillenreifen Salto. Wer redet denn so? Sein Blick durchbohrt mich, während er auf meine Reaktion wartet. Aber ich kann nur denken, dass dieser Typ es mit dieser Methode wohl schon öfter probiert hat, und zwar mit Erfolg. Er scheint mir nicht der Typ zu sein, der einen erfolglosen Spruch ein zweites Mal verwendet.

»Es ist ein Skort!«, platze ich heraus.

Das nimmt ihm nun doch den Wind aus den Segeln. »Was?«

»Ein Skort«, wiederhole ich. »Oben Rock, unten Shorts. Eine Mischung aus beidem. Damit man Fahrrad fahren oder Rad schlagen kann, ohne unschuldigen Passanten Einblicke zu gewähren.« Und außerdem, im Krankenhaus hatte er noch von irgendeiner Liebesgeschichte geredet. Was war denn damit?

»Zeigen Sie es mir«, sagt er.

»Was?«

»Dieses Skort-Ding. Dieses zwei-in-eins.«

Es ist eine ernsthafte Bitte. Er hat noch nie von einem Skort gehört. Warum auch? Skorts haben in seinem Penthouse-Bentley-Tausenddollarhaarschnitt-Leben nichts verloren. Er wartet auf meine Antwort.

Das ist alles meine Schuld. Ich habe Lust und Begehren empfunden, und nun muss ich zur Strafe meinen Skort hochziehen. Ich rolle den Saum des schrecklichen Kleidungsstücks gerade so weit hoch, dass man die schwarzen, radlerhosenähnlichen Shorts darunter sehen kann.

»Ein moderner Keuschheitsgürtel«, brumme ich mit abgewandtem Blick, während er das Ding mustert.

»So jemand wie Sie ist mir noch nie begegnet«, sagt er mit einem neugierigen Lächeln. »Sie sind ... weich.«

Er starrt auf meine Mitte, während er das sagt, und ich ziehe ernsthaft in Erwägung, ihm die Glasform mit dem Nudelauflauf über den Schädel zu schmettern. Weich? Warum glauben gut aussehende Leute eigentlich, sie könnten sich wie Arschlöcher benehmen und damit durchkommen?

Nun ja, hauptsächlich, weil sie es eben können.

»Mir egal, ob ich Ihrer Erfahrung nach einzigartig bin«, sage ich. »Ich erlaube Ihnen trotzdem nicht, mir den Rock runterzuziehen.«

Er zuckt mit den Achseln. »Einen Versuch war es wert.«

»Gehen Sie duschen«, sage ich.

Und mit dieser letzten Anweisung schnappe ich mir die Schlüssel und flüchte aus dem Haus. Die Flammen, die eben meinen letzten Rest an Würde aufgezehrt haben, lecken noch an meinen Fersen.

12. Kapitel

Ich fahre so oft zur Holt Hall, dass ich die Strecke praktisch mit geschlossenen Augen zurücklegen könnte. Was gut ist, denn in diesem Augenblick ist meine Konzentration völlig dahin. Ich schwitze, und mein Skort, normalerweise der Inbegriff von Bequemlichkeit, auch wenn er an Glamour zu wünschen übrig lässt, fühlt sich kratzig und einengend an.

Ich habe eine ganze Reihe von Freunden, aber ich gehöre keiner Mommy-Clique an und habe auch keine zur Busenfreundin erklärt, wie das manche hier in Billsford tun. Wenn ich mich einer Krise gegenübersehe, rufe ich normalerweise Roger an. Teils ist es Gewohnheit, teils Faulheit. Roger kennt meine Geschichte. Ihm brauche ich mein Verhalten nicht erst ausführlich zu erklären.

Beim dritten Läuten nimmt er ab.

»O Gott«, sagt er keuchend. »Ich habe versucht, den Text von ›Instant Karma!‹ im Kopfstand zu rezitieren. Jetzt ist mir schwindelig.«

»Hi, Roger«, sage ich. »Hast du zu tun?«

»Nein.« Natürlich nicht. Roger hat nie richtig zu tun.

Ich erkläre ihm kurz die Sache mit Cousin Harry. Den Teil, wo er mich auf dem Tisch vögeln wollte, lasse ich lieber aus. Ich sehe nicht, wie uns dieses Detail weiterhelfen sollte. Eine lange Pause tritt ein, in der ich höre, wie Roger die Lippen schürzt.

»Was ist nur *los* mit dir, Sadie?«, fragt er schließlich.

Eine Menge Dinge. Eine ganze Menge. Aber ich glaube nicht, dass Roger sie wirklich wissen will.

»Du warst es doch, der mir das Buch gegeben hat, in dem beschrieben wird, wie gut es sich anfühlt, anderen zu helfen«, schieße ich zurück.

»Nirgends in dem Buch wird dazu geraten, geisteskranke Fremde bei sich aufzunehmen.«

Das stimmt. In dem Buch ging es auf jeden Fall mehr um Suppenküchen und Tierschutz. Aber ist es nicht der Gedanke, der zählt?

»Wo ist Allison?«, fragt er.

»Ich hole sie gerade ab.«

»Ich verbiete dir, sie mit nach Hause zu nehmen, solange dieser Verrückte dort ist.«

Wir unterbrechen das Gespräch, um über die Vorstellung zu lachen, dass Roger mir irgendetwas verbieten könnte, und kehren dann zu unserem Thema zurück.

»Er ist nicht verrückt«, sage ich. »Er ist nett.«

Schon wahr, er hat mich beäugt, als wäre ich ein saftiges Stück Fleisch, und unangemessene Dinge gesagt, aber irgendwie weiß ich einfach, dass er harmlos ist. Ich würde mein Leben darauf verwetten.

»Hättest du ihn mit nach Hause genommen, wenn er hässlich gewesen wäre?«, fragt Roger. »Wenn er Fieberbläschen oder eine Schnupfennase gehabt hätte?«

»Das ist ja eklig, Roger.«

»Beantworte die Frage.«

Ich will nicht antworten, weil das bestätigen würde, was für ein oberflächlicher Mensch ich im Großen und Ganzen doch bin.

»Ich weigere mich«, sage ich.

»Was bedeutet, dass du einen hässlichen Kerl im Krankenhaus hättest sitzen lassen. Gott, einen hässlichen Kerl hättest du schon bei Target sich selbst überlassen.«

Ich zucke mit den Achseln, was Roger nicht sehen kann.

»Was auch immer, Süße«, sagt er. »Ich finde ja, du spinnst, aber wer bin ich schon, dir zu sagen, dass das, was du tust, falsch ist. Sorg nur dafür, dass er bis zum Schlafengehen verschwunden ist.«

Ich stimme dieser Bedingung zu, auch wenn ich mir nicht sicher bin, ob ich mich daran halten werde.

Die Mütter versammeln sich im baumumsäumten Schulhof, glucken wie Hennen und warten darauf, dass die Kinder rausgelassen werden. Ich halte mich am Rand der Gruppe und hoffe, dass ich alle Gespräche vermeiden kann, die Einladungen zum Tennis, zum Lunch im Klub oder einem Bikram-Yoga-Kurs um sechs Uhr morgens an der neuen Schule nach sich ziehen. »Hot Yoga ist so toll für die Poren!«

Doch leider scheine ich meinen Tarnumhang zu Hause gelassen zu haben. Belinda, meine direkte Nachbarin, kommt direkt auf mich zu. Ihr Haar mit den sorgfältig gepflegten honigblonden Strähnchen ist zu einem Pferdeschwanz hochgebunden. Sie trägt teure Fitnesskleidung, der die erste Begegnung mit einem Schweißtropfen noch bevorsteht, und ein angespanntes Lächeln voll professionell gebleichter Zähne. Sie gehört zu den Frauen, denen man gern ein Sandwich anbieten möchte. Ein menschlicher Körper braucht zum Überleben mehr als vierhundert Kalorien am Tag. Himmel, ich könnte schon mit einem einzigen schnellen Besuch bei Starbucks vierhundert Kalorien zusammenbringen, aber ich gehöre wohl zu diesen Frauen, nehme ich an.

Belinda steht am einen Ende des Spektrums geschiedener

Frauen. Ihre Mission im Leben ist es, ihren verlorenen Ehemann zu ersetzen, und so pirscht sie auf der Suche nach alleinstehenden Männern wild entschlossen durch Billsford. Ich hingegen, die ich unverbindlichen Sex per Kleinanzeige suche, stehe am anderen Ende. Ein Gespräch kann da schwierig sein.

»Wer war der Mann in Ihrem Minivan heute Nachmittag?«, fragt Belinda ohne Umschweife.

Eine Welle der Übelkeit überkommt mich. Belinda ist auf ihrer Männerjagd äußerst konkurrenzbewusst. Wenn sie Cousin Harry gesehen hat, bin ich verloren. Egal, was ich sage, sie wird es so interpretieren, dass es am Ende heißt, ich hätte einen atemberaubenden jungen Liebhaber, und das wird im nächsten Augenblick die ganze Stadt erfahren.

»Was?« Sich dumm zu stellen ist immer ein guter Plan. Manchmal funktioniert er sogar.

»Der heiße Mann«, sagt sie mit unschön verzerrtem Gesicht.

»Es gibt keinen heißen Mann«, sage ich.

»Meine Liebe.« Sie legt mir den mageren Arm um die Schultern. »Leiden Sie an Gedächtnisverlust?«

Eisige Panik umfasst mein Gedärm. Könnte sogar stimmen. Ich habe ein halbes Kapitel, das geschrieben zu haben ich mich nicht erinnere, und eine Figur, deren Erschaffung mir ebenfalls völlig entfallen ist.

»Also?«, hakt Belinda nach.

»Was?«

»Der Mann!«, kreischt sie. Mehrere wohlfrisierte Köpfe drehen sich zu uns. Ich lächele schwach in ihre Richtung. Hier passiert überhaupt nichts Merkwürdiges. Nein, gar nicht.

»Sadie hat einen heißen Kerl«, verkündet Belinda. »Und ich meine, wirklich heiß. Sehr heiß. Und jung.«

»Sie hatten ein Fernglas, nicht?«, frage ich.

Belinda bleibt mir die Antwort schuldig, weil sich in diesem Augenblick die anderen Mütter auf uns stürzen. Sie kommen heran wie Zombies, angelockt von den Worten *heiß*, *jung* und *Kerl*.

Wo sind die Kinder? Sie müssen jetzt sofort herauskommen, um mich vor den Zombies zu retten.

»Und?«, sagt Belinda. Ich spüre die Blicke der anderen auf mir. Sie warten. Sie kommen näher. Ich fange an zu hyperventilieren.

»Er ist ein Großcousin zweiten Grades«, sage ich schließlich. »Er ist zu Besuch.«

Ich halte inne, bevor ich zu viel von meiner Story preisgebe. Ich will mich nicht auf Details festlegen, die dann später nicht in die Geschichte passen.

»Das ist alles?«, fragt Belinda.

»Sorry«, sage ich. Oh bitte, schickt endlich die Kinder raus. Als Alternative wäre auch ein lila Riesenrhinozeros genehm, das durch den Hof trampelt.

»Sie müssen ihn in einem Ihrer Bücher unterbringen«, sagt Belinda und schnieft. »Er ist umwerfend. Dieses Gesicht. Wow.«

Himmel, was für ein Fernglas benutzt sie heutzutage? Militärstandard? Aber etwas an ihren Worten erfüllt mich mit Unruhe, eine nahe Verwandte der Panik, aber nicht ganz dasselbe. Ich schlucke schwer. Auf der Stirn steht mir der Schweiß. Was ist los? Was habe ich übersehen?

»Dann wollen Sie uns also keine Einzelheiten über Ihren, äh, Großcousin zweiten Grades verraten?« Belinda zwinkert mir zu.

»Es gibt keine«, sage ich.

»Ach, nun ja, meine Lieben«, sagt sie zu den anderen Müttern, »vermutlich werden wir das Buch abwarten müssen, um all die schmutzigen Einzelheiten zu erfahren.«

Ich habe solche Panik, dass die Einwohner von Billsford mein Haus mit Mistgabeln erstürmen und meine Tochter für alle Zeiten ausgrenzen könnten, dass ich immer noch jedes Jahr einen Roman unter meinem richtigen Namen veröffentliche, um mich dahinter zu verstecken. Die Nachbarn glauben, dass ich mein Geld damit verdiene. Doch die Sadie-Fuller-Liebesromane sind nicht mehr das, was sie mal waren. Inzwischen sind sie nur noch Routine, eine lästige Pflicht. Es ist klar wie Lake Tahoe, dass ich nicht mehr mit Herzblut dabei bin. Sogar meine Fans haben angefangen zu murren. Bald werden K. T. Briggs und Sadie Fuller in den Ring steigen müssen, und ich mache mir Sorgen, wie das wohl ausgehen wird.

»Nicht allzu schmutzig.« Meine Stimme klingt seltsam. Ich balle die Hände zur Faust und presse sie gegen meine Oberschenkel. Entspann dich, verdammt noch mal.

Mit enttäuschten Mienen ziehen sich die Mütter zurück. Heute kein Hirn für die Zombies. Aber Belinda bleibt bei mir. Sie ist wie Kaugummi im Haar.

»Also«, sagt sie. »Haben Sie Lust, morgen früh mit mir zum Yoga zu gehen?«

Die Grundlage meiner Beziehung zu Belinda ist rein geographisch: Sie ist meine nächste Nachbarin und spioniert mir offenbar schamlos nach. Von Jason weiß sie allein deswegen noch nichts, weil sie freitagvormittags um halb zwölf bei ihrem Personal Trainer Kniebeugen macht. Ich verstehe schon, dass Belinda einsam und nicht sehr einnehmend ist, aber ich will trotzdem nicht mit ihr zum Yoga.

»Nein«, sage ich. »Vormittags arbeite ich.«

»Kaffee?«

»Ich arbeite den ganzen Tag, schon vergessen?«

»Frühes Dinner?«

»Ich kann nicht, Belinda«, sage ich. »Ach, sehen Sie, da kommen ja die Kinder.«

Allison stürmt aus ihrem Fünftklässlerraum. Wie immer ist sie von einem Schwarm großer, dünner Mädchen umgeben, die alle aussehen, als könnte ein starker Windstoß sie wegblasen. Ihre Kleidung ist schlimmer als alles, was ich mir in meinen schlimmsten Alpträumen vorstellen kann. In der Holt gibt es eine Kleiderordnung, doch es gelingt ihnen, sie mit engen Glitzershirts, lächerlich kurzen Shorts und paillettenbesetzten Schuhen zu umgehen. Manche von ihnen tragen bereits Make-up. Andere haben schon die Pornoschnute drauf. Sie haben keine Ahnung, was sie da tun, doch sie spüren seine Macht. Jedes Mal, wenn ich sie sehe, wird mir das Herz schwer. Warum sich in die erwachsenen Paarungsspiele stürzen? Dafür haben sie noch ein Leben lang Zeit. Außerdem sind das nach einer Weile nur Ketten um die Fußknöchel.

Die Mädchen schnattern wie Gänse, alle reden durcheinander, keine hört zu. Das ist eine gute Übung für später, wenn sie mal Mutter werden sollten. Man kann reden, so viel man will, doch ist es nicht sehr wahrscheinlich, dass irgendwer zuhört.

»Mommy«, flüstert mein gar nicht mehr so kleines Mädchen, als ich sie umarme. Meine Tage sind bereits gezählt. Sie in der Öffentlichkeit zu küssen ist schon seit mindestens eineinhalb Jahren strengstens verboten.

»Wie war dein Tag, Liebes?« Wir gehen nebeneinander, praktisch Schulter an Schulter. Was gibt Greta in ihren Hackbraten, ein Löffelchen Wachstumswunder? Erst gestern hat Allison sich im Kindergarten an meine Knie geklammert.

»Gut«, sagt Allison. »In Chemie haben wir Experimente gemacht, und dabei hat Rory blaue Lebensmittelfarbe über das ganze Gesicht gekriegt.«

Es freut mich ungemein, dass ich fünfundvierzigtausend Dollar im Jahr zahle, damit meine Tochter Dinge mit Lebensmittelfarbe blaufärben kann. Auf dem Heimweg überlege ich, wie ich Allison unseren Hausgast Cousin Harry am besten präsentiere.

»Ich habe einen Freund zu Besuch«, sage ich beim Fahren. »Wenn wir heimkommen, lernst du ihn kennen.«

Doch Allison hört mich nicht. Sie hat den Kopfhörer ihres iPods im Ohr. Die nächste Generation macht mir Sorgen. Wie kann man jemals einen eigenständigen Gedanken fassen, wenn man nie Stille erfährt? Und wann ist *Stille* ein Schimpfwort geworden? Vielleicht lasse ich meine Heldin in meinem nächsten Roman in absoluter Stille dasitzen und nichts tun, wenn ich mal was ganz anderes schreiben will. Was für eine wilde Idee. Vielleicht bin ich auch einfach alt.

»Allison!«, schreie ich, werfe einen leeren Pappbecher zu ihr hinüber und treffe sie am Kopf.

»Mom«, sagt sie ärgerlich. »Was ist denn mit *dir* los?«

Das bekomme ich in letzter Zeit recht oft zu hören.

»Könntest du bitte den Kopfhörer herausnehmen?«, sage ich ruhig. »Ich versuche, mit dir zu reden.«

»Mir doch egal«, brummt sie. Ich werde die Teenagerzeit nicht überleben. Ich werde sie nicht überleben. Ich werde sie nicht überleben.

»Ich habe gesagt, dass ich einen Freund zu Besuch habe.«

»Oh«, sagt Allison. »Also, hängt ihr miteinander ab?«

Hin und wieder stolpere ich über Worte, die im Lauf der Zeit eine neue Bedeutung erlangt haben. Als ich jung war, hingen wir miteinander ab, und das hatte nichts mit Sex zu tun. Man saß in der billigen Wohnung oder im Studentenwohnheim von irgendwem zusammen und rauchte Zigaretten. Ich beschließe, die Frage zu ignorieren, um meine Würde zu wahren.

»Er heißt Harry«, sage ich. »Ich glaube, du wirst ihn mögen.«

»Zieht er bei uns ein?«

»Nein! Natürlich nicht. Wie kommst du darauf?«

»Na ja, Janes Mutter hat gerade den Typen, der ihr im Klub Golf beibringt, bei sich einziehen lassen. Er schläft sogar im Zimmer von Janes Mutter!«

Janes Mutter ist eben eine Schlampe.

»Harry ist bloß ein alter Freund«, sage ich. »Wir haben noch nie Golf miteinander gespielt.«

»Okay.« Allison scheint mit diesem Gespräch abgeschlossen zu haben. Doch es erinnert mich daran, dass ich völlig vergessen habe, Greta von Harry zu erzählen, ehe ich davongehastet bin, um Allison abzuholen. Wahrscheinlich ist Harry schon wegen Einbruchs verhaftet. Vielleicht kann ich ihn an ein und demselben Tag aus dem Krankenhaus und dem Gefängnis rausholen? Für diese zweifach gute Tat muss es doch irgendein spezielles Weltverbesserungsabzeichen geben.

»Kann ich jetzt Musik hören?«, fragt Allison.

Mir doch egal.

13. Kapitel

Als Allison und ich endlich nach Hause kommen, begrüßt Greta uns an der Tür, die dicken Arme vor dem üppigen Busen verschränkt. Sie funkelt mich an wie eine altjüngferliche Lehrerin, die im Spind ihrer besten Schülerin soeben einen Stapel *Playgirl*-Zeitschriften und ein Beutelchen Gras gefunden hat. Ich stecke in Schwierigkeiten.

»Hi«, sagt Allison, lächelt Greta strahlend an und läuft ins Haus. Mich lässt sie mit dem deutschen Tornado zurück.

»Hören Sie«, sage ich. »Harry ist ein ... alter Freund.«

»Wollten Sie nicht sagen, ein Großcousin zweiten Grades?« Wenn sie wütend ist, ist ihr Akzent viel ausgeprägter. Ich senke den Blick.

»Tut mir leid, dass ich Sie nicht vorgewarnt habe. Aber ... nun ja ... ich hatte keine Zeit, und er war krank, und da dachte ich, ich biete ihm unser Gästezimmer an, bis er sich wieder erholt hat.«

»In meinen Augen sieht der doch gesund wie ein Pferd aus«, sagt Greta mit zusammengepressten Lippen.

»Er ist nur ein Freund«, sage ich noch einmal.

»Er ist sehr ...« Sie hält inne, sucht nach dem richtigen Wort.

»Attraktiv?«, schlage ich vor.

»Ja, genau. Ich bin mir nicht sicher ...«

»Ob Sie so was wie ihn schon mal gesehen haben?«

Greta wirft mir einen verärgerten Blick zu, der mir zu verstehen gibt, dass ich nicht dauernd ihre Sätze beenden soll. Ich schlüpfe an ihr vorbei ins Haus.

Innen futtern Harry und Allison Toast mit Ziegenkäse und Feigenkonfitüre, säuberlich auf Porzellantellern serviert, daneben gefaltete Leinenservietten. Wenn ich mir selbst überlassen wäre, würde ich meiner Tochter zu jeder Mahlzeit Cheerios aus der Packung servieren. Doch Greta hat Standards, und wir sind ihr dafür sehr dankbar. Die beiden lachen über etwas, stecken die Köpfe über dem Küchentisch zusammen.

Harry trägt immer noch seine Anzughose mit dem Riss, doch die Hosenbeine sind hochgerollt und geben den Blick frei auf muskulöse Waden. Seine bloßen Füße zucken und bewegen sich unter dem Tisch, zappeln herum, als hätten sie Ameisenlaufen, verbrennen überzählige Energie. Mir fällt auf, dass er schöne Füße hat.

»Ach, du liebe Güte«, murmele ich.

»Was ist denn, Mom?«, fragt Allison, schaut dabei aber immer noch wie benebelt Cousin Harry an. Ich kann ihre Gedanken lesen: O Gott, o Gott, o Gott!

»Nichts«, sage ich. Aber ehrlich, wer hat schon hübsche Füße? Die hat doch niemand. Füße sind von Natur aus *nicht* hübsch. Zehennägel mit gelbem Nagelpilz, Schwielen, Hühneraugen, Blasen, Hornhaut. Unsere Füße müssen viel hinnehmen, und so sehen sie auch aus. Ich gebe zu, dass Neugeborene goldige Füßchen haben mögen, aber nur, weil sie den Boden noch nicht berührt haben. Sobald sie es tun, ist es vorbei mit goldig.

Doch Harrys Füße sind perfekt. Und Allison ist schon in ihn verliebt. Sogar Greta presst die Lippen nicht so sehr zusammen wie sonst, als sie in der Küche werkelt.

»Ähem«, sage ich.

Allison kichert. Harry tätschelt ihr den Kopf, als wäre sie ein Hündchen. Sie kichert wieder. Nicht sehr sanft ziehe ich Harry vom Stuhl.

»Harry und ich haben etwas am Computer in meinem Arbeitszimmer zu erledigen«, sage ich und schiebe ihn vor mir die Treppe hoch. Ich eile hinter ihm her, etwas schneller als normal. Vor Anstrengung bekomme ich kaum noch Luft. Vielleicht sollte ich in den sauren Apfel beißen und doch mit Belinda zum Yoga gehen.

»Gehen wir jetzt ins Schlafzimmer?«, fragt Harry, als wir den Flur hinuntergehen.

»Nein«, fahre ich ihn an. »Ich sagte, ins Arbeitszimmer.«

»Frag ja bloß.«

Ich bleibe stehen.

»Hören Sie«, sage ich. »Sie und ich, wir werden niemals Sex miteinander haben. Weder jetzt noch später. Sie gehören in eine Fantasiewelt. Die Wirklichkeit würde Sie einfach ruinieren.«

»Ehrlich?«, fragt er.

»Ehrlich.«

»Das hat noch keiner zu mir gesagt.« Er ist völlig verblüfft.

»Ich will nur herausbekommen, wer Sie sind, und Sie dann bei Ihren Leuten abliefern«, erkläre ich. »Mehr nicht.«

»Na gut«, sagt Harry. »Dafür bin ich Ihnen dankbar.« Aber ich sehe, wie es ihn irritiert, dass ich keinen Sex mit ihm haben möchte. Offenbar ist er das nicht gewohnt.

Gerade als ich in mein Arbeitszimmer will, schießt mir ein scharfer Schmerz in die Brust. Als wäre der Panikzähler auf elf geklettert. Ich keuche, lehne mich an die Wand, um nicht zusammenzubrechen. Am liebsten wäre ich weggerannt, schnell und weit weg.

»Harry«, flüstere ich. Kalter Schweiß läuft mir den Rücken hinunter.

Im selben Moment fällt Harry auf die Knie, ringt nach Luft, als würde er erwürgt. Ich sinke neben ihm zu Boden. Ich habe sein blasses Gesicht dicht vor mir, seine dunklen Augen wirken riesig. Irgendwie relativiert sein Anblick meine eigene Qual. Wenn ich bei mir zuhause tot umfalle, würden alle den Kopf schütteln und sagen, ich hätte mehr Sport treiben und mir öfter mal den Nudelauflauf verkneifen sollen. Sie wären traurig, aber nicht überrascht. Doch wenn ein quasi Fremder in meinem Haus stirbt, bin ich erledigt. Ich habe eine schreckliche Vision, wie ich Cousin Harry im Hinterhof unter den Rosen vergrabe.

»Atmen Sie tief durch«, flehe ich. »Alles ist gut. Haben Sie Schmerzen in der Brust? Sagen Sie mir, was los ist.«

Er kauert sich zusammen, sein langer, geschmeidiger Körper ist zusammengerollt wie ein Baby im Mutterleib. Der Schmerz in meiner Seite ist unglaublich, wie von Hunderten winziger Glassplitter, die sich unter meine Haut graben. Ich halte Harrys Schulter mit einer Hand fest und presse die andere an meine Seite in der Hoffnung, dass der Druck den Schmerz ein wenig lindert.

Wir geben schon ein tolles Paar ab.

»Sagen Sie etwas«, verlange ich. Harry sieht mich flackernd an. Er ist in Panik.

»Etwas kommt zurück«, sagt er.

»Schon gut.« Ich ziehe ihn zu mir auf den Schoß, so gut es eben geht, und streichle ihm das Haar, als wäre er ein Baby.

Ich zucke zusammen, als unten an der Treppe Greta auftaucht. Sie ist zu weit weg, um in meiner Miene zu lesen.

»Alles in Ordnung?«, fragt sie. »Ich habe Lärm gehört.«

»Ja, ja«, sage ich. Von unten aus wirkt es vermutlich so, als wären wir nun bei unserem Golfspiel. »Alles okay. Harry ist gestolpert. Stimmt's, Harry?«

Ich versetze ihm einen Rippenstoß.

»Ja«, sagt er. »Ich bin gestolpert.« Seine Stimme stockt, und er schließt die Augen.

»Erzählen Sie mir, woran Sie sich erinnern«, flüstere ich. Viel länger halte ich das nicht aus. Der Schmerz in meinem Bauch steigert sich zum Crescendo. Ich kann jetzt nicht sterben, ich habe noch zu viel zu erledigen.

Im Stillen mache ich mich dafür herunter, dass ich so dumm und impulsiv war und die mögliche Ursache für den Gedächtnisverlust dieses Mannes nicht ernst genommen habe. Was, wenn er seine Erinnerung aufgrund irgendeines entsetzlichen Traumas verloren hätte, etwa, weil er einen Mord beobachtet hat oder gezwungen wurde, eine Episode von *Frauentausch* nach der anderen anzusehen? Was, wenn er ausflippt und in meinem wunderbaren, von Frauen bewohnten Haus alles kurz und klein schlägt? Ich sollte *wissen*, dass sich das Leben, anders als ein Roman, nicht beherrschen lässt. Das Leben ist chaotisch, und der Plot entwickelt sich nie so, wie man möchte.

»Ich heiße Aidan Hathaway«, sagt er.

Und dann verschwindet der Schmerz einfach so.

14. Kapitel

Jeder Beruf hat seine festen Regeln, für die Schriftstellerei gilt das ganz genauso. Wenn man Krimis schreibt, sollten die Fakten stimmen. Wenn man heitere Romane schreibt, sollte man seinen Lesern besser nicht schon im dritten Kapitel auf die Nerven gehen. Nachdem mein erster K. T. Briggs erschienen war, bekam ich einen Brief von einem hilfreichen Fan namens Ellen. Der Brief begann mit »Lieber Schmierfink« und wurde ab da noch besser.

Ellen war fuchsteufelswütend darüber, dass sie mir ein paar unwiederbringliche Stunden ihres Lebens gewidmet und ich ihr Vertrauen bitter enttäuscht hatte. Ich hatte die Regeln gebrochen. Zwischen Autor und Leser besteht eine stillschweigende Übereinkunft, und ich hatte sie mit Füßen getreten.

Ellen hat sich nicht in meinen romantischen Helden verliebt. Sie konnte sich nicht mit der Heldin identifizieren. Sie war entsetzt darüber, dass es schon vor der Romanmitte Sexszenen gab, und sie fand meine strategisch platzierten Zufälle lächerlich.

»Sie können den bösen Zwilling nicht für alles verantwortlich machen«, schrieb sie. »Wer macht denn so was?«

An diesem Punkt des Briefes fühlte ich mich schon ziemlich mies, doch ich las weiter. Ellens nächste Beschwerde war, dass mir der Plot wichtiger war als der Konflikt und daher Ersterer auf Kosten des Letzteren ginge.

»Ohne Streit kein Versöhnungssex«, stöhnte sie. »Sie konzentrieren sich dermaßen auf das, was Ihre Figuren tun, dass Sie deren Gefühle dabei ignorieren.« Das fand ich interessant. Zwar verstehe ich bis heute nicht recht, was sie damit meinte, aber ich rechne es ihr hoch an, dass sie es versucht hat.

Rasch kam sie auf das Thema Nebenfiguren zu sprechen. Ich hatte zu viele davon. Klar.

»Sie nehmen so viel Zeit in Anspruch!«, keifte sie von der Seite. »Ich hasse sie!«

Ellen war auch so freundlich, mich darauf hinzuweisen, dass mein »Ich habe nur Augen für dich« ungenügend war und mein »Glücklich bis ans Ende ihrer Tage« nicht überzeugend genug. Was die Zukunft von Held und Heldin anging, waren ihr Zweifel geblieben. Ob eine Fortsetzung geplant sei? Eine Trilogie? War das der Grund dafür? Sie hatte festgestellt, dass sie vor lauter Sorge um die beiden nicht schlafen konnte. Tatsächlich schreibe sie mir den Brief um 2 Uhr morgens.

Aber keine Angst. Am Ende des Briefs machte Ellen mir widerstrebend ein Kompliment zu meinen Dialogen, was ich sehr großherzig von ihr fand.

Ich freue mich über jede Fanpost, egal, was drinsteht. Es ist schmeichelhaft, dass ein mir unbekannter Mensch sich auch nur eine Minute seiner kostbaren Zeit nimmt, um mich zu kontaktieren. Ich lese und beantworte jede E-Mail, jeden Brief, und manchmal twittere ich sogar, obwohl Allison mit den Augen rollt, wenn ich ihr das erzähle. Sie kann sich nicht vorstellen, dass ich etwas von den sozialen Medien verstehe. Dazu bin ich einfach zu alt.

Da saß ich also mit Ellens altmodischem Brief in der Hand und fragte mich, wie ich darauf wohl am besten antwortete, als mir etwas einfiel. Vielleicht hatte Ellen irgendwo recht.

Vielleicht hatte ich Grenzen überschritten, an die ich mich besser gehalten hätte.

Ich zog ein Stück Papier heraus und nahm einen dicken schwarzen Filzstift. Ich würde aus Ellens Brief eine Liste erstellen. Ich überschrieb die Seite mit »Regeln«. Als ich fertig war, heftete ich die Liste an die große, chaotische Pinnwand über meinem Schreibtisch, wo ich sie unweigerlich jedes Mal sehen würde, wenn ich mich setzte.

Seither hängt sie dort. Und nirgendwo wird auf dieser Liste erwähnt, dass romantische Helden die Realität aushebeln und im Haus der Autorin auftauchen können. Das passiert einfach nicht. Wenn Sie mir nicht glauben, fragen Sie Ellen.

»Wovon zum Teufel reden Sie?«, sage ich nach einem Augenblick fassungslosen Schweigens. Ich schiebe Cousin Harry von meinem Schoß herunter und rutsche davon, bis ich gegen den hübschen kleinen Tisch mit der hübschen kleinen Lampe stoße. Ich fange die Lampe mitten in der Luft auf. Vor wenigen Stunden noch bin ich hier mit Jason zugange gewesen, mein Kopf ist immer wieder gegen die Wand geschlagen. Vielleicht habe ich dabei eine Gehirnerschütterung davongetragen und halluziniere nun, weil ich glaube, dass Cousin Harry sich eben als der Held aus *Geraubte Geheimnisse* identifiziert hatte.

Das bisher noch niemand gelesen hat.

»Ich heiße Aidan Hathaway«, sagt er noch einmal eilig. »Ich wohne Central Park South Nummer Fünfzig. Ich besitze eine Reihe von Oldtimer-Roadstern, die ich in einem Lager in Brooklyn untergebracht habe. In meinem Badezimmer hängt ein kleiner Van Gogh. Mein Schlafzimmer ist weiß bis auf eine Fensterwand, die auf den Park hinausgeht. Ich bin der Vorsitzende und CEO von Hathaway Enterprises. Ich bin neunundzwanzig Jahre alt.«

Mir klingen die Ohren.

»Bitte seien Sie still«, sage ich.

»O Gott.« Er presst die Handballen gegen die Schläfen. »Es ist wie ein Sturzbach. Ich habe einen Chauffeur namens Thomas, und mein Vater ist tot.«

Er fährt fort, verschiedene Details seiner exklusiven Existenz aufzuzählen. Unmöglich, dass dieser Mann meinen Entwurf und die Kurzcharakterisierung meiner Figuren für *Geraubte Geheimnisse* gelesen hat, und doch ist beinahe alles richtig, was er über Aidan Hathaway sagt. Ich weiß das, weil ich es geschrieben habe.

»Sie sind ja verrückt«, sage ich. »Wie haben Sie das Buch gelesen? Erzählen Sie es mir.«

Bei der letzten Tagung meines Verbands, den Romance Writers of America, hat mir eine befreundete Autorin, die es inzwischen bis nach oben geschafft hat, erzählt, sie hätte den Erfolg gespürt, als sie ihre erste Stalkerin hatte. Es hatte sich dabei um eine junge Frau mit schlimmer Akne und zu viel Freizeit gehandelt, aber es hatte trotzdem etwas zu bedeuten. Ist Harry mein Stalker? Wenn ja, hat er sich einen höllisch aufwändigen Plot ausgedacht, um in mein Haus zu gelangen. Ich wäre geschmeichelt, wenn die Vorstellung an sich nicht so erschreckend wäre.

»Was für ein Buch?« Harry wirkt ehrlich verwirrt, doch ich kaufe es ihm nicht ab.

»Mein Buch!«, kreische ich. Er rückt von mir ab.

»Ich dachte, Sie wollten wissen, wer ich bin«, sagt er. »Das sollte Sie doch glücklich machen.«

Ich kann ihn auf dem Flur nicht anschreien. Ich muss an Allison und Greta danken, und so stehe ich auf, packe ihn an seinem Hemd und ziehe ihn auf die Füße. Er protestiert, aber das ist mir gleichgültig. Ich schiebe ihn in mein Arbeitszimmer und knalle die Tür zu, bevor einer von uns beiden entkommen kann. Ich halte ihn immer noch am Hemd fest und sehe ihn, zum vielleicht ersten Mal an diesem Tag, richtig an. Und in diesem Augenblick verschwimmt meine Welt an den Rändern, als rückten die Wände näher an mich heran. Unwillkürlich weiche ich einen Schritt zurück.

Seine Augen sind grün und weit auseinanderstehend. Genau solche Augen hatte der Junge, in den ich auf dem College verliebt war. Er starb bei einem Autounfall auf einer Landstraße in Connecticut, doch ich gab jedem meiner Helden ein Stück von ihm mit, gewissermaßen als Tribut an das, was er hätte sein können. Große Hände umklammern die Armlehnen meines Bürosessels, in den ich Harry platziert habe. Es sind die Hände des deutschen Metzgers, den Greta am liebsten hat. Von Zeit zu Zeit kaufe ich etwas bei ihm, und er wischt sich die fleischigen Hände immer an seiner weißen Schürze ab, ehe er mir die säuberlich in braunes Papier gewickelten Päckchen überreicht. Ich liebe diese Hände.

Die makellose helle Haut, die jetzt leicht gerötet ist vom Stress und der Anstrengung, kommt direkt von einem jungen Mann, den ich im Verlauf einer verschneiten Woche mehrere Male zufällig gesehen habe. Er tauchte im Lebensmittelladen auf, im Buchladen und einmal auf dem Bahnsteig Richtung Süden. Danach sah ich ihn nie wieder, aber sein marmorner Teint hat Eindruck auf mich gemacht.

Das dunkle Haar, ein wenig lang und an den Spitzen leicht gelockt, gehört zu dem Typen, der bei Whole Foods meine Einkäufe einpackt. Er ist so hip, dass es beinahe wehtut, aber sein Haar ist nahezu perfekt. Jedes Mal, wenn ich ihn sehe, möchte ich mit der Hand hineinfassen.

Zitternd strecke ich die Hand aus und schiebe meinem Fremden ebendieses herrliche Haar aus der Stirn. Von der Außenseite seiner rechten Augenbraue verläuft eine dünne, blasse Narbe fünf Zentimeter nach oben.

»Woher haben Sie die?«, flüstere ich.

»Mit dreizehn habe ich den Porsche 917/10 Spyder CanAm von 1971 zu Schrott gefahren.« Seine Stimme ist so leise, dass ich ihn kaum verstehe. »Ich bin in eine alte Eiche auf Dads Anwesen gekracht. Der Baum starb, und Dad hat mir nie verziehen.«

Das mit der Vorgeschichte ist eine merkwürdige Sache. Sie kann es bis aufs Papier schaffen, oder sie bleibt im Kopf des Autors, begraben in den grauen Zellen, unter Einkaufslisten und BH-Größen. In diesem Fall hatte ich vor, den Hintergrund der Narbe später in *Geraubte Geheimnisse* zu offenbaren. Ja, unser atemberaubender junger Mann musste reich, schön und düster sein, aber wenn ich meinen Leserinnen zeigen könnte, dass er von lieblosen Wölfen aufgezogen worden war, würden sie sofort seine Verletzlichkeit sehen und sich in ihn verlieben. Und die Leserinnen müssen sich in ihn verlieben, wie Ellen nahegelegt hat. So sind die Regeln.

Im vorliegenden Fall hat es die Vorgeschichte mit der Narbe, die mir eingefallen ist, als ich an einer riesigen Eiche vorbeifuhr, die sich jeden Herbst spektakulär orangerot verfärbt, nicht bis aufs Papier geschafft. Sie lebt einzig in meinem Kopf.

Ich kann das hier auf tausend verschiedene Arten auseinandernehmen, doch die Tatsache bleibt bestehen, dass der Mann, der vor mir sitzt, die perfekte körperliche Manifestation von Aidan Hathaway ist. Ohne ein weiteres Wort nehme ich den Papierkorb hoch und kotze Feigenstückchen und Ziegenkäse hinein.

»Himmel, Sadie«, sagt Aidan Hathaway, »das ist ja ekelhaft.«

Den Korb immer noch in der Hand, weiche ich vor ihm zurück, bis ich mit dem Rücken zur Wand stehe. Ich lasse mich zum Bambusboden hinuntergleiten.

»Sind Sie krank? Waren die Feigen verdorben?«

Ich hebe die Hand, damit er aufhört. Bitte hör auf zu reden.

»Bleiben Sie, wo Sie sind.« Meine Stimme klingt merkwürdig verzerrt, aber anscheinend konnte ich mich verständlich machen, denn Aidan steht nicht auf und rennt weg. Er sitzt ganz still, sein Blick wandert von mir zu dem Erbrochenen.

Auf allen vieren krieche ich aus dem Arbeitszimmer, schiebe den Papierkorb dabei vor mir her. Stünde ich auf, liefe ich möglicherweise Gefahr umzukippen. Endlich schaffe ich es ins Bad. Ich verstaue den Papierkorb in der Dusche und ziehe den Vorhang vor, um das Beweisstück zu verbergen. Ich spritze mir kaltes Wasser ins Gesicht, das im Spiegel rot und fleckig aussieht. Meine Augen sind riesengroß. Ich sehe aus wie eine durchschnittliche Cracksüchtige.

»Du bist nicht verrückt, Sadie«, sage ich mir. »Das alles ist nur ein riesiges Missverständnis.«

Bei meinen Plots bin ich im Leben schon mit einigen verrückten Wendungen durchgekommen, aber an die Sache mit dem Missverständnis glaube nicht mal ich. Ich trockne mir das Gesicht ab, spüle meinen Mund mit reichlich Listerine und schleiche zu meinem Arbeitszimmer zurück. Ich linse hinein. Aidan hat die makellosen Füße auf meinen Schreibtisch gelegt und die Hände hinter dem Kopf verschränkt. Wenn ich mich in meinem Bürosessel so weit zurücklehnen würde,

würde ich auf den Hintern fallen, doch er sieht aus, als hätte er es bequem.

Im Leben passieren seltsame Dinge. Das Wichtige ist, wie wir damit umgehen. Zumindest sagt Greta das immer. Ich betrete den Raum. Aidan dreht sich zu mir herum.

»Kennen Sie eine Frau namens Clarissa?«, frage ich.

»Nein«, sagt er rasch. Doch seine Miene ist verwirrt, als wäre eine nebelhafte Erinnerung vorbeigesegelt, zu körperlos, um danach zu greifen.

»Sind Sie sicher?«, dränge ich.

»Ich … ich weiß nicht«, sagt er. »Nein, ich glaube nicht.«

Ich stürze mich auf das Xanax auf dem Schreibtisch hinter ihm. Zwar habe ich mein Limit schon überschritten, aber manchmal ist mehr eben besser. Mir doch egal, wenn ich im Stehen einschlafe.

»Es ist sehr wichtig, dass Sie mir wirklich alles erzählen, woran Sie sich erinnern.«

Er schließt die Augen und konzentriert sich. »Alles ist sehr vage. Ich erinnere mich an blitzendes Licht und Schmerzen in meinem Bein. Und ich war mit … Lily zusammen.«

»Und?«

»Und dann ist diese Clarissa aufgetaucht! Dieses schreckliche Weib!«

Er springt auf, ballt die Hände zu Fäusten. An seinem Hals pulsiert eine Vene.

»Lily ist einfach verschwunden. Wie vom Erdboden verschluckt«, sagt er und packt mich bei den Schultern. »Und dann sagte Clarissa, wenn ich Lily retten wollte, müsste ich ihr folgen. Sie hat mir einen Deal angeboten.«

»Und zwar, dass sie Ihnen achtundvierzig Stunden gibt, in

denen Sie Ihre Liebste finden, den Zauberbann brechen und zurückkehren müssen«, füge ich hinzu.

Aidan stutzt.

»Woher wissen Sie das?«

Ich erinnere mich daran, wie ich zum ersten Mal Hemingway gelesen und seine exquisite Sprachökonomie bewundert habe. Für mich wäre das ein wenig problematisch, da ich größtenteils darum bemüht bin, schlichten Geschlechtsverkehr in immer neue Worte zu kleiden. Aber jetzt versuche ich es damit.

»Ich habe Sie geschrieben.« Ich deute auf den Laptop, als würde das meine bizarre Behauptung irgendwie erklären.

»Was haben Sie geschrieben?«, fragt er.

Andererseits kann Sprachökonomie auch zu Verwirrung führen. Ich erzähle ihm, wie er nach der Beerdigung seines Vaters den Macallan 1926 ganz allein im Badezimmer getrunken und geweint hatte. Ich erzähle ihm von Lilys Bluse und dem Lippenstift im Aufzug. Ich erzähle ihm, wie sich bei der Präsentation des neuen Champagners ihre Blicke im Flur begegnet waren.

Aidan ist so weiß geworden, dass ich beinahe durch ihn hindurchsehen kann.

15. Kapitel

Aidan und ich sitzen in meinem Arbeitszimmer. Sein Atem geht unregelmäßig, eine Vorstufe zur Hyperventilation. Von draußen bedrängt uns die Hitze, trotz zugezogener Vorhänge. Wir haben die ersten drei und einzigen Kapitel von *Geraubte Geheimnisse* gelesen.

»Ich verstehe das nicht«, sagt Aidan ausdruckslos.

»Ich auch nicht.«

»Wie konnten Sie erlauben, dass diese verrückte Lady uns folgt?« Aidan hat Probleme mit dem Plot, was ich verstehen kann, aber irgendwie habe ich das Gefühl, dass ihm das große Ganze hier entgeht.

»Die Passage habe ich nicht geschrieben«, sage ich.

»Aber Sie haben doch gesagt, dass es Ihr Buch ist – entweder haben Sie es geschrieben, oder Sie haben es nicht geschrieben, beides geht nicht. Was für ein schrecklicher Tag heute!«

»Hören Sie«, sage ich, »ich habe den Anfang des dritten Kapitels geschrieben, aber nicht das Ende.«

»Wer hat es denn dann geschrieben?«

»Ich glaube, Clarissa.« Ich kann nicht fassen, dass ich das laut ausgesprochen habe.

»Aber wer zum Teufel ist diese Clarissa?«, schreit Aidan. Sein Zorn entfacht mehr Hitze, als in diesen winzigen Raum hineinpasst. Ich schwitze am ganzen Körper. »Und was will sie von mir?«

Ich habe keine Ahnung. In seiner Vorgeschichte gibt es keine Clarissa.

Doch bevor ich ihm diese unbefriedigende Antwort geben kann, erscheint Greta in der Tür. Sie hat eine neutrale Miene aufgesetzt und sagt nichts, konzentriert sich nur auf den wütenden Aidan. Falls sie Angst um mich haben sollte und kurz davor steht, um Hilfe zu rufen, so zeigt sie es nicht.

»Greta?«

Sie räuspert sich.

»In eineinhalb Stunden ist die Spendengala für die Holt Hall«, sagt sie nach langem Schweigen. »Ihr Kleid ist im Schrank, und ich habe mir erlaubt, die passenden Schuhe zu putzen.«

Etwas an der Erwähnung der Spendengala, eines normalen Ereignisses in einer bisher so normal scheinenden Welt, versetzt mir einen Schock. Greta interpretiert das so, dass ich nach einer Ausrede suche, nicht hingehen zu müssen, damit ich zu Hause bleiben und mit dem Mann, den ich aus dem Krankenhaus entführt habe, poussieren kann. Und sie wird natürlich nicht untätig zusehen, wie ich meine Pflichten so sträflich vernachlässige.

»Sie gehören zum Organisationskomitee«, erinnert sie mich. »Um Punkt neun haben Sie drei Minuten am Mikrofon, um die Leute zu ermutigen, der Schule große Geldsummen zu spenden. Beim Nachtisch.«

Verdammt.

»Ich hatte wirklich gedacht, es wäre mit dem Schulgeld getan«, sage ich wie zu mir selbst.

»Ist es aber nicht«, erwidert Greta. »Es ist nie so, wie man denkt.« Einen winzigen Augenblick lang frage ich mich, ob wir über dasselbe reden. Greta stemmt die Hände in die breiten Hüften und baut sich im Türrahmen auf. Sie wird nicht eher weichen, bis ich mich auf irgendeine Weise in Bewegung setze.

»Na schön«, sage ich. »Ich geh mich anziehen.«

Greta nickt mir knapp zu und geht. Aidan stützt die Stirn auf meinen Schreibtisch. Er zittert am ganzen Körper, doch ich kann nicht erkennen, ob es daran liegt, dass sich seine Wut in Furcht verwandelt hat.

»Reißen Sie sich zusammen«, sage ich. »Wir machen einen Plan. Wir kriegen schon raus, was wir tun müssen.«

»Wir werden alle sterben«, sagt er nüchtern.

So etwas würde ich ihn nie sagen lassen. Es zeigt Schwäche, Verletzlichkeit und möglicherweise auch recht viel Vernunft, aber all das ist bei einem erotischen männlichen Helden nicht akzeptabel.

»Ach, um Himmels willen, Aidan, kommen Sie wieder runter!« Im nächsten Augenblick wird mir klar, dass ich ihn Aidan genannt habe, nicht Harry. Ich bin durch das Kaninchenloch gerutscht und im Wunderland gelandet. Ich mache weiter.

»Was würde Lily denken, wenn sie Sie so sehen könnte? Seien Sie tapfer.«

Er reagiert, als hätte ich ihn geohrfeigt. Seine Augen werden kalt und dunkel vor irgendeinem inneren Aufruhr. Er ballt die Fäuste, entspannt sie wieder, genau wie vorhin im Target. Er scheint fähig zur Gewalt zu sein, doch das sind die meisten Männer, wenn man sie in die Ecke drängt.

»Wir finden Lily schon«, sage ich langsam und ruhig. »Wir werden mit alldem fertig.«

Er entspannt sich wieder. »Sie haben recht. Wir werden damit fertig. Ich habe überreagiert.«

Nun ja, eigentlich nicht, aber welchen Sinn hätte es, ihn zu korrigieren?

Aidan folgt mir in mein Schlafzimmer und setzt sich auf mein Bett, während ich meine Schubladen durchforste nach einem Spanx-Body, der mich so weit komprimiert, dass ich in mein Kleid passe, aber nicht so weit, dass ich vor Sauerstoffmangel in Ohnmacht falle. Es ist ein schmaler Grat, und ich schwitze jetzt schon.

Aidan macht es sich auf meinem Bett bequem und denkt sich Erklärungen aus, wer Clarissa sein könnte, eine absurder als die andere, bis sein Blick auf das figurformende Miederteil fällt. Ich sage immer, dass einen nichts so von seinen Problemen ablenkt wie eine erste Begegnung mit Spanx.

»Ziehen Sie das etwa an?«, fragt er ungläubig.

»Das ist Shapewear«, sage ich, als würde das alles erklären. Ich wäre vielleicht gekränkter, wenn wir den Boden nicht schon mit dem Skort-Gespräch bereitet hätten. »Was machen Sie überhaupt hier?«

»Laut nachdenken. Und darauf warten, dass Sie mir den Plan verraten.« Er nimmt mir den Body ab und zieht ihn auseinander. »Wenn ich gestern Abend vertrieben wurde, heißt das, dass wir nur noch vierundzwanzig Stunden haben, um Lily zu finden und hier zu verschwinden? Oder fing die Uhr erst an zu ticken, als Sie mich heute Morgen im Supermarkt gefunden haben? Wie dem auch sei, wir haben nicht viel Zeit.«

Dies ist möglicherweise eine der seltsamsten Unterhaltungen, die ich in meinem Schlafzimmer geführt habe. Aidan dehnt das Spanx und versucht dann durchzusehen. Es bedeckt sein Gesicht – er sieht aus wie die moderne Version eines strumpfmaskentragenden Psychokillers.

»Hören Sie sofort auf«, sage ich. »Und mir ist klar, wie wenig Zeit wir haben. Wirklich. Aber ich muss auf der Spendengala heute Abend auftauchen.« Sadie Fuller, Mom, schwänzt keine obligatorischen Schulveranstaltungen, so verlockend der Gedanke oft auch sein mag.

Er legt den Body beiseite, verschränkt die Hände hinter dem Kopf und macht es sich auf meinen Kissen gemütlich. Er wartet wohl darauf, dass ich ihm sage, was als Nächstes passiert. Seine Armmuskeln schwellen an; ich könnte schwören, dass er sie nur mir zuliebe spielen lässt.

Er sieht gut aus, wie er da auf meinem Bett liegt. Männlich, jung und lebendig. Ich nehme den Spanx-Body und mein nicht so kleines Schwarzes und gehe ins Bad. Bestimmt habe ich noch Zeit, mich im Klo zu ertränken, bevor alles noch schlimmer wird.

»Kann ich mitkommen?«, ruft Aidan durch die geschlossene Tür.

Was? Ist er übergeschnappt? In aller Öffentlichkeit? Nächsten Montag würde ich auf dem Schulhof dafür zerrissen werden. Im Bad kämpfe ich mich in den Body, keuche vor Anstrengung. Ich zerre und schiebe und arrangiere meine Speckröllchen unter dem hautengen Kleidungsstück, um eine glatte Fläche bemüht. Ich hebe meine riesigen Brüste hoch, damit sie verführerisch aus dem Ausschnitt quellen. Es ist so heiß. Der Body macht es noch schlimmer. So muss es sich anfühlen, wenn man als Bernhardiner in Palm Beach lebt.

»Vielleicht wäre das ja ein guter Ort, um nach Hinweisen zu Lilys Aufenthaltsort zu suchen«, fügt Aidan hinzu.

»Das ist lächerlich«, sage ich brüsk. Ich höre, wie er sich in meinem Schlafzimmer durch den Kram auf meinem Nachttisch wühlt. Rasch zwänge ich mich in das Kleid, kämpfe mit dem Reißverschluss, wie es alleinstehende Frauen tun. »Außerdem schreibe ich keine Krimis.«

»Ich glaube, jetzt schon.« Damit hat er nicht unrecht. Die jüngsten Ereignisse sind an Rätselhaftigkeit kaum zu überbieten. An bodenloser Verrücktheit auch nicht, aber es bringt ja nichts, sich damit zu befassen.

Ich öffne die Badezimmertür.

»Also«, sagt Aidan, »bin ich dabei?«

Ich stelle mir vor, wie er auf die Menge wirkt. Belinda, die Moms von der Schule, eine Hand voll gelangweilter Väter, Roger und Fred oder den Mann, der Fred schon wieder ersetzt hat. Mein schwuler Exmann bringt zu diesen Veranstaltungen immer einen Begleiter mit. Ich nie. Wir lachen darüber. Das heißt, Roger lacht darüber. Ich fühle mich schlecht deswegen, aber das kann ich Roger gegenüber nicht zugeben, denn es würde ihn verletzen. Was wäre, wenn ich mit diesem atemberaubenden, jungen, heißen Typen, der im Augenblick auf meinem Bett liegt, auftauchen würde? Was würde passieren, wenn *das* passiert?

Ich lege die Wimperntusche hin. Das kann ich doch nicht ernsthaft in Betracht ziehen. Aber sein Anzug ist wirklich sehr schick. Klar, im einen Hosenbein ist ein Riss, aber der lässt sich leicht reparieren. Ich blicke mein Spiegelbild an. Wo früher glatte Haut war, sind heute jede Menge Falten und Flecken, die auch der teuerste Abdeckstift nicht verschwinden lassen kann. Meine Lippen sind nicht mehr so voll, wie sie einst waren, und ich komme mir unehrlich vor, wenn ich die Tränensäcke unter meinen Augen darauf schiebe, dass ich schlecht geschlafen habe. Sie gehören nun zu meinem Gesicht und ziehen alles andere mit sich herunter. Doch man wird nur dann alt, wenn man Glück hat, daher bemühe ich mich, mein

Gesicht und meinen Körper nachsichtig zu betrachten. Sie geben ihr Bestes.

Mein Verstand ist eine ganz andere Sache. Er war schon immer messerscharf und beweglich wie ein Artist im Cirque du Soleil. Er ist mein Kronjuwel, auch wenn ich das normalerweise für mich behalte. Aber nun sitzt eine Romanfigur auf meinem Bett und wünscht, mich auf die Spendengala der Holt Hall zu begleiten. Niemand geht freiwillig auf eine Spendengala, also stehen die Dinge hier nicht so, wie sie sollten.

Sehen wir es uns einmal genau an. Erstens existiert der Mann auf dem Bett nicht nur in meinem Kopf, ein Dutzend anderer Leute haben ihn ebenfalls gesehen. Er wurde von einem Arzt untersucht, und soweit ich weiß, untersuchen Ärzte keine Halluzinationen. Zweitens ist die Möglichkeit, dass das alles ein aufwändiger Scherz ist, verschwindend gering. Es gibt einfach zu viele Details, von denen nur ich weiß, etwa die Narbe. Drittens ist er eine richtige Augenweide. Ich sollte ihn zur Gala mitnehmen. Ich meine, wenn ich schon einen Nervenzusammenbruch habe, kann ich wenigstens Spaß dabei haben, oder?

»Sadie«, sage ich zu mir. »Du bist eine Idiotin.«

»Was?«, ruft Aidan aus dem Schlafzimmer.

»Nichts.«

»Und? Kann ich mitkommen?«

Unten verkünde ich, dass Cousin Harry gern mit seinem zweiten Vornamen Aidan angesprochen werden möchte und dass wir ihn so nennen sollten. Doch Allison ist völlig egal, wie wir ihn nennen, sie ist sauer, dass ich ihn nicht bei ihr lasse, damit sie mit ihm spielen kann.

»Ich will, dass er mit mir *Glee* ansieht«, sagt sie. »Ich hab es aufgenommen.«

»Greta ist auch da«, sage ich.

»Sie hasst *Glee*«, sagt Allison. »Sie findet es albern und unrealistisch. Das hat sie gesagt.«

»Dann such etwas anderes im Fernsehen aus. Vielleicht diese Tanzshow, wie heißt sie noch mal, *Dancing with the Stars*? Die schaut Greta gern.«

Meine Tochter zieht einen immensen Schmollmund und wirft mir einen finsteren Blick zu. Doch bevor sie auf etwas Lautes, Dramatisches verfällt, kommt Aidan heran. Wir starren ihn beide mit offenem Mund an.

»Geht das so?«, fragt er und zwinkert uns zu. Sein Haar ist elegant zerzaust, sein Gesicht glatt rasiert. Der Riss in seiner Hose wurde fachkundig geflickt, Anzug und Hemd sind makellos gebügelt. Das Flicken und Bügeln ist wohl Gretas Werk. Die Vorstellung, im selben Haus wie ein zerknittertes oder anderweitig beeinträchtigtes Kleidungsstück zu weilen, und sei es nur für kurze Zeit, ist ihr widerwärtig. Aidan spielt mit dem Knoten seiner Krawatte, die sich an seinen Hals schmiegt.

»Sie sehen gut aus«, stammelt Allison.

Selbst seine Schuhe sind auf Hochglanz poliert.

»Genau«, sage ich.

Aidan holt eine Rose hinter seinem Rücken hervor, die er im Garten hinter dem Haus gepflückt haben muss.

»Für Sie«, sagt er mit einer leichten Verneigung. »Sie sehen sehr schön aus.«

Allison errötet an meiner Stelle. Ich nehme die Rose und reiche sie an sie weiter. Sie huscht davon, die Nase tief in die seidigen Blätter getaucht.

»Danke«, sage ich. Aber ich glaube ihm das Kompliment nicht, denn wie schön kann ich schon sein, wenn ich in meinem Kleid langsam ersticke? Und ich mache mir echte Sorgen, was passieren wird, wenn ich mich hinsetzen will. Wie viel Druck genau darf man eigentlich einen durchschnittlichen Reißverschluss aussetzen?

»Tschüss, Allison«, rufe ich. »Wiedersehen, Greta.«

Niemand antwortet, und so gehe ich am Arm meines umwerfend attraktiven neunundzwanzigjährigen Zuchthengsts hinaus.

16. Kapitel

Aidan ist still, während wir zum Lake House Restaurant fahren, das weder an einem See liegt, noch ein Haus ist. Das Restaurant liegt in einer Ladenzeile, mit all dem Charme, der damit einhergeht. Aidan sieht aus dem Fenster in das schwindende Tageslicht, und ich frage mich, was er wohl denkt. Ich berühre ihn am Bein. Er zuckt zusammen.

»Hey«, sage ich. »Wie geht's?«

Er seufzt. Laut und deutlich, damit es mir auch bestimmt nicht entgeht. »Ich vermisse Lily.«

Wie kann man jemanden vermissen, den man kaum kennt? Ich meine, sie hatten ja nur zwei Kapitel zusammen. Egal, wie gut die Autorin ist, zwei Kapitel reichen als Grundlage einer Beziehung nicht aus.

»Aber Sie beide waren doch gar nicht zusammen«, betone ich.

Er wendet sich mir zu, zieht dabei den Sicherheitsgurt an der Schulter beiseite, um sich besser umdrehen zu können.

»Nein. Aber es hat sich angefühlt, als würde ich sie kennen. Es hat mich wie ein Hammer getroffen, als ich sie bei diesem Marketingempfang zum ersten Mal gesehen habe. Ich hatte eigentlich gar nicht hingehen wollen, doch das Schicksal hat anders entschieden. Und dann habe ich dafür gesorgt, dass sie den Hathaway-Auftrag betreut, damit ich sie wiedersehe.«

»Wow«, sage ich. »Das ist ja interessant.« Aber du bräuchtest mir das echt nicht erzählen. Diesen Teil kenne ich nämlich schon.

»Ich wusste einfach, dass sie etwas ganz Besonderes ist«, fährt er fort. Offenbar hat er sich für sein Thema erwärmt. »Lily und ich, wir sind miteinander verbunden. Meine beste Freundin Erin sagt immer, dass sich die Liebe einen Weg bahnt. Es mag schwierig sein, es mag Überraschungen geben, aber die Liebe bahnt sich einen Weg. Und wie sich herausstellt, hat sie vollkommen recht.«

»Sie haben eine beste Freundin namens Erin?«, frage ich.

»Ja. Und?«

Ich packe das Steuerrad ein wenig fester. Es gibt keine beste Freundin namens Erin. Andererseits gab es auch keine Hexe namens Clarissa.

»Na schön«, sage ich. »Ihre beste Freundin Erin kann sich wirklich gut ausdrücken.«

»Sie haben das nie geschrieben«, sagt Aidan unverblümt. Er zieht an einer langen Haarsträhne, wickelt sie sich um den Finger, genau wie bei Target.

»Wenn Sie damit weitermachen, kriegen Sie noch eine kahle Stelle.« Entsetzt sieht er mich an und lässt die Strähne los. Dann sammelt er sich.

»Also?«, fragt er.

»Reden Sie von Liebe auf den ersten Blick? Seelenverwandte? Nein, danke. Das sind einfach gefährliche Vorstellungen, die Erwartungen wecken. Unrealistische Erwartungen.«

»Nein, Sadie. Das sind magische Worte.« Er klingt schwärmerisch, albern. Es passt überhaupt nicht zu dem Charakter, den ich entworfen habe. »Ich habe mich plötzlich so wach gefühlt, als ich Lily begegnet bin. Aber so, als hätte ich gar nicht gewusst, dass ich geschlafen habe. Magisch.«

»Das haben Sie schon mal gesagt.«

»Das kann man wohl nur verstehen, wenn es einem selbst passiert ist«, sagt er herablassend.

»Vermutlich.«

Ich kann nicht glauben, dass ich aufgebrezelt in einem Minivan sitze und mit einem Mann, den ich mir ausgedacht habe, über die wahre Liebe diskutiere. Niemand würde auf eine solche Möglichkeit setzen, nicht mal in Las Vegas.

»Also, Lily«, sage ich.

»Lily. Mein Gott.« Aidan schlägt mit der Faust aufs Armaturenbrett, und ich zucke zusammen. »Bestimmt ist sie außer sich vor Angst. Ich sollte jetzt da draußen sein und nach ihr suchen.«

Die Art, wie Aidan übergangslos von ruhig und heiter zu emotional explosiv wechselt, ist bemerkenswert. Ich habe schon differenziertere Charaktere erschaffen.

»In und um New York leben beinahe zwanzig Millionen Menschen«, sage ich. »Haben Sie schon mal von der Nadel im Heuhaufen gehört? Diesmal würden Sie sie aber im Dunkeln suchen. Nein. Wir müssen nachdenken, wo genau wir nach ihr suchen müssen.«

»Sie ist ein zartes Gewächs«, erklärt Aidan. Hat er überhaupt gehört, was ich gesagt habe? »So zerbrechlich, so sanft, so vertrauensvoll und großherzig.«

»Hören Sie sofort damit auf«, befehle ich.

Er klappt den Mund zu.

»Also?«

»Was also?«

»Irgendwelche Vorschläge?«

»Keinen einzigen«, sagt er.

Nicht hilfreich.

»Nun, für Clarissa wäre es nicht sinnvoll, Sie beide am selben Ort abzuladen«, sage ich. »Sie will es Ihnen fast unmöglich machen, Lily zu finden, nicht? Sie möchte die Darbietung genießen, während sie im Dunklen herumstolpern und am Ende scheitern.« Ich komme mir vor, als ob ich für irgendeine billige Fantasy-Serie im Kabelfernsehen den Text einübe. Es bereitet mir regelrecht Schmerzen.

»So, wie Sie es ausdrücken, Sadie, klingt es, als wäre ich auf einer Mission.«

Romane mit Mission gehen ausgezeichnet. Vor allem in der Sparte junge Erwachsene. Wenn ich mehr Romane mit Missionen schriebe, vielleicht säße ich dann mit einem halb göttlichen, halb menschlichen Zehnjährigen im Auto, der hellsehen und mir sagen könnte, was zum Teufel eigentlich los ist. Das wäre in mancherlei Hinsicht einfacher.

»Clarissa hat Sie an einen vollkommen fremden Ort verbannt«, sage ich. »Ein Ort, an dem Sie Schwierigkeiten haben, sich zurechtzufinden. Genau wie sie es im Manuskript angekündigt hat.«

»Dieser schreckliche Laden mit der schrecklichen Beleuchtung.« Die Erinnerung an Target lässt Aidan zusammenschaudern.

»Und sie sagte, sie würde Lily an einen dunklen Ort in New York City schicken. Einen Ort, an dem sie allein ist. Hat das für Sie irgendeine Bedeutung?«

»Eigentlich nicht. New York sieht man ja sogar vom Mond aus.«

Da hat er natürlich recht. New York ist so hell wie ein Stern auf dem Weihnachtsbaum. Sogar die dunklen Bars und verlassenen Gässchen werden von ihrer Umgebung beleuchtet. Aber nun haben wir den ersten Schritt unseres Plans.

»Wir müssen uns dunkle Orte in New York überlegen, an die Clarissa Lily hätte schicken können, Orte, an denen sie allein wäre. Wir brauchen eine Liste.«

Aidan nickte. »Ja. Eine Liste. Großartig.«

»Wenn wir heute Abend vom Dinner aufbrechen, möchte ich, dass auf Ihrer Liste fünf Dinge stehen. Fünf Orte, an denen wir Lily suchen können. Verstanden?«

»Sie sind vielleicht herrisch«, sagt Aidan. Es ist eher eine Feststellung als eine Beschwerde. Ich erinnere mich daran, dass erotische Helden Frauen wie mir eher selten begegnen.

»Sie haben ja keine Ahnung«, sage ich.

Wir biegen in den Parkplatz des Restaurants. Die anderen Geldbeschaffer sind durch die großen Fensterscheiben zu sehen. Sie haben ein Weinglas in der Hand und zeigen ein gekünsteltes, angespanntes Lächeln. Ich werfe Aidan einen Blick zu. Es war eine schlechte Idee. Einen Mann wie Aidan muss man erklären, und die Wahrheit ist einfach keine Option.

»Oh, falls irgendwer fragen sollte«, sage ich und steige vorsichtig aus dem Minivan, bemüht, mein Kleid nicht platzen zu lassen, »Sie sind mein Großcousin zweiten Grades. Und als Verwandte sind wir per Du.«

»Hmm? Nichts dagegen.« Er entsteigt dem Wagen äußerst gewandt, aber er steht ja auch nicht kurz vor dem Ersticken.

»Die Leute hier werden wissen wollen, wer Sie ... wer du bist und warum du mich begleitest. Außerdem habe ich den Schulhof-Müttern erzählt, dass du zu Besuch bist, also spiel einfach mit, okay.«

»Was ist eine Schulhof-Mutter?«

»Nichts, wovor man Angst haben müsste. Normalerweise beißen sie nicht.«

Bisher waren mir große Auftritte eher fremd. Wenn ich einen Raum betrete, hören die Leute nicht auf zu reden, um mir auf diese Art zu bestätigen, wie toll ich bin. Sie reden, lachen, trinken oder essen einfach weiter, und das ist okay. Ich geselle mich gern unauffällig dazu, mische mich vorsichtig unter die Leute, bis ich meinen Platz in der Menge gefunden habe. Bei den meisten Schulveranstaltungen ist mein Verhalten wie schlechter Sex: rein, raus, fertig.

Doch heute Abend werde ich mich nicht am Rand halten und so tun können, als wäre ich unsichtbar, da mein Begleiter die menschliche Entsprechung einer Diskokugel ist. Aidan reicht mir den Arm, ich hake mich unter, und gemeinsam betreten wir das belebte Restaurant, das bereits erfüllt ist von Cocktails, Klatsch und Tratsch. Als wir die Schwelle überschreiten, senkt sich völlige Stille auf den Raum herab. Ich kann die Hintergrundmusik deutlich hören, irgendein Country-Pop, der sich mir als Ohrwurm ins Gedächtnis graben wird.

Die Stille dauert drei Sekunden, was, wenn man mal darüber nachdenkt, eine Ewigkeit ist. Alle Blicke ruhen auf Aidan. Die Frauen lecken sich die Lippen, die Männer spannen instinktiv den Bizeps an. Die Szene ist völlig absurd. Die Vorsitzende des Elternbeirats, eine straffe, fitte Frau namens Felicity, pirscht sich auf silbernen Riemchensandalen heran.

»Sadie«, schnurrt sie, »wie *nett*, Sie zu sehen. Wer ist denn Ihr *Freund?*« Sie lässt bemerkenswert weiße Zähne in meine Richtung aufblitzen, doch ihr Blick ruht auf Aidan. Ich weiß, was sie denkt. Dieser Mann ist jenseits meiner Möglichkeiten, ein schickes Accessoire, das ich mir nicht leisten kann.

»Aidan Hathaway«, sage ich. »Das ist Felicity Harrington.« Felicity legt kokett den Kopf schief und streckt ihm eine manikürte Hand hin.

»Freut mich«, sagt sie. Und meint es auch so.

Aidan ergreift Felicitys Hand mit beiden Händen und sieht ihr tief in die Augen. Ihre Schultern werden schlaff, ihre Haltung kollabiert, und sie stößt einen gutturalen Seufzer aus, was vermutlich mehr Lärm ist, als sie beim letzten Mal Sex mit ihrem Ehemann Chip, dem Investmentbanker, gemacht hat. Und das könnte fünf Jahre her sein. Hier weiß man das nie so genau. Ich tippe ihr auf die Schulter, um sie in die Realität zurückzuholen.

»Ach je«, sagt sie und sieht mich immer noch nicht an.

»Genau.« Ich nehme Aidan am Arm und ziehe ihn zur Bar.

»Schön, Sie kennenzulernen!«, ruft Felicity uns nach.

»Tu das nicht noch mal«, flüstere ich Aidan zu.

»Was denn?«

»Die Frauen in Trance versetzen oder was immer du da machst.«

»Ich war doch nur nett.«

»Na, dann sei eben nicht mehr so nett. Ich will nicht, dass sie uns wie eine Meute rolliger Katzen nach Hause folgen.«

»Du hast eine Menge Regeln.«

»Regeln sind wichtig.«

Aber das ist nur ein Teil des Problems. Der andere besteht darin, dass Aidan im echten Leben viel mehr Dimensionen aufweist als auf dem Papier. Ein Beispiel: Ich beschreibe gewisse Attribute, und Sie, die Leserin, ergänzen den Rest. Bei Ihnen sieht Aidan Hathaway vielleicht aus wie ein junger Pierce Brosnan oder der Typ im College, der nie auch nur ein Wort mit Ihnen wechseln wollte. Dieses Bild, wie immer es auch ausfällt, gehört nur Ihnen. Jetzt, wo der Mann aus Fleisch und Blut vor mir steht, sehe ich, dass seine Nase ein wenig schief ist und dass sein schiefes Grinsen ihn weniger bedrohlich wirken lässt. Diese Dinge habe ich nie erwähnt. Ich habe nicht daran gedacht. Aidan dehnt sich aus, um sein eigenes Format auszufüllen. Ehrlich gesagt, bringt mich das aus dem Konzept, und das ist gefährlich.

Der Barkeeper, ein attraktiver schwuler Mann aus einem Restaurant hier vor Ort, flirtet unverhohlen mit Aidan, und Aidan flirtet zurück. Mein Drink ist so stark, dass ich ihn beinahe ausspucke. Wann hätte ich je an einer Spendengala einen steifen Drink bekommen? Ich sage es Ihnen: nie. Gutaussehend kriegt einen steifen Drink, mittleres Alter kriegt ein mitleidiges Lächeln.

Gerade als ich die durchschlagende Wirkung des Drinks genieße, taucht Roger neben mir auf. Er hat sich fein herausgeputzt mit dunklem Anzug und knallblauer Krawatte. Er versucht, mich in den Hintern zu kneifen, aber das geht nicht, der Spanx-Body sitzt zu fest.

»Lieber Himmel, Sadie, bekommst du überhaupt noch Luft?«

»Nur ein bisschen«, gebe ich zu.

»Süße, ich verstehe nicht, warum du das machst«, meint er und schüttelt den Kopf.

»Weil ich sonst zu diesen Veranstaltungen im Pyjama kommen müsste. Und das wäre peinlich. Ist das Fred?«

Roger rollt mit den Augen. Dabei sieht er seiner elfjährigen Tochter bemerkenswert ähnlich.

»Ja«, flüstert er, »aber bevor du loslegst, ich wollte nicht allein hierherkommen, deswegen habe ich mich nach unserem Gespräch letzten Abend doch nicht von Fred getrennt. So schnell hätte nicht mal ich eine passende neue Verabredung auftun können.«

»Ach, ich weiß nicht, Roger. Vielleicht wäre es dir ja gelungen.«

Er lacht, weil er irgendwo weiß, dass ich recht habe, doch das Lachen erlischt, als Aidan sich vom Barkeeper ab- und uns zuwendet.

»Aidan Hathaway«, verkünde ich. Aidan lässt eines seiner umwerfenden Lächeln aufblitzen. »Und das ist Allisons Vater Roger Evanston.«

»Du hast doch gesagt, er hieße Harry«, flüstert Roger.

»Ich hab mich geirrt«, sage ich. Und wie.

Plötzlich kommt Fred zu uns herüber.

»Ach herrje«, keucht er. »Ich bin Fred. Und wer sind *Sie?*«

Wir schütteln einander die Hände. Es wird gegrinst, gesabbert und schwarwenzelt, und Fred entführt Aidan, um mit ihm nach dem Käsebüfett zu suchen. Roger starrt ihnen nach.

»Ist das wirklich der Typ aus dem Krankenhaus?« Er kann sein Erstaunen nicht verbergen.

Ich bestätige.

»Na, kein Wunder, dass du ihn mit nach Hause genommen hast.«

»Klar.« Ich nehme einen großen Schluck von meinem steifen Gin Tonic. Er ist herrlich.

»Und, hast du dich schon an ihn rangemacht?«, erkundigt sich Roger. Ich bin sehr liberal. Für eine Stadt wie Billsford bin ich so links, dass ich beinahe aus dem Spektrum falle. Aber mir ist immer noch nicht wohl dabei, mein Sexleben mit meinem schwulen Exmann zu besprechen. Er weiß nichts von Jason, und so soll es auch bleiben. Ich könnte die prüfenden Blicke einfach nicht ertragen.

»Nein. Ich könnte ja seine Mutter sein. Das ist doch ekelhaft.« Außerdem ist Aidan voller kantiger, harter Muskeln. Ich könnte mich verletzen.

»Vermutlich hast du recht«, sagt Roger schließlich. »Ashton hat Demi am Ende auch sitzen lassen.«

Ich stimme zu, als hätten die Marotten der Reichen und Verrückten irgendetwas mit mir zu tun. Wir sehen zu, wie Aidan sich mit Fred Käse teilt. Obwohl er versprochen hat, damit aufzuhören, hat Aidan Fred ganz offensichtlich in Trance versetzt.

»Und sonst?«, fragt Roger.

»Was?«

»Wie geht es Allison?«

»Prima. Kann sie morgen immer noch bei dir übernachten?«

»Natürlich«, sagt er. »Ich habe ihr einen Einkaufsbummel versprochen.«

Übersetzt heißt das: Bitte gib ihr deine Kreditkarte mit. Fred und Aidan kommen zurück. Fred flüstert Roger etwas ins Ohr, dann entschuldigen sich die beiden. Zweifellos steuern sie eine Kabine auf dem Herrenklo oder Freds Auto auf dem Parkplatz an.

»Fred hat mich gefragt, ob ich je den Verdacht hatte, ich könnte schwul sein«, sagt Aidan mit durchtriebenem Lächeln. »Ich glaube, es hat ihn ziemlich enttäuscht, als ich Nein sagte.«

»Fred ist da ziemlich optimistisch veranlagt«, sage ich.

»Wie konnte es denn passieren, dass du einen Mann geheiratet hast, der Frauen nicht mag?«

Ach, wenn ich für diese Frage jedes Mal einen Dollar bekommen hätte, könnte ich jetzt an einem Pool in Aruba entspannen.

»Roger mag Frauen«, erkläre ich entrüstet. »Nur eben nicht auf diese Weise.«

»Du weißt schon, was ich meine.«

Aruba, einen Drink mit Schirmchen! Ich komme!

»Als wir geheiratet haben, hatte er sich noch nicht damit arrangiert, dass er schwul ist.« Außerdem war ich schwanger. Merkwürdig, es fällt mir leichter zuzugeben, dass ich einen Mann geheiratet habe, der Musicals und romantische Komödien mit Jennifer Aniston liebt und stundenlang darüber diskutieren kann, in welchem Grünton das Schlafzimmer gestrichen werden soll, als dass ich in einem Moment der Unachtsamkeit schwanger geworden bin. Wenn ich doch nur wüsste, warum das so ist.

»Wir sind immer noch gute Freunde«, sage ich. »Und wir nehmen beide großen Anteil an Allisons Leben.«

Na gut, den Hauptteil erledige ich, aber so genau nehmen wir es ja nicht. Ich will nicht mehr darüber reden. Es ernüchtert mich.

»Wie läuft es mit deiner Liste?«, frage ich.

»Ich glaube, ich könnte noch einen Drink brauchen. Gehen wir zur Bar? Sollen wir uns unterwegs ein bisschen unters Volk mischen? Die Menge begeistern?«

Er reicht mir den Arm, und ich ergreife ihn. Wenn er sich um seine große Liebe sorgt, die an irgendeinem gottverlassenen Ort gestrandet ist, verbirgt er es wirklich gut.

17. Kapitel

Aidan und ich schlendern langsam durch den Raum. Alle wollen mit uns reden. Aidan wird zu sieben Golfpartien eingeladen und ich zu vier Lunches im Country Club, die ich aber schwänzen werde, da meine Leidensfähigkeit nicht so groß ist. Alle reden von der Hitzewelle, der Notwendigkeit, die Holt-Hall-Stiftung zu unterstützen, und dass Aidan nackt einfach fantastisch aussehen muss. Ja, ich übertreibe, aber ich weiß einfach, was sie denken. Wir holen noch mal Drinks und verköstigen uns mit Sushi und frischen Frühlingsrollen.

Aidan füttert mich mit einem kalten Shrimp, von dem die Cocktailsauce tropft, als wäre es das Normalste auf der Welt. Es ist merkwürdig erotisch, aber vielleicht liegt das auch an den beiden steifen Gin Tonics, die ich hatte. Ich bemühe mich, meine Knie zusammenzupressen. Wenn sie hier unter mir nachgeben, wäre das meinem guten Ruf nicht förderlich. Ich laufe ohnehin schon Gefahr, am nächsten Morgen nicht mehr als »Allisons Mutter, die Autorin«, sondern als »die geschiedene Lady mit dem hübschen jungen Lover« aufzuwachen.

Dabei spielt es überhaupt keine Rolle, dass wir nichts miteinander haben. Jeder einzelne Anwesende in diesem Raum nimmt an, dass ich mit Aidan Hathaway schlafe. Die Frauen denken, dass ich das Beckenbodentraining extrem ernst genommen haben muss, um ein solches Exemplar an Land zu ziehen, und die Männer wünschen sich, sie könnten Aidan Hathaway *sein*, nur für einen Nachmittag. Dann würden sie natürlich umgehend ihre Gattinnen in den Vierzigern abservieren und sich auf das nächste magersüchtige brasilianische Model stürzen, aber etwas anderes erwartet man ja gar nicht. Die Popkultur verlangt das praktisch von ihnen.

Ich höre lang genug auf, über brasilianische Models nachzudenken, um zu erkennen, dass Aidan weg ist. Ich suche den Raum ab. Auf einer Seite stehen lange Tische an der Wand, auf denen nun die Sachen für die stille Auktion aufgedeckt sind. Felicity hat sich bei Aidan untergehakt und zeigt ihm auf einer persönlichen Besichtigungstour, was alles zu haben ist. Ich würde mich nicht wundern, wenn sie auf den Tisch hüpfen und sich zu den Schätzen dazulegen würde. Aidan winkt mich herüber.

»Ich würde gern etwas kaufen, um Allison zu unterstützen«, sagt er. »Felicity hier hat mir diese Sammlung erlesenen Champagners empfohlen. Was meinst du?«

Ich blicke auf das empfohlene Gebot, das bei dreitausend Dollar liegt.

»Ein wunderbarer Gedanke«, flüstere ich ihm zu. »Aber es geht nicht. Du hast kein Geld.« Und so sehr ich ein kühles Glas Bitzelwasser auch genieße, vier Flaschen zu dem Preis kommt mir doch ein wenig überteuert vor. Das können die Investmentbanker haben.

»Was redest du da?«, fragt Aidan. »Ich besitze Milliarden. Wirklich, Sadie, ich bin sehr reich. Ich habe ein Lagerhaus voller Oldtimer und ein Penthouse.«

»Hier nicht.«

Aidan greift instinktiv nach seiner Brieftasche, um es mir zu beweisen. Ich schüttele den Kopf.

»Du hast die Kleider, mit denen du gekommen bist«, sage ich leise. »Vermutlich solltest du dafür dankbar sein.«

Aber ich zolle ihm Anerkennung. Während er im Geist das ihm bekannte Universum und seinen Platz darin umgruppiert, bleibt seine Miene ausdruckslos.

»Nichts?«

»Nein«, sage ich.

»Ich kann mir nicht einmal eine Flasche Champagner leisten?«

Nein. Visa- oder Mastercards aus einem Paralleluniversum werden auf dieser Auktion nicht akzeptiert. Ich schüttele noch einmal den Kopf.

Jemand tippt mir auf die Schulter und unterbricht unser Gespräch über finanzielle Liquidität. Ich drehe mich um und sehe mich meiner Nachbarin Belinda gegenüber, in einem hautengen Outfit, mit dem sie ihre langen Trainingsstunden im Fitnessstudio betonen will. Neben ihr steht ihr Begleiter Jason. Mein Jason. Genauer gesagt, mein Freitagvormittagsjason. Das tut meinem seelischen Gleichgewicht nicht gut.

»Hallo«, sagt Belinda und mustert Aidan von Kopf bis Fuß, als überlegte sie, wie sie ihn in ihre winzige Clutch stopfen und mit ihm zum Swingerurlaub im FKK-Hotel Hedonism II davonsprinten könnte. »Das hier ist mein *Begleiter* Jason Blair. Jason ist *Rechtsanwalt* in New York. In einer *großen* Kanzlei.«

Wie um alles in der Welt gehe ich jetzt damit um? Ich kann ja nicht zugeben, dass wir uns vor einer Weile kennengelernt haben, als wir beide per Kontaktanzeige nach Sex gesucht haben. Das hier ist Billsford. Sie würden uns hinauskomplimentieren. Ich warte darauf, dass Jason etwas sagt, doch sein Blick ruht wie gebannt auf Aidan.

»Hi«, sage ich zu laut und strecke die Hand aus. »Freut mich, Sie kennenzulernen.«

Jason nimmt meine Hand, kann aber nicht aufhören, Aidan anzusehen.

»Das ist Aidan Hathaway«, sage ich. Den ganzen Abend habe ich ihn als meinen Großcousin zweiten Grades vorgestellt, aber jetzt nicht. Sein Name hängt in der Luft.

Ich warte darauf, dass meine Vernunft zum Zug kommt und mich daran erinnert, dass Jason und ich voneinander nur Sex wollen. Es gibt keine Bindung, keine Verpflichtung, die über die Freitagvormittage hinausgeht, daher ist jedwede Eifersucht unangebracht.

Belinda findet Aidan von Nahem sogar noch besser. Sie fragt ihn darüber aus, wie ihm das Essen schmeckt, denn sie hat natürlich noch keinen Bissen davon angerührt. Sie erzählt Aidan, dass sie nebenan wohnt. Das Fernglas erwähnt sie nicht. Aidan erzählt ihr, dass er ein Weilchen bei mir zu Besuch ist, vielleicht könnte man sich einmal zuwinken. Er zwinkert. Sie bebt. Jason knirscht mit den Zähnen, die Muskeln in seinem Unterkiefer verhärten sich. Ich bin immer noch aus dem Gleichgewicht.

»Wir sollten gehen«, sage ich zu Aidan. »Allison ist zu Hause und sieht sich *Dancing with the Stars* an, das kann nach einer Weile gefährlich werden.«

Das ist gelogen. Allison geht es prima, aber mir ist der Spaß vergangen. Vor meinem inneren Auge sehe ich einen nackten Jason und eine nackte Belinda, die miteinander nackt sind, und bei der Vorstellung wird mir schlecht. Vielleicht ist es auch die Hitze, der Alkohol und der Spanx-Body.

»Wir können noch nicht gehen.« Aidan wirft Belinda ein breites Lächeln zu, die sich daraufhin an Jasons Arm klammert, damit die schiere Strahlkraft sie nicht umwirft. »Du musst noch deine drei Minuten am Mikrofon absolvieren, und zwar in ...«, er blickt auf seine Uhr. »Na, so was. Genau jetzt.«

Bevor ich noch Einwände erheben kann, greift Aidan mich unter den verschwitzten Achseln und schiebt mich direkt in die Arme von Direktorin Leticia Woolworth, die sehr aufrecht am Büfett steht und das schnurlose Mikrofon umklammert. Aidan begrüßt sie mit einer leichten Verbeugung. Züchtig senkt sie den Blick und reicht ihm die Hand. Blaublütler unter sich. Es ist, als würden sie sich am Geruch erkennen, dem miefigen Odœr des Eau de Mayflower.

»Wie schön, Sie kennenzulernen, Mr. Hathaway«, sagte sie mit kokettem Lächeln. »Ich bin immer sehr froh, wenn unsere alleinerziehenden Eltern einer neuen Liebe begegnen, vor allem, wenn sie jemanden wie uns finden.« Sie zwinkert. Mir klappt vor Entsetzen buchstäblich die Kinnlade herunter.

»Sadie ist wirklich eine tolle Frau«, sagt Aidan. Ich sehe, wie er in Fahrt kommt. Er sieht eine Gelegenheit, und er ergreift sie. Er legt den Arm um meine Taille und zieht mich an sich, als wäre ich eine nicht ganz so umwerfende Scarlett O'Hara. Durch die Bewegung fällt mein Kopf nach hinten, sodass ich keine Chance habe, seinen üppigen Lippen zu entkommen, die sich auf meine pressen.

Ich sehe Sterne, Streifen und Flitter. Vielleicht hat das Restaurant auch eine amerikanische Flagge an der Decke? Aidan schmeckt wie guter Scotch, und ich kann es mir nicht verkneifen, ihm die Arme um den Hals zu schlingen, während er mich lang und leidenschaftlich küsst. Im Restaurant wird es still. Wenn ich die Augen öffnen würde, könnte ich sehen, wie uns alle anstarren. Ich sähe, dass Leticia Woolworth tiefrot angelaufen ist, eine Farbe, die genau zu ihrem klassischen Chanelkostüm passt. Ich sähe, dass Belinda Funken sprüht, weil das alles so ungerecht ist, und Felicity würde aussehen, als zöge ihr Leben an ihr vorbei. Aber ich bin zu beschäftigt mit küssen und habe keine Zeit, auf so etwas zu achten.

Schließlich rückt Aidan von mir ab und leckt sich die Lippen, wie ein Fuchs, der mit seinem Charme die Hühner aus ihrem Federkleid gelockt hat. Lust und Verlegenheit schlagen über mir zusammen, und Entsetzen darüber, dass das fleischgewordene Klischee eines heißen Typen eine solche Wirkung auf meine Knie haben kann. Meine Güte, ich bin erwachsen und habe ein realistisches Bild der Welt. Ich bin zu alt für weiche Knie. Rasch streiche ich mir das Kleid glatt und nehme Ms. Woolworth, deren Blick immer noch abgewandt ist, das Mikrofon aus der Hand.

»Ich möchte Ihnen allen dafür danken, dass Sie gekommen sind«, sage ich, »und damit unsere geliebte Holt Hall unterstützen. Es war mir eine Ehre, dem Organisationskomitee dieses Jahr anzugehören, und ich möchte Sie alle ermutigen, sich im nächsten Jahr ebenfalls zu beteiligen.«

Eigentlich hätte ich noch ein paar Dinge über zukünftige Spendenaktivitäten sagen sollen, aber im Moment interessiert mich das alles nicht besonders. Weiter hinten im Raum sehe ich Jason. Er fängt meinen Blick auf, legt Belinda demonstrativ einen Arm um die nackten Schultern und schenkt mir ein Lächeln der weniger netten Sorte.

18. Kapitel

Der Laptop steht vor mir auf dem Küchentisch. Daneben ein Glas Chardonnay mit ein paar Eiswürfeln. Die Nacht hat keinerlei Abkühlung gebracht, und ich spiele mit dem Gedanken, mir die Eiswürfel in den Ausschnitt zu kippen. Ich nippe an meinem Wein. Starre an die Decke. Ziehe am Saum meines Spanx-Bodys.

Auf dem Heimweg habe ich Aidan einen Vortrag darüber gehalten, wie unpassend es war, mich so vor allen Leuten zu küssen. Er tat es mit einem Lachen ab, sagte, ich hätte hübsche Lippen und sollte nicht so verklemmt sein. Ich fragte ihn, wie eine Frau, die den lieben langen Tag über Sex schreibt, verklemmt sein könnte. Er sagte mir, er wisse es nicht, aber ich gäbe mir beträchtliche Mühe.

Nachdem ich an dieser Bemerkung ein paar Minuten geknabbert hatte, kam ich auf dunkle Orte in New York zu sprechen, an denen wir nach Lily suchen könnten. Ich wollte nicht länger über das Küssen nachdenken.

Aidan nannte Lilys Adresse, ihren liebsten Coffeeshop, ein Bistro, in dem sie zu Mittag isst. Als ich ihn daran erinnerte, dass es an keinem dieser Orte dunkel ist, strafte er mich mit Schweigen, was mir wiederum Zeit gab, mich dem Schmerz zuzuwenden, der in meiner Mitte saß, als hätte mir jemand mit einem Stahlkappenschuh einen Tritt verpasst. Belinda und Jason zusammen zu sehen, hätte mir nichts ausmachen sollen, und doch spürte ich den bitteren Geschmack der Eifersucht im Mund.

Ich bewege den Cursor auf dem Laptop, und das Gerät erwacht zum Leben, aber ich sehe keine neuen Eintragungen. Kein neues Kapitel, das mir verrät, wo Lily zu finden ist. In geschriebener Form scheint die Geschichte dort zu enden, wo Clarissa Aidan folgte, der wiederum Lily gefolgt war. Ich habe scheinbar auch keinen Einfluss mehr. Die Charaktere, die ich entworfen habe, sind kaum noch wiederzuerkennen. Sie unterscheiden sich von den jetzigen, wie sich eine Achtjährige, die sich auf dem Schoß ihrer Mutter zusammenkuschelt, von einer Dreizehnjährigen unterscheidet, die diese Mutter auf keinen Fall mehr in ihr Zimmer lassen will.

Alle Charaktere haben unterschiedliche Entstehungsgeschichten. Bevor ich einen neuen Roman anfange, verabschiede ich mich meist für einen Tag aus der Vorstadt und fahre in die City. Ich nehme einen frühen Zug und gehe dann langsam durch die Straßen, folge dabei jedes Mal einer anderen Route. Ich gehe dorthin, um die Leute in mich aufzusaugen.

Lily habe ich in der Grand Central Station entdeckt. Natürlich war das nicht die Lily, nach der wir jetzt suchen, sondern die Frau, nach der ich Lily modelliert habe. Sie kam in die Bahnhofshalle, als ich auf meinen heißen Kaffee einen Plastikdeckel stülpte und einen dick mit Frischkäse bestrichenen Bagel in der Jackentasche verstaute. Als ich mich zum Ausgang Forty-Second Street wandte, stand sie da, das perfekte Botticelli-Gesicht umrahmt von einem Heiligenschein aus rotblonden Löckchen. Ein Handy am Ohr, eine lederne Aktentasche in der Hand, sah sie zum berühmten Sternenhimmel der Haupthalle hinauf.

»Oh«, sagte ich, den Kaffee auf halbem Weg zum Mund. »Perfekt.«

Eigentlich wollte ich meinen Bagel nehmen und zum Union Square traben, mich vielleicht eine Weile in den Park setzen oder in einem der neuen Läden shoppen gehen, die beinahe täglich aus dem Boden sprießen. Doch sobald ich die rothaarige Frau gesehen hatte, änderte ich meine Pläne. Ich musste ihr folgen.

Das war nicht das erste Mal, dass ich Leuten gefolgt bin, die dann, ohne es zu wissen, in einem meiner Romane endeten, meist irgendwann nackt und in ziemlich kompromittierenden Positionen. Wenn die bloß wüssten! Wären sie entsetzt? Würde es sich anfühlen wie ein Seitensprung, auch wenn sie eigentlich gar nichts damit zu tun hatten?

Über diese Dinge dachte ich nach, als ich der Frau aus dem Bahnhof und hinaus auf die Forty-Second Street folgte, auf der es von Leuten wimmelte. Zu Fuß ist die Rushhour sehr viel unmittelbarer als im Auto. Ich setzte die Ellbogen ein, um mich durch die Menge zu drängen und die Frau nicht zu verlieren. Wie sie in ihren Zehn-Zentimeter-Absätzen ein solches Tempo vorlegen konnte, war mir ein Rätsel, aber sie tat es. Die Ampeln schienen für sie wie von Zauberhand umzuspringen, sie musste also nie stehen bleiben. Sie rannte einfach weiter.

Nach ein paar Blocks blieb sie an einem Kaffeestand stehen und telefonierte noch einmal. Sofort stellte ich mich hinter ihr an.

»Hallo«, sagte sie mit weicher, melodiöser Stimme. »Hier ist Lily. Ach so. Hi, Brad.«

Sie schwieg und hörte Brad zu. Ich schob mich noch näher heran.

»Klar«, sagte sie. »Halb sechs passt mir auch prima. Okay. Bis dann.«

In ihrer Stimme lag ein leichter Südstaatenakzent, und mein Herz begann zu rasen. Ein unschuldiges Südstaatenmädchen namens Lily, die vor ihrer Vergangenheit davonläuft und versucht, im großen, bösen New York neu durchzustarten. Ich tat noch einen Schritt nach vorn und streifte sie ganz leicht mit der Fußspitze. Sie drehte sich zu mir um.

»Tut mir schrecklich leid«, sagte ich.

Sie lächelte, zeigte zwei Reihen makelloser Zähne und volle Lippen, die aussahen wie von Himbeeren geküsst. Es war ein echtes Lächeln, nicht eines, das davon ablenken soll, dass dein Gegenüber dich mustert und deine geheimen Absichten einzuschätzen versucht. In New York hatte man immer geheime Absichten, selbst wenn man jemanden auf den Fuß trat.

»Schon gut«, sagte sie. Ich konzentrierte mich auf ihre Stimme. Manchmal ist der Klang einer Stimme der beste Weg zur Seele einer Figur. Es ist schwer zu glauben, ich weiß, da man Figuren in Romanen eigentlich nicht hören kann, es sei denn, Hollywood hätte sich darüber hergemacht, doch für mich ist die Stimme ganz wesentlich. Ich muss sie in meinem Kopf hören, andernfalls wird die Figur nicht lebendig.

Bevor sie sich wieder ihrem Telefonat widmete, fielen mir ihre kornblumenblauen Augen auf und die Sommersprossen auf ihrer Nase. Ihr Teint sonst war alabasterweiß, als hätte sie tatsächlich reichlich Sonnencreme aufgetragen und einen breitkrempigen Hut aufgesetzt, wie ihre Mutter es ihr eingeschärft hatte. Lily war beinahe makellos.

Als sie schwarzen Kaffee bestellte, musterte ich ihre Kleidung. Eine trendige Kostümjacke mit großflächigem geometrischem Muster, dazu ein enger Minirock. Ihre Stilettos waren knallorange, und sie trug dazu eine Auswahl klobigen

Modeschmucks im passenden Farbton. Sie gehörte auf keinen Fall in die Wall Street, Anwältin war sie auch nicht.

»Etwas Kreatives«, sagte ich laut. »Etwas Hektisches.«

Marketing, na klar. Sie fängt mit einer Hand voll kleinerer Kunden an, vielleicht einer Firma, die organisches Parfüm verkauft oder Schuhe, die beim Laufen den Hintern in Form bringen. Aber im Visier hat sie die großen Fische, die Multinationalen, die Marken, die man selbst in den Sandwüsten von Mali kennt, und sie arbeitet hart daran, sie zu bekommen. Den Kaffee in der Hand, wandte sie sich zur Avenue of the Americas, und ich sah ihr nach.

Sie wird klarkommen, dachte ich damals, wer sie auch sein mag. Mit Köpfchen, Minirock und diesem Haar wird sie es weit bringen.

Ich vertreibe die Erinnerung, nehme noch einen Schluck Wein und rufe Roger an. Nach dreimaligem Klingeln geht er dran.

»Du hast hoffentlich ein wirklich großes Problem«, sagt Roger. »Es ist zwei Uhr morgens.«

Habe ich wirklich so lang hier gesessen? Die Weinflasche ist fast leer. Dann also ja.

»Ich habe kein Problem«, sage ich. »Ich habe eine Frage.«

»Ich bin müde«, sagt er, doch ich ignoriere ihn.

»Sag mir einen dunklen Ort in New York City.«

»Mein Schlafzimmer vor zwei Minuten, bevor du mich aufgeweckt hast.«

»Es ist mir ernst, Roger.«

»Warum telefonierst du mit mir, statt mit diesem heißen jungen Kerl im Bett zu liegen? Ich habe gesehen, wie er dich geküsst hat.«

Du und alle anderen. Oh, nächsten Montagmorgen werde ich einiges erklären müssen. Ich nehme noch einen Schluck.

»Er ist schon vor Stunden ins Bett gegangen.«

»Und?«

»Und weil er perfekt ist und ich Falten und ein Kind und diese schrecklichen braunen Altersflecken auf den Händen habe.« Ganz zu schweigen von den Rettungsringen.

»Du bist eine reale Person, Sadie. Daran ist nichts falsch.«

Er hat keine Ahnung, wie recht er hat. Zumindest was die »reale Person« angeht.

»Er ist zu jung«, sage ich. »Wahrscheinlich hat er noch nie eine Frau gesehen, die am Körper behaart ist. Also, weißt du einen dunklen Ort?«

»In New York wird es nie dunkel.« Roger gähnt. »Du weißt schon, die Stadt, die niemals schläft. Kann ich jetzt wieder ins Bett?«

»Nein! Sag mir wenigstens einen Ort. Von mir aus auch weit hergeholt. Ich bin verzweifelt.«

»Und wenn ich tausend Jahre alt werde, ich werde dich nie verstehen«, sagt er. »Okay. Wie wäre es mit dem Central Park? Der Ramble, du weißt schon, das Wäldchen. Ich hatte da mal ein sehr dunkles und beängstigendes Erlebnis. Die Frau, die ein Mann war, der eine Frau war. Lieber Himmel. Schrecklich. Gute Nacht, Sadie.«

Roger legt auf. Ich lehne mich in meinem Bürosessel zurück und denke über den Ramble nach. Der ist dunkel und vermutlich auch beunruhigend, wenn man direkt aus einer Parallelwelt dort landet. Auf genau so einen Ort würde Clarissa verfallen.

Ich wiederhole das Wort *Ramble* immer wieder, während ich meinen müden Körper nach oben schleppe. In meinem Zimmer angekommen, ziehe ich mich langsam aus, koste einen Augenblick lang das Gefühl aus, aus meinem Spanx-Gefängnis erlöst zu sein. Ich krieche ins Bett. Doch bevor ich das Licht ausschalte, nehme ich den Notizblock von meinem Nachttisch und schreibe in großen Blockbuchstaben das Wort *Ramble* darauf.

19. Kapitel

Als ich aufwache, habe ich einen Kater. Aidan sitzt an meinem Bettrand, ein Bein locker über das andere geschlagen. Er trägt ein blaues T-Shirt, seine Anzughose ist lässig aufgerollt. Seine perfekten Füße stecken in Flipflops, die ich, wie ich mich zu erinnern meine, schon einmal an Roger gesehen habe. Aidan hat meine Schränke durchforstet.

»Wie spät ist es?« Ich stöhne.

»Halb acht.«

Autsch. Um halb acht Uhr morgens habe ich noch nie gut ausgesehen, erst recht nicht nach zwei Gin Tonics, einer Flasche Wein und fünf Stunden Schlaf. Aidan hält meinen Notizblock. Seine Schultern sind angespannt, seine Augen müde und rot gerändert.

»Glaubst du, dass sie hier ist?« Er wedelt mit dem Block.

»Ja«, sage ich ruhig. Ein dunkler Ort. Gewissermaßen.

»*Warum* passiert das alles?«, fragt er voll Zorn. »Womit habe ich das bloß verdient?«

Es ist eine sehr gute Frage, und ich habe sie mir seit gestern schon einige Male gestellt. So, wie ich das sehe, gibt es darauf mehrere Antworten. Die erste, verlockendste, ist, dass ich eine Midlife-Crisis habe und das alles Teil einer von mir selbst fabrizierten Fantasie ist. Ich habe *American Beauty* gesehen. Ich kenne die Anzeichen. Eben noch ist alles wie immer und im nächsten Augenblick vollkommen fremd. So ähnlich wie in diesem Song der Talking Heads aus den Achtzigern. Aber wenn ich nur auf dem Parkplatz von Target stehe und mir Dinge einbilde, dann übertreibe ich es diesmal selbst für meine Begriffe ganz gewaltig.

Das beantwortet die Frage also auf keine befriedigende Weise. Wie wäre es damit: Ich wurde bewusstlos geschlagen und werde nun auf der Intensivstation wegen eines Schädelhirntraumas behandelt? Vielleicht stehen Roger, Allison und Greta eben an meinem Bett und ringen wegen meines Zustands bestürzt die Hände. Doch meine Erinnerung an den gestrigen Tag ist glasklar; ich bin nicht gefallen und habe mich auch nicht am Kopf gestoßen. In der Geschichte gibt es keine Unterbrechung.

Die dritte mögliche Antwort ist auch die beunruhigendste. Vielleicht passiert all das ja tatsächlich. Vielleicht ist die Romanfigur Aidan Hathaway tatsächlich hier aufgetaucht. Vielleicht ist alles genau so, wie es scheint.

Doch Aidan fragte, warum das alles *ihm* passiert, nicht, warum es mir passiert, und wartet nun sehr geduldig auf eine Antwort. Als wüsste ich darauf eine.

»Ich weiß nicht«, sage ich schließlich. Mir ist heiß, und das Zimmer scheint zu klein. Wir müssen hier raus. Wir müssen Lily finden.

Aidan sieht aus, als wollte er Einwände gegen diese Antwort erheben, etwas Befriedigenderes einfordern, aber er tut es nicht. Stattdessen reißt er die Seite aus meinem Notizbuch und knüllt sie zu einem winzigen Ball zusammen. Er ist wie eine aufgezogene Feder, die jeden Augenblick losschnalzen kann.

»Dann glaubst du, der Ramble ist der Ort, wo wir anfangen sollten zu suchen?«

»Ja.«

Aidan zieht mir die Decke weg.

»Na, dann zieh dich an«, schnauzt er. »Gehen wir.«

»Okay«, brumme ich, »Schon recht. Geh weg.«

»Putz dir die Zähne, kämm dir das Haar. Tu, was immer du musst. Aber tu es.«

»Behandelst du deine Aktionäre auch so?«

»Nein. Zu ihnen bin ich nett. Sie geben mir Geld, obwohl du ja behauptest, ich sei pleite. Wir sehen uns in fünf Minuten in der Küche.«

Er hält mich anscheinend für eine Wundertäterin. Fünf Minuten reichen gerade, um noch ein wenig zu gähnen und vielleicht die Zähne zu putzen. Das Haar wird warten müssen bis irgendwann.

Unten sitzen Greta, Aidan und Allison um den Küchentisch und essen himmlisch duftende Pfannkuchen. Ich küsse meine Tochter auf den Scheitel und lade mir einen ordentlichen Stapel Pfannkuchen auf den Teller. Ich gebe ein Scheibchen Butter zwischen jedes Paar und tränke den Haufen mit ungefähr einer Tasse warmem Sirup. Für einen Kater gibt es kein besseres Mittel als ein Berg hochkalorischen Essens. Wenn es dazu auch noch Pommes gibt, umso besser.

Greta räuspert sich. »Aidan sagt, dass ihr heute in New York auf ... Sightseeingtour geht?«

»Ähm, ja. Ich setze Allison bei Roger ab, wo sie auch übernachtet. Daddy sagt, ihr wollt shoppen gehen?«

Allison zappelt vor Vorfreude auf ihrem Stuhl herum. »Ich kann es gar nicht erwarten.«

»Wie ... interessant«, sagt Greta.

»Ja«, sage ich und stopfe mir den Mund voll herrlich fluffiger Pfannkuchen. »Das wird Spaß machen.«

»Und heiß sein«, fügt Greta hinzu.

Die Luft draußen vor dem Küchenfenster wirkt bereits dick und schwer, und die letzten Osterglocken lassen die Köpfe hängen.

»Wann hört das endlich auf?«, frage ich. Greta kennt sich in allen Einzelheiten mit dem Wetter aus, Luftdruck und Inversionslagen und den ganzen Kram.

»Da will sich keiner festlegen«, meint sie. »Es hört auf, wenn es aufhört.«

Ihr geschürzter Mund kann nur bedeuten, dass sie meinen Plan missbilligt, meine Tochter und meine Kreditkarte bei Roger zu lassen und den restlichen Nachmittag damit zuzubringen, mit meinem neuen jungen Lover fröhlich durch die Stadt zu streunen.

Einen winzigen Augenblick lang spiele ich mit dem Gedanken, Greta reinen Wein einzuschenken. Doch eine Erklärung würde Zeit und Geschick erfordern, und heute Morgen habe ich keines von beidem. Außerdem könnte es auch sein, dass Greta die Sanitäter ruft, und dann säße ich spätestens mittags in einem Einzelzimmer eines schicken Irrenhauses.

Während ich die Pfannkuchen inhaliere, kommt mir der Gedanke, dass ich in eine Welt hinausgehe, die nichts mehr mit der Welt zu tun hat, in der ich am Tag davor aufgewacht bin. Und während ich mich einerseits nach gestern zurücksehne, als alles noch festen Regeln folgte, bin ich mir andererseits der ständig neue Formen annehmenden neuen Welt sehr bewusst. Auf unsicherem Boden zu gehen schmerzt meine untrainierten Füße. Aber ich spüre, wie all meine Synapsen Funken sprühen. Ich sehe alles überdeutlich. Sonst passiert das nur bei einer Panikattacke.

Ich kann es nicht laut sagen, weil es verrückt klingt, aber die Vorstellung, Lily zu finden, erfüllt mich mit freudiger Erregung. Ich werde hören, ob ihre Stimme so klingt, wie ich beabsichtigt hatte. Ich will ihr Gesicht sehen. Sind ihre Augen wirklich kornblumenblau?

Nachdem Roger mich verlassen hat, habe ich Augenblicke großen Glücks mit meiner Tochter erlebt und Momente schöpferischen Hochgefühls mit meinen Romanen. Ich habe wunderbare Filme gesehen und Bücher gelesen, die mich die ganze Nacht wachgehalten haben. Aber echte Freude im Herzen habe ich nicht oft erlebt. Bisher ist mir das gar nicht so aufgefallen, und auch jetzt merke ich es nur, weil ich auf einmal spüre, wie sich freudige Erregung in mein Bewusstsein schleicht. In unserer augenblicklichen Lage ist das natürlich vollkommen unpassend, aber ich empfinde es trotzdem so.

20. Kapitel

Die Götter müssen uns gewogen sein, weil ich an der Seventy-Third Street Ecke Central Park West einen Parkplatz finde. Als ich die Autotür öffne, strömt Hitze herein, von der Sorte, wie man sie normalerweise mit Düsentriebwerken assoziiert. Ich keuche. Aidan blinzelt mehrmals.

»Verdammt heiß«, sagt er. »Ist es hier immer so heiß?«

»Nein.« Ich zwinge mich, mich aus dem kühlen Inneren des Minivans auf den schmelzenden Gehsteig herauszuquälen. »Aber was ist heutzutage noch normal?«

»Mom, was wollen wir hier?« Allison stöpselt ihren iPod aus und schaut sich um. »Du wolltest mich doch bei Dad absetzen, schon vergessen?«

Nein, Liebling, aber Daddy ist noch nicht wach. In unserem Scheidungsurteil ist festgelegt, dass ich seine Tochter niemals vor zehn Uhr bei ihm vorbeibringen darf. Er braucht Zeit, um seine Räucherstäbchen und sein Sexspielzeug wegzuräumen, und ich habe mich damit einverstanden erklärt.

»Es ist so ein herrlicher Tag«, erkläre ich mit breitem Lächeln. »Ich dachte, wir könnten ein wenig im Park spazieren gehen, bevor wir zu Daddy fahren.«

»Spazieren gehen?« Allison ist entsetzt. »Es hat doch jetzt schon hundert Grad da draußen.«

»Aber die Blumen sind so schön um diese Jahreszeit.« Ich nehme sie bei der Hand und ziehe sie heraus, als wäre sie ein Kleinkind und nicht beinahe so groß wie ich.

Sobald wir den Park betreten, werde ich mir bewusst, was wir uns da eigentlich vorgenommen haben. Der Ramble besteht aus fünfzehn Hektar Wald, Felsen und einem Wirrwarr an Pfaden. Vögel singen. Osterglocken blühen. Es gibt ein Flüsschen. Das Ganze ist riesig. Und wir werden von nichts anderem als einem verrückten Einfall geleitet. Einem Einfall von Roger. Meine Verzweiflung spiegelt sich in Aidans Miene.

»Selbst wenn sie hier ist, wie zum Teufel sollen wir sie je finden?«

»Wen denn?«, fragt Allison.

»Wir suchen nach einer Freundin von Aidan«, sage ich rasch.

»Könnt ihr sie nicht anrufen?«

»Nicht direkt«, sage ich.

»Na, wo wollt ihr sie denn treffen?«

»Ich weiß nicht«, sagt Aidan.

»Ihr wollt also hier irgendwo im Central Park jemanden treffen, einfach irgendwo?«

Manchmal kann ein Kind alles in die richtige Perspektive rücken. Ich wittere schon das böse Ende. Das hier klappt nie. Wir klammern uns an Strohhalme.

Wir folgen weiter dem baumbestandenen Pfad. Ich habe das Gefühl, ich sollte Lilys Namen rufen, so, als ob ich Perkins aus dem Hinterhof hereinrufe. Wir kommen an einer ebenso entschlossenen Joggerin vorbei.

»Entschuldigen Sie«, sagt Aidan. Die Läuferin ist eine Frau mittleren Alters in teurem Sportdress. Ihr Gesicht glänzt vor Schweiß. Sie verschlingt Aidan mit ihrem Blick.

»Hi«, sagt sie und tut so, als gäbe es Allison und mich nicht.

»Haben Sie vielleicht eine Frau gesehen?«, fragt Aidan mit seinem makellosen, in die Knie zwingenden Lächeln. »Groß, rote Haare, vielleicht in einem orangefarbenem Kleid mit passenden Schuhen.«

Die Frau ist so begeistert von Aidan, dass sie beinahe bebt.

»Ja!«, sagt sie. »Allerdings.« Sie nutzt die Gelegenheit, ihm zur Bestätigung die Hand auf den Arm zu legen. Sie drückt. Sie seufzt. »Auf dem Pfad. Vielleicht noch eine Viertelmeile? Ich glaube, sie saß auf einer Bank.« Sie grinst, als hätte sie soeben etwas wahrhaft Außergewöhnliches vollbracht. Aidan belohnt sie mit einem Zwinkern.

»Vielen Dank für Ihre Hilfe«, sagt er. Wir überlassen sie sich selbst, damit sie sich wieder sammelt und vielleicht ihren Morgenlauf beendet. Allerdings ist wohl eher damit zu rechnen, dass sie »Scheiß drauf« sagt und sich in den nächsten Coffeeshop begibt, um dort ihrer kurzen Begegnung mit dem unvergesslichen Mr. Hathaway nachzuhängen.

Wir folgen weiter dem Waldpfad, vorbei an Joggern und Spaziergängern, Pärchen und Hundebesitzern.

»Mir ist heiß«, sagt Allison. »Und langweilig. Können wir jetzt gehen?«

»Noch nicht«, sage ich. »Gleich. Und du weißt, wie sehr ich dieses *langweilig* liebe.«

»Ich weiß, Mom. Aber mir ist nun mal langweilig. Auch wenn ich es nicht sagen darf.«

Wir kommen an eine Kreuzung. An einer Seite steht eine Bank, »In Gedenken an John Stark, der so gern in diesem Wäldchen weilte«. Sie ist leer. Aidan ballt die Fäuste. Hat er wirklich geglaubt, wir müssten nur in den Central Park marschieren, um Lily zu finden? So einfach kann das nicht sein, sonst würde Ellen meinen Kopf fordern.

Ich nähere mich einem Jogger, der stehen geblieben ist, um

einen Schluck aus seiner Wasserflasche zu nehmen, und lächle gewinnend. Er starrt mich ausdruckslos an.

»Schöner Tag zum Joggen?«, frage ich.

»Nein«, sagt er. Tja. So viel also zu Smalltalk.

»Na gut«, sage ich. »Vielleicht können Sie mir helfen? Wir suchen nach einer Frau in orangefarbenem Kleid. Groß. Rote Haare. Haben Sie sie vielleicht zufällig gesehen?«

Der Jogger leert die Flasche auf ex. Das Wasser rinnt ihm aus den Mundwinkeln und tropft auf sein Hemd.

»Ja«, sagt er nach einer Pause. »Ich glaub schon. Ne echte Schönheit. Sie war bei dem Feld da drüben, wissen Sie, welches ich meine? Hat mit ihren Schuhen rumgemacht, ich glaube, ein Absatz war abgebrochen.«

Wenn ich diesen Mann nach ihrem Gesichtsausdruck fragen würde, könnte mir dieser Mann bestimmt *en detail* Auskunft geben. Männern fallen schöne Frauen auf. Es ist in ihre DNS eingebrannt.

»Danke«, sage ich munter.

Rasch scheuche ich mein widerstrebendes Team weiter. Unser Pfad ist von dichter Vegetation und mäandernden Bächen umgeben. Wir gehen unter einer alten steinernen Brücke hindurch, die aussieht, als wäre sie von Ralph Waldo Emerson dorthingezaubert worden. Man vergisst leicht, dass der Ramble angelegt wurde und nicht Werk von Mutter Natur ist. Wir biegen um eine Kurve und wechseln auf einen anderen Pfad.

»Mom«, heult Allison. »Wir laufen schon ewig.«

»Nein, Süße, wir sind erst seit zwanzig Minuten unterwegs.«

»Mir doch egal.« Ich frage mich, wenn ich per Kleinanzeige Sex finden kann, kann ich dann auch eine mürrische Jugendliche verkaufen? Ganz bestimmt.

»Nur noch ein bisschen«, sage ich zu ihr ebenso wie zu mir selbst. Wir kommen an eine weitere Kreuzung.

»Das ist doch sinnlos«, zischt Aidan. Er schwitzt nur ein wenig, während ich aussehe, als käme ich gerade voll bekleidet aus der Dusche. Es ist nicht fair.

»Nein«, sage ich. »Sie ist hier. Ich weiß es einfach.«

Ab und zu sind Roger und ich hier spazieren gegangen. Ich habe die Blumen bewundert, und er hat sich Stellen gesucht, an die er später zu anonymen erotischen Begegnungen zurückkommen wollte. Es war alles sehr häuslich.

»Woher?«, will Aidan wissen.

Auf dieselbe Art, wie ich weiß, dass eine Szene funktionieren wird. Ein kleiner Adrenalinstoß, eine gewisse Erregung, und plötzlich kommen meine Finger mit meinen rasenden Gedanken nicht mehr mit.

»Vertrau mir einfach«, sage ich. »Hier entlang.« Ich nehme den Pfad zur Rechten, nicht, weil er weniger belebt ist, sondern weil er etwas schattiger ist. Doch es macht einen großen Unterschied. Nach einer Weile verbreitert sich der Weg. Einige hundert Meter vor uns sehen wir eine kleine Wiese, auf der spärlich gekleidete Sonnenanbeter liegen.

»Hey, Mom.« Allison bleibt stehen.

»Liebling«, sage ich, bevor sie sich angesichts unseres Familienspaziergangs in der Bruthitze in einen ausgewachsenen Tobsuchtsanfall hineinsteigert. »Es tut mir leid, aber das hier muss sein. Wir müssen Aidans Freundin finden. Ich weiß, dass es dir keinen Spaß macht, aber manchmal muss man im Leben auch unangenehme Dinge tun.«

»Krieg dich wieder ein«, sagt sie. »Ich wollte nur fragen, wie genau das rote Haar aussieht, und du drehst gleich durch.«

»Was?«

»Wie genau sieht das rote Haar der Frau aus, nach der wir suchen?« Sie betont jedes Wort, als wäre ich eine Idiotin. Elfjährige Mädchen können grausam sein. Aber ich wiege immer noch beträchtlich mehr als sie.

»Lockig. Lang«, unterbricht Aidan.

»Wie die hier?« Allison deutet auf eine Bank am Wegrand. Darauf sitzt die Frau von der Grand Central Station; eine Kaskade rotblonden Haars wallt ihr über den schmalen Rücken. Sie hat die Sorte Haar, dem Feuchtigkeit gut bekommt, im Gegensatz zu meinem, das sich sofort zu kräuseln beginnt. Ihr Teint ist klar wie frischer Morgentau, doch ihre Wangen glühen feuerrot. Aus dieser Entfernung kann ich ihre Augen nicht sehen, aber ich weiß, dass sie kornblumenblau sein werden. Ich stelle mir vor, dass das orangefarbene Kleid deutliche Spuren einer langen Nacht und eines heißen Vormittags trägt. Sie sieht uns und steht abrupt auf. Aggressiv reckt sie das Kinn. Sie gehört zu den Frauen, die nackt großartig aussehen. Sie sieht ebenfalls total genervt aus.

»Wo zum *Teufel* bist du gewesen?«, faucht sie uns an. Wir haben die gute Lily gefunden.

21. Kapitel

Aidan eilt zu Lily und reißt sie in die Arme. Es wäre eine sehr romantische Szene gewesen, wenn Lily anders reagiert hätte. Sie schiebt ihn von sich. Die Geste ist eindeutig. Aidan fängt sich gerade rechtzeitig, bevor er zu Boden taumelt.

»Du bist mir eine Erklärung schuldig«, zischt sie ihn an. »Wie komme ich hier in den Ramble? Ich meine, ich verabrede mich mit dir zu einem lausigen kleinen Drink und – rums – stehe ich hier in diesem verdammten Wald? Ich bin auf der Wiese aufgewacht. Im Dunkeln. Ich bekam Komplimente für meine Begabung als Cross-Dresser. Man hat mich aufgefordert, *Dinge* zu tun.«

Sie stößt Aidan in die Brust, betont jedes Wort, aber ich bin mir ziemlich sicher, dass das gar nicht nötig ist. Er hat es kapiert. Ihre Reaktion deprimiert ihn zutiefst.

»Geben wir den beiden doch einen Augenblick«, schlage ich meiner schockierten Tochter vor. Erwachsene benehmen sich nicht so in der Öffentlichkeit. »Komm, wir sehen uns die Tulpen an. Ich glaube, ich habe da drüben eine gefranste schwarze Papageientulpe gesehen, die sind echt selten.« Außerdem habe ich einen merkwürdigen Klingelton im Ohr, als würde Lilys Präsenz meine Gehirnströme in irgendeiner Weise beeinflussen.

Allison wirkt verwirrt. Während wir zu einem Beet zerzauster Tulpen gehen, fragt sie: »Sind die beiden ein Paar?«

»Aidan und Lily?« Wie erklärt man einer Elfjährigen sexuelles Begehren? Die Antwort ist, dass man es nicht kann. Es hat nichts zu bedeuten, bevor man die entsprechenden Hormone im Blut hat und es am eigenen Körper erfährt, und dann verzehrt es einen. Jede Minute rechne ich damit, dass es auch bei Allison losgeht. Ich lebe in ständiger Angst.

»Sie mögen sich«, sage ich.

»Spielen sie Golf?«

»Golf?«

»Wie Janes Mutter und der Mann.«

Ach, verdammt noch mal. Ich kann Janes Mutter nicht ausstehen. Kann sie ihre Verzweiflung nicht dezent ausleben, so wie wir anderen auch?

»Nein«, sage ich. »Ich glaube nicht, dass sie Golf spielen.«

Das macht Allison froh. Vielleicht hat sie doch eine Chance bei dem jungen Hengst, den Mommy aus dem Krankenhaus mitgebracht hat. Sie lächelt.

Am Rand meines Blickfelds erscheinen Lily und Aidan. Ich erwarte, dass sie eng umschlungen gehen und sich dabei tief und bedeutsam in die Augen blicken, doch ich kann zwischen ihnen das Tageslicht sehen. Aidan hat die Hände in den Taschen und den Kopf gesenkt, während Lily so angespannt wirkt, dass ich mich frage, ob man in ihrer Nähe wirklich sicher ist. Sie geht auf mich zu, Aidan fällt zurück.

»So«, sagt sie und funkelt mich nun volle Breitseite an. »Wie ich höre, sind Sie verantwortlich für das Chaos, in dem ich stecke. Ich kann nur hoffen, dass Sie wissen, wie Sie das wieder in Ordnung bringen.«

Alle starren mich an, auch meine Tochter. Nun sind wir an dem Punkt angelangt, an dem ich ihnen sage, wie es weitergeht.

»Was?«, sage ich, nicht weil ich nicht gehört hätte, dass sie eine Erklärung gefordert hat, sondern weil ich gern noch ein paar Momente hätte, ehe sie mir den Kopf abreißt. Lily sollte eigentlich lieb und unschuldig sein. Ich hatte mir vorgestellt, dass sie den Tag mit einem Sonnengruß beginnt und ein paar strategischen Namastes. Doch ihr Übergang von dort nach hier hat sie fuchsteufelswild gemacht.

»Diese Situation«, sagt sie und macht einen Schritt nach vorn, »ist inakzeptabel.«

Ich weiche einen Schritt zurück. »Aidan?«

»Ich habe versucht, ihr zu erklären, was los ist. Aber sie ist wirklich wütend.«

Allison hört gespannt zu. Was hier auch passiert, es ist auf alle Fälle interessanter als ein Spaziergang. Ich hole mein Handy heraus und gebe es ihr.

»Ruf Daddy an. Sag ihm, dass wir in einer Dreiviertelstunde bei ihm sind.«

Ich wende mich wieder Lily zu.

»Hören Sie«, sage ich ruhig. »Ich weiß nicht, wie ich Sie beide zurückbringen soll, weil ich Sie gar nicht hergeholt habe. Das Ganze muss erst ein wenig … erforscht werden.«

»Dürfte ich dann vorschlagen, dass Sie sich beeilen?«

Ich würde mich liebend gern beeilen. Ich würde mich wie eine Verrückte beeilen, wenn ich nur wüsste, wohin ich eilen soll.

»Hey.« Aidan legt Lily vorsichtig den Arm um die Schultern. »Alles wird gut.«

Sie geben ein atemberaubendes Paar ab, die Art, die man auf dem roten Teppich in Hollywood erwartet. Doch sie will davon nichts wissen. Sie verzieht das Gesicht, als röche er nicht gut, und schiebt seine Hand weg. Zwei rasche Schritte nach rechts, und sie hat genügend Abstand zwischen sich und ihn gebracht, um ihren Standpunkt zu verdeutlichen. Aidan sinkt in sich zusammen. Er hat buchstäblich sein Leben darauf verwettet, dass sie für ihn ebenso empfindet wie er für sie, und wie es aussieht, könnte er diese Wette verlieren.

»Nein«, sagt Lily. »Ich glaube nicht, dass alles gut wird.«

Gerade als ich einen Versuch starten will, ihr diese ablehnende Haltung auszureden, bekomme ich das Gefühl, dass wir beobachtet werden. Trotz der drückenden Hitze sträuben sich mir die kleinen Härchen im Nacken, und plötzlich erscheinen mir die Hand voll Jogger und Spaziergänger, die an uns vorbeikommen, höchst verdächtig. Die tragen doch nicht alle Sonnenbrillen und Baseballkappen, um die schrecklich herunterbrennende Morgensonne abzuhalten, oder? Dahinter muss Tückischeres stecken. Etwa, dass sie uns alle ermorden wollen.

Auf einem anderen Pfad sehe ich eine Frau, die einen viel zu großen Hut trägt und eine Sonnenbrille, die neunzig Prozent ihres Gesichts verbirgt. Sie hat eng anliegende Jeans und eine fließende Bluse mit Blumenmuster an. Ihre Sandalen mit Zehn-Zentimeter-Korkplateausohle sind nicht gerade das, was ich für einen Spaziergang im Stadtwäldchen tragen würde.

Ist das Clarissa? Ist sie hier, um sich das Feuerwerk anzusehen, wie sie es angekündigt hat? Da dies meine erste Begegnung mit einer bösen Hexe wäre, habe ich keine Ahnung, was mich erwartet. Wird sie ihren Zauberstab zücken und mich in einen Molch verwandeln? Wird sie mir einen vergifteten Apfel anbieten oder einen Handel, bei dem ich mein Leben behalte, sie mir aber die Stimme nimmt ... oder die Schuhe oder sonst etwas? Vielleicht habe ich ja Glück, und die schwüle Luft verklumpt ihre Zauberkräfte, sodass sie nichts ausrichten kann.

Es gibt nur einen Weg, das herauszufinden.

»Ich habe da hinten etwas verloren«, sage ich zu meinen Leuten. »Bin gleich wieder da.«

Auf meinen sehr flachen Schuhen schleiche ich mich an und nähere mich von hinten. Die Frau ist groß, vor allem mit den Absätzen, und dünn, aber die Figur ist nicht naturgegeben. Sie ist fitnessdünn. Pumadünn. So dünn, als hätte sie einen hinreißenden Trainer um die zwanzig.

Jetzt bin ich direkt hinter ihr. Mit einer schnellen Bewegung schlage ich ihr den Hut vom Kopf und springe zurück.

»Oh!«, kreischt sie und dreht sich zu mir um. Ich bin auf alles gefasst. Nur nicht darauf.

»Belinda?«, keuche ich. »Was zum Teufel machen Sie denn hier?«

22. Kapitel

Zumindest ist Belinda so klug, beschämt auszusehen.

»Und?«, frage ich. Als sie sich nach ihrem Hut bückt, rutscht ihr die Sonnenbrille von der Nase. Sie ist so riesig, dass man sie auseinandernehmen und eine hübsche Glasveranda daraus bauen könnte. Mir kommt der Verdacht, dass sie sich verkleidet hat.

»Nun ja, es ist ein bisschen kompliziert«, stammelt sie, »und schwer zu erklären.« Das hoffe ich für sie. »Ich weiß nicht, wo ich anfangen soll.« Besorgt knetet sie den Hut, rollt die Krempe auf und drückt sie zusammen. Der Hut wird nie mehr derselbe sein.

»Am Anfang«, schlage ich vor. In mir herrscht eine merkwürdige Mischung aus Verwirrung und Erleichterung. Zwar setzt Belinda nur allzu gern Gerüchte in die Welt und könnte mir dadurch leicht schaden, aber wenigstens wird sie mir auch keine Eselsohren und Schweineschwänzchen anhexen. Das ist allerdings auch schon das Beste an dieser Situation. »Na los, reden Sie.«

Belinda deutet auf Aidan, der in unsere Richtung blickt. Ich winke ihm zu. Verwirrt winkt er zurück.

»Er«, sagt sie.

»Was ist mit ihm?«

»Gestern Abend.«

»Was ist mit gestern Abend?«

»Bei der Spendengala«, sagt sie. »Sie kommen da rein mit

diesem … Gott. Einfach so. Aus dem Nichts. Sie. Und dann küsst er Sie. Er hat Sie geküsst, und es war wie eine Filmszene. Bis auf Ihr Kleid. Das würde nie im Film vorkommen. Aber der Kuss, der schon.«

Es erstaunt mich, wie unbefangen einem manche Leute Beleidigungen direkt ins Gesicht sagen.

»Ich weiß immer noch nicht, worauf Sie hinauswollen.« Belinda sieht aus, als könnte sie jeden Augenblick anfangen zu weinen.

»Ich gehe ins Fitnessstudio«, sagt sie verzweifelt. »Ich esse weder Kohlehydrate noch Industriezucker noch … überhaupt irgendetwas. Ich verkneife mir alles. Das tut *weh*. Und dann kommt dieser schöne Mann mit diesem unglaublichen Körper und dem dichten Haar, und er küsst *Sie!* Wie kann das sein? Das ist einfach nicht *fair!*«

Belinda ist der einsamste Mensch, der mir je begegnet ist.

»Auf die Art bin ich schon so lange nicht mehr geküsst worden, dass ich mich an das letzte Mal gar nicht erinnern kann«, fügt sie schniefend hinzu.

»Wahrscheinlich sollten Sie wenigstens etwas Vollkorn essen«, sage ich. »Vielleicht würde Ihnen das helfen, ein wenig vernünftiger zu werden.«

Ihre Miene verfinstert sich. »Ich bemühe mich so, Sadie«, sagt sie. »Ich verabrede mich. Ich gehe mit Männern aus. Ich will sie gernhaben. Ich will, dass sie mich gernhaben, aber es fehlt einfach die Magie. Ich bekomme einfach keinen solchen Kuss. Wie haben Sie das angestellt?«

Ich habe den Typen erfunden. Ich habe ihn irgendwie in meine Realität geholt. Ich habe ihn im Target gefunden. Ich habe ihn aus dem Krankenhaus geholt. Ich habe ihn zur Spendengala mitgenommen. Wir haben Gin Tonics getrunken. Er hat mich geküsst. Ganz einfach.

Ich bin auf dieses Gespräch nicht vorbereitet und gebe ihr denselben Rat, den ich von Zeit zu Zeit Allison gebe.

»Seien Sie Sie selbst, Belinda«, sage ich. »Niemand wird Sie gernhaben, wenn Sie vorgeben, jemand anders zu sein.«

Ich höre sie schon laut auflachen. Wer bin ich, anderen zu sagen, sie brauchen nur authentisch zu sein, dann kommt die Liebe wie von selbst? Ausgerechnet ich, mit der geheimen Identität und dem Beruf, den man in Gesellschaft nicht erwähnen darf. Ich bin eine Schwindlerin der schlimmsten Sorte. Aber Sie wissen ja, was man sagt: Folgen Sie meinem Rat, nicht meinem Beispiel.

Vor mir steht Belinda auf wackeligen Absätzen und vergeht, aber nicht vor Hitze. Sie ist untröstlich über meinen Kuss. Außerdem muss sie bestimmt noch stundenlang warten auf ihr tägliches Salatsandwich, aber ohne Brot. Ungebeten zwickt mich das Gewissen. Sei nett, Sadie. Du schaffst das.

»Wissen Sie was, Belinda?«, sage ich. »Sehen Sie diese umwerfende Rothaarige in dem orangefarbenen Kleid?« Sie beobachten uns. Ich winke. Allison flüstert Aidan etwas zu. »*Das* ist seine Freundin.« Sie war es zumindest. Im Augenblick stehen die Dinge auf der Kippe, Ausgang ungewiss.

»Sie ist so … jung.« Belinda wirkt erleichtert. Ich treibe es nicht mit diesem Superstecher, während sie auf der Reservebank sitzt. Oder auf dem Laufband trainiert.

»Ja, allerdings.«

»Ich hatte seit zwei Jahren keinen Sex mehr«, sagt sie und sieht ganz fassungslos aus, als könnte sie nicht glauben, dass sie von sich spricht. Ein heißer Wind fegt vorüber, und sie hebt den Hut vom Boden auf und setzt ihn sich auf den Kopf. »Seit der Scheidung nicht mehr. Kein einziges Mal. Ich glaube, ich möchte schon, aber irgendwie finde ich keinen Partner.« Sie fängt an zu weinen. Heiße Tränen rollen ihr die Wangen hinunter. »So sollte das doch nicht laufen.«

Mein Herz tut einen Freudensprung. Nicht, weil ich mich über Belindas erzwungene Enthaltsamkeit freue, schließlich ist das vermutlich unser einziger Berührungspunkt, sondern weil sie, wenn sie seit zwei Jahren keinen Sex mehr hatte, auch nicht gestern Abend mit Jason auf dem Vordersitz seines neuen roten Sportwagens auf dem Parkplatz des Lake House Restaurant geschlafen hat. Ich weiß, dass es keine Rolle spielen sollte, unsere Beziehung hat Grenzen, aber ich fühle mich trotzdem besser.

»Aber Sie haben Verabredungen«, sage ich, weil ich etwas sagen muss und weil ich will, dass sie aufhört zu weinen. »Was ist mit dem Typen von gestern Abend?«

»Jason Blair?«

Ja.

»Der ist nett«, sagt sie achselzuckend. »Aber irgendwie ist er für mich doch nicht so der Knaller. Er müsste öfter ins Fitnessstudio.«

Belinda ist mein genaues Gegenteil, und dass sie Jason nicht so mag und nicht mit ihm schläft, ist für mich ein weiterer Beweis dafür, dass Jason ein rundum toller Mann ist.

»Jetzt mal Klartext«, sage ich. »Sie sind mir gefolgt, um zu sehen, ob Aidan und ich ein Paar sind?«

Sie schaut auf ihre Füße.

»Belinda«, sage ich.

»Ich weiß. Es tut mir leid. Aber Sie sind kein Paar, stimmt's? Er ist mit der Rothaarigen zusammen.«

Ihr Blick ist flehend, aber ich weigere mich, sie noch weiter aufzubauen. Zum Teufel mit dem schlechten Gewissen.

»Gehen Sie nach Hause«, sage ich. »Bitte.«

Belindas Mann Mark hat sie wegen einer Frau verlassen, die jung genug ist, um ihre Tochter zu sein. Eines Abends war sie zu mir herübergekommen, als Allison schon längst im Bett lag. Sie hatte geweint, auf den Wangen hatte sie Ströme von getrockneter Wimperntusche. Ich habe sie reingebeten, weil mir gar nichts anderes übrig geblieben ist. Ich bot ihr einen Platz am Küchentisch. Kochte ihr entkoffeinierten grünen Tee. Wartete darauf, dass sie mir erzählte, warum sie hier war.

»Ich wusste es nicht«, sagte sie schließlich. »Haben Sie je von diesen Paaren gehört, die so aufeinander eingestimmt sind, dass der eine Partner es sofort weiß, wenn der andere stirbt, noch bevor man ihn benachrichtigt?«

Davon hatte ich noch nichts gehört, aber ich sagte trotzdem Ja. Das hier würde ohnehin ein Monolog werden. Meine Aufgabe war es, Tee zu trinken und in passenden Abständen Zustimmung zu äußern. Wenn sie wieder anfangen würde zu weinen, würde ich ihr Taschentücher reichen.

»Also, Mark hat dieses Model seit beinahe einem halben Jahr gevögelt, ohne dass ich es mitbekommen hätte«, fuhr sie fort. »Er hatte in New York ein Apartment, von dem ich nichts wusste! Hätte mir das Universum nicht irgendein Zeichen geben können? Ich bin ein guter Mensch. Wenn er gewollt hätte, dass ihm öfter einer geblasen wird, hätte ich das doch tun können.«

Sie begann zu weinen. Ich reichte ihr Taschentücher.

»Tut mir leid, Sadie«, wimmerte sie. »Ich weiß, Ihr Ehemann war schwul, vermutlich können Sie gar nicht verstehen, wovon ich da rede.«

Ich schob die Taschentücher außerhalb ihrer Reichweite, nahm ihre halbvolle Teetasse, stand auf und stellte sie in den Ausguss. Ich streckte mich, gähnte und beglückwünschte mich, dass ich ihr nicht gesagt hatte, sie solle sich ins Knie ficken.

»Ich bin wirklich müde, Belinda«, sagte ich. »Danke für Ihren Besuch. Ich hoffe, es geht Ihnen bald besser, wirklich.«

Belinda schob sich langsam vom Tisch zurück. Es war ein Wendepunkt für uns. Wir würden keine Freundinnen werden. Das Unterwäschemodel war keine so große Gleichmacherin, wie es hätte sein können. Belinda fand mich immer noch minderwertig. So minderwertig, dass sie mir in den Central Park hatte folgen müssen, um sicherzugehen, dass ich nicht mit einem jüngeren, gut aussehenden Mann schlief, weil ihr Ego oder das, was davon noch übrig war, diesen Schlag nicht hätte ertragen können. Wenn sie bei ihrer Ankunft Aidan und mich beim Schmusen ertappt hätte, wäre sie auf der Stelle gestorben.

Im Westen wird der Himmel dunkel, als nahte ein Gewitter, das uns von der Hitze erlösen würde. Allison steht zwischen Aidan und Lily, fungiert ganz unbewusst als menschlicher Schutzwall. Lily hat die Arme vor der Brust verschränkt, und ihre Miene ist so finster wie das dräuende Gewitter. Aidan wirkt konfus und müde. Das alles ergibt überhaupt keinen Sinn. Ich wische mir mit einem alten Taschentuch, das ich aus meiner riesigen Handtasche gefischt habe, die Stirn und kehre zu den dreien zurück.

»Zeit, zu Daddy zu fahren, okay?«, sage ich.

Allison nickt und linst um mich herum. »War das Mrs. Connors, mit der du da eben geredet hast?«

»Ja«, sage ich ein wenig zu enthusiastisch. »Ist das nicht

witzig? Sie ist auch hier, um sich die seltenen Tulpen anzusehen. Was für ein Zufall, nicht? Wir hätten eine Fahrgemeinschaft bilden sollen. Toll! Also dann, Leute, auf zum Wagen!«

Jeder Schritt ist eine Qual. Mir klebt das Haar im Nacken. Im Feld zu unserer Rechten liegen die Besucher ganz still, hoffen, eine Brise abzubekommen. Mir fällt auf, dass für diese Uhrzeit und Hitze ziemlich viele Leute dort sind.

Ich spüre sie, bevor ich sie sehe. Sie ist wie ein Kälteschock, ein unerwarteter Frosthauch. Ganz in Schwarz gekleidet steht sie in der Mitte der Wiese, ihr dunkles Haar umweht sie wie der Schleier einer Goth-Braut. Sie ist immer noch ein Stück entfernt, doch unsere Blicke treffen sich trotz der Menschenmenge, und mir wird sofort schlecht. Dasselbe habe ich gestern früh in meiner Küche empfunden, als mein Leben noch keinerlei Ähnlichkeit mit einer Freakshow hatte. Ich packe Aidan am Arm, grabe ihm meine kurzen Fingernägel in die Haut. Nur um sicherzugehen, dass er mir gebührend Aufmerksamkeit zollt.

»Hey, das tut weh«, sagt er. »Was soll das?«

Ich deute. Aidan schaut hin, blinzelt, schaut noch einmal hin.

»Oh, Scheiße«, sagt er.

Ja. Das fasst es ziemlich eloquent zusammen.

23. Kapitel

»Das ist sie!«, kreischt Lily, worauf sich die faul herumliegenden New Yorker auf die Ellbogen aufstützen. Clarissa lächelt uns aus der Ferne an. Bei dem Lächeln läuft es mir kalt den Rücken hinunter. Wenn ich irgendeine Kontrolle über diese Geschichte hätte, würde Aidan nun sein Schwert ziehen und vortreten, um uns im Angesicht des Bösen zu verteidigen.

Aber nein. Er bezieht hinter mir Stellung, sodass klar ist, wer hier der Anführer ist. Clarissa kommt auf uns zu, fast, als schwebte sie zwei Zentimeter über dem Gras. Lily sieht panisch aus. Allison, die immer noch mein Handy hat, bekommt von alldem nichts mit. Ich kann die Gefahr schmecken. Mein Mund ist baumwollig und trocken, und ich lecke mir die Lippen. Das hier ist totales Neuland. Ich wünschte, ich hätte wenigstens eine klitzekleine Superkraft, zum Beispiel die Fähigkeit, mich unsichtbar zu machen oder mit den Fingerspitzen Feuer regnen zu lassen. Gott, vielleicht würde ich mich auch einfach mit Fliegen zufriedengeben.

Clarissa kommt näher. Ich stehe ganz still, als hätte ich Wurzeln geschlagen. Aidan hinter mir murmelt Floskeln. Vielleicht fleht er auch, ich kann es nicht unterscheiden. Lily scheint die Einzige zu sein, die noch klar denken kann.

»Sie Miststück!«, schreit sie Clarissa entgegen. »Wie können Sie es wagen? Wie können Sie es wagen, sich in mein Leben einzumischen?«

Aidan kommt lang genug zur Besinnung, um Lily mit beiden Armen festzuhalten. Sie wehrt sich vehement, will sich auf Clarissa stürzen und ihr die Augen auskratzen. Aidan beginnt vor Anstrengung zu schwitzen, weil er sie kaum noch halten kann.

Clarissa lacht. Es klingt schrecklich, hoch und scharf, dringt mir durch Mark und Bein. Am liebsten würde ich mir die Ohren zuhalten. Das Gelächter wird lauter. Die Menge, die auf der Wiese verteilt war, beginnt sich zusammenzurotten. Wissen sie Bescheid? Werden sie sich gegen die boshafte Hexe in ihrer Nachbarschaft erheben? Es ist ein merkwürdiger Gedanke, doch wir sind in New York. Hier ist alles möglich.

»Seien Sie lieber ruhig.« Clarissas Stimme versetzt mir einen Schock. Sie ist so vertraut, und gleichzeitig weiß ich, dass ich sie noch nie gehört habe. Lily sinkt in sich zusammen und schweigt, als wäre ihr alle Luft aus den Lungen gesogen worden. Aidan hat sie fest in den Armen; sie sieht aus wie eine Stoffpuppe.

Clarissa wendet sich nicht an Aidan und Lily, sondern kommt direkt auf mich zu. Mein Herz schlägt so verzweifelt, dass ich es fast durch mein Shirt sehen kann. Ich verschränke vor mir die Hände, wie um körperliche Schläge abzuwenden.

Clarissa bleibt stehen. Sie ist ungefähr zwölf Zentimeter größer als ich, doch sie trägt Highheels. Ohne Absätze sind wir vielleicht gleich groß. Sie hat Krähenfüße um die Augen und Lachfältchen um den Mund, obwohl ich das deutliche Gefühl habe, dass sie nicht das Ergebnis überbordender Fröhlichkeit sind. Ihre dick aufgetragene Wimperntusche und der rote Lippenstift passen eher zu nächtlichen Unternehmungen als zu einem Morgenspaziergang im Park. Und ich kann nicht fassen, dass sie in dem schwarzen, langärmeligen, eng anliegenden Kleid keinen Hitzschlag bekommen hat.

Clarissa war vermutlich einmal schön. Damals war sie vermutlich weicher, nicht so eckig und weniger genervt. Jetzt erinnert sie mich an die kantigen Frauen mittleren Alters in der Vorstadt, die ihren Einkaufswagen durch den Biomarkt schieben.

»Sie.« Dicht vor mir bleibt sie stehen und sieht mir ins Gesicht. »Sie glauben, Sie können alles besser machen?«

Ich bewege die Lippen, bringe jedoch keinen Ton heraus.

»Die beiden sind längst verloren«, sagt sie. »Sobald man sich verliebt, hat man alles zu verlieren.«

»Nein«, flüstere ich.

»Ihnen muss klar sein, dass es nicht reicht, die Turteltäubchen wieder zusammenzuführen. Sie brauchen den Zauberspruch, den Bann«, sagt sie und umkreist mich. »Worte. Wichtige Worte. Doch die Chance, dass Sie, ausgerechnet Sie, die richtigen Worte finden ... Nun ja, wenn es zu einfach wäre, würde es ja keinen Spaß machen, nicht?«

Clarissa fährt mir mit einem langen roten Fingernagel über die Schulterblätter. Etwas an ihrer Berührung lässt meine Körpertemperatur abrupt sinken, und ich zittere. Ich bin in einen Albtraum geraten. Irgendwo gibt es Licht, wenn ich es nur finden könnte. Doch ich stehe weiter wie angewurzelt. Am Rand meines Blickfeldes sehe ich Aidan und Lily. Lily ist immer noch kraftlos, doch ihre Augen sind offen. Aidan starrt Clarissa an, als wäre er in Trance. Wenn ich einen Ziegelstein in der Tasche hätte, würde ich ihn nach ihm schleudern.

»Uns bleiben immer noch vierundzwanzig Stunden«, stammele ich.

Dunkelheit umwölkt Clarissas Gesicht. Ihre roten Lippen sind zu einer schmalen Linie zusammengepresst. Vielleicht habe ich das Falsche gesagt.

»Zweiundzwanzig Stunden und siebenunddreißig Minuten«, fährt sie mich an. »Um genau zu sein.«

Ich schaudere zurück. Jedweder Schwung, den ich empfand, ist verschwunden. Ich bin nicht besser als der ängstliche Löwe und bebe in meinen Tennisschuhen.

»Warum sind Sie hier?«, ruft Aidan plötzlich. »Was wollen Sie von mir? Ich *kenne* Sie nicht mal!«

Beim Klang seiner Stimme bekommt der hässliche Lack auf Clarissas Gesicht erstmals Risse. In ihrem Blick zeigt sich Kummer von der Sorte, mit der ich vertraut bin.

»Das sagst du nur, um mich zu verletzen«, sagt sie abwehrend. »Aber sobald du dich erinnerst, wirst du die Dinge so sehen wie ich. Im Moment schaue ich nur kurz vorbei, um sicherzugehen, dass du nichts brauchst.« Sie wedelt mit der Hand vor ihrem Gesicht, und Lily presst die Arme an den Bauch, als litte sie akute Schmerzen. Genauso schnell senkt Clarissa die Hand, und Lily ist wieder okay.

Das ist schlecht. Wirklich sehr schlecht. Aber es gibt Regeln.

»Wir haben noch zweiundzwanzig Stunden und siebenunddreißig Minuten, um Ihren Zauberspruch zu finden«, sage ich. »Sie haben gesagt, dass es so läuft.« Wenn Clarissa in der Lage wäre, in der Zeit herumzupfuschen, würde der Plot dieser Geschichte den Bach runtergehen. Wo bliebe die Spannung, der Konflikt, wenn Clarissa einfach die Bedingungen der Wette spontan ändern könnte? Die Regeln existieren nicht ohne Grund, und wir müssen uns an sie halten.

Clarissa macht schmale Augen, was Beweis genug ist, dass ich recht habe.

»Er gehört mir«, flüstert sie. »Und wenn ihr gescheitert seid, wird er für immer mir gehören.«

Darauf habe ich keine passende Replik. Wenn mir eine Stunde Zeit, mein friedliches Arbeitszimmer und ein starker Espresso zur Verfügung stünden, würde mir vielleicht etwas Ordentliches einfallen. Jetzt im Moment kann ich mir nur etwas von meiner Elfjährigen borgen.

»Mir doch egal.«

Clarissa wendet sich zu Aidan und Lily um. Ich habe keine Ahnung, was sie vorhat. Feuerbälle schleudern? Einen Tornado zusammenbrauen? Beschützend schlingt Aidan die Arme um Lily. Sie unternimmt keine Anstrengung, sich zu befreien. Vielleicht wird dies das Eis zwischen ihnen zum Schmelzen bringen. Sie geben so ein schönes Paar ab, selbst im Angesicht des Bösen und so.

»Kommen Sie nicht näher«, warnt Aidan.

Wieder ertönt das Lachen, wie Nägel auf einer Tafel.

»Mein Liebling«, sagt Clarissa. »Sieh mich nicht so an. Du weißt, dass es so am besten ist.«

»Sie sind ja verrückt«, knurrt Aidan. »Ich weiß nicht, wer Sie sind oder was Sie wollen, aber Sie kommen nicht damit durch.«

Das gefällt Clarissa gar nicht. Wieder hebt sie die Hand, jene Hand, mit der ich ab heute schlimme Bauchkrämpfe assoziieren werde. Lily stöhnt.

»He, Mom!« Allisons Stimme kommt wie aus einer anderen Dimension. »Schau mal!«

Allison ist auf die Wiese geschlendert. Hinter meiner linken Schulter ertönt plötzlich laute Musik. Einen Augenblick halte ich es für Clarissas unheimliches Leitmotiv, das auf irgendeine Weise direkt in mein Hirn gesendet wird. Doch dann taucht ein Mann mit Dreadlocks und schmutzstarrendem Bob-Marley-T-Shirt auf, der einen Ghettoblaster hochhält. Die Leute, die auf dem Gras gelegen haben, stehen auf und formieren sich zu sauberen Reihen. Auf der anderen Seite der Wiese taucht ein Fernsehteam auf. Wurden die Medien über den jüngst erfolgten Bruch der Realität informiert? Die Leute versuchen, sich möglichst flächendeckend auf der Wiese zu verteilen, und drängen uns dabei an den Rand. Clarissa wird in eine andere Richtung geschoben. Die Musik steigert sich. Die Leute nehmen verschiedene Posen an. Flashmob.

Und darum liebe ich New York City, selbst wenn ich in einem Hauseingang einmal einen Toten gefunden habe.

Clarissa sieht dem Reporter mit der Videokamera nach, wie er sich einen Weg durch die Menge bahnt, um dieses »spontane« Event zu filmen. Und plötzlich kommt mir ein Gedanke. In fiktiven Welten leben die Hexen im Stillen unter uns. Sie wollen nicht erkannt werden. Sie wollen nicht ins Fernsehen. Oberste Priorität hat für mich jetzt, Clarissas Zauberspruch oder magischen Bann zu finden, und wenn sie uns dabei auf den Fersen ist, sinken unsere Chancen auf Erfolg rapide. Fragen Sie, wen Sie wollen. Von einer Hexe verfolgt zu werden, kann einen ziemlich ablenken.

Und so ergreife ich die Gelegenheit und hoffe auf das Beste.

»Ich glaube, wir sollten jetzt gehen«, sage ich.

»Ich will aber den Leuten zusehen«, protestiert Allison.

»Wir müssen dich bei Daddy absetzen. Wir wollen doch nicht, dass er sich Sorgen macht.«

»Ich schreibe ihm eine SMS. Wer war die Lady in dem Kleid?«

»Niemand.«

»War der nicht heiß?«, fragt Allison.

»Simse deinem Vater, dass wir unterwegs sind«, sage ich, nehme sie am Ellbogen und ziehe sie von der Menschenmenge fort. Lily und Aidan folgen uns. »Hey, danach könntest du dir doch die Musik-App runterladen, von der du mir letzte Woche erzählt hast, oder?«

»Du hast gesagt, ich darf sie nicht haben.«

»Also, ich habe es mir anders überlegt. Na, was sagst du jetzt?«

Die Technik hat viele Nutzen. Einer liegt darin, ein Kind abzulenken. Funktioniert wie Zauberei. Wollen wir hoffen, dass dies nicht die einzige Zauberei ist, die ich in den nächsten zweiundzwanzig Stunden und siebenunddreißig Minuten hervorbringe.

24. Kapitel

Zu viert kommen wir bei Roger an, wo ich direkt vor dem Gebäude einen Parkplatz ergattere. Normalerweise würde mir bei einer so richtungsweisenden Veränderung meines Parkplatzkarmas schwindelig werden. Heute jedoch betrachte ich es lediglich als noch einen Beweis dafür, dass die Welt nicht so ist, wie sie sein sollte. Als Nächstes ringe ich Allison das Handy ab. Ich habe ihr erlaubt, sich die Musik-App herunterzuladen, aber sie ist elf und hatte mein Handy während der ganzen Fahrt in ihrem Besitz. Wer weiß, welche Merkwürdigkeiten nun darauf zu finden sind?

Im Fond sitzt Lily eng an die Tür geschmiegt, mit geschlossenen Augen, und macht sich so klein wie möglich. Sie hofft, dass sie, wenn sie sich nur genügend konzentriert, die Ereignisse des letzten Tages ungeschehen machen kann und in ihrem eigenen Bett aufwacht, in ihrer eigenen Wohnung, mit ihren eigenen Sachen. Im Grunde weiß sie zwar, dass das nicht passieren wird, aber sie kauert sich trotzdem ganz klein zusammen und schwankt dabei zwischen Hoffnung und Verzweiflung.

So gern ich Lily und Aidan hier im Wagen lassen würde, solange ich Allison zu Roger hinaufbegleite, ich tue es nicht. Ich glaube, wir haben Clarissa im Park abgeschüttelt, aber ich kann nicht hundertprozentig sicher sein. Ich habe Angst vor dem, was sie den beiden antun könnte, wenn ich nicht dabei bin. Ich muss an eine Katze denken, die mit einer halbtoten Maus spielt.

Aidan sitzt neben mir auf dem Beifahrersitz und wirkt verloren.

»Du erinnerst dich nicht an sie?«, frage ich leise.

Er schüttelt den Kopf.

»Eine verärgerte Kundin? Eine Angestellte, die du gefeuert hast?«

»Nein«, sagt er. »Ich habe keine Ahnung, wer sie ist.«

»Nun, sie kennt dich jedenfalls.«

»Eine Verwechslung.«

»Das glaube ich nicht. Sie wirkt sehr sicher.«

»Wenn ich mich ihr ergebe, glaubst du, ihr anderen wärt dann in Sicherheit?«

»Schwer zu sagen. Es würde ihr Spielchen kaputtmachen, und sie scheint es zu genießen. Manche Leute sind so.«

Ich schiebe die Tür des Vans auf. Ein Hitzeschwall begrüßt uns, gewürzt mit dem Gestank sonnenverbrannten Mülls.

»Das wird noch ein wirklich großartiger Tag.« Aidan verzieht das Gesicht.

Allison klettert von ihrem Sitz und über Lily hinweg, um auf der Straßenseite auszusteigen. Dabei prallt ihre Reisetasche in Lilys Gesicht. Lilys Augen füllen sich mit Tränen, und ich vermute, dass es nicht an dem Schmerz liegt.

»Kommen Sie«, sage ich. »Wir verlassen New York, sobald wir Allison abgesetzt haben. Auf dem Land denkt es sich leichter.« Mein rothaariges, unglückliches Geschöpf sieht mich nicht an. Sie wischt sich die Augen, und dann betreten wir Rogers Haus.

Roger wohnt in einem sehr kleinen Einzimmerapartment mit einem einzigen Fenster, das auf die Betonwand des Nachbargebäudes hinausgeht. Sein Schlafzimmer würde gut in mein Ankleidezimmer passen. Es muss festgestellt werden, dass eine Wohnung, in der er seine Yogamatten in der Duschkabine lagern muss, nicht Rogers Wünschen entsprach. Nein. Er hatte viel großartigere Vorstellungen, doch unsere Scheidungsanwältin hat seinen monatlichen Unterhalt auf fünftausend Dollar festgesetzt und sich von seinem Schmollen nicht umstimmen lassen.

»Das wird Sie motivieren, sich auf den Erfolg Ihres Yogastudios zu konzentrieren«, sagte sie ihm. »Und Sie werden zufriedener mit sich sein.«

Ich erwähnte ihr gegenüber nicht, dass Roger Selbstzweifel auch dann nicht erkennen würde, wenn sie ihn in den Hintern bissen, er aber schon einmal wahre Höllenqualen durchlitten hatte, als man ihm den Zugang zu Marc Jacobs' neuester Modenschau verweigert hatte. Roger hat eben seine Prioritäten. Wenn man in seine Küchenschränke schaut, wird man dort kein Essen finden, sondern säuberlich gestapelte Hemden von Marc Jacobs. Wenn Allison zu Besuch kommt, schläft Roger auf der Couch.

Allison umarmt ihn stürmisch, als er die Tür öffnet. Er birgt das Gesicht in ihrem Haar und atmet tief ein. Sein kleines Mädchen liebt er mehr als alles sonst auf der Welt, und dafür werde ich immer dankbar sein. Als Roger aufsieht, fällt sein Blick auf Lily, die mit uns hinter Allison steht. Er lächelt höflich, sieht mich fragend an und bittet uns herein.

»Würden Sie uns einen Augenblick entschuldigen?«, sagt er, sobald wir drinnen sind. Er fasst mich am Oberarm und zieht mich ins Bad, das einzige Zimmer mit Tür.

»Warum ist dieser Mann immer noch hier?«, flüstert Roger. Die Tür ist da, aber sie ist papierdünn.

Ich zucke mit den Schultern.

»Und woher kommt Prinzessin Arielle?«

Ich zucke erneut mit den Schultern. Roger drückt meinen Arm. Er kann Handstand auf den Fingerspitzen machen, daher tut es weh.

»Du hast mir auf der Spendengala gesagt, dass er am nächsten Morgen weg ist.«

»Wirklich?«

»Dachte ich zumindest.«

»Vielleicht hast du nur geglaubt, ich hätte das gesagt«, stelle ich fest. »Du tust mir übrigens weh.«

»Sorry.« Roger gibt mich frei. »Ich mache mir nur Sorgen, das ist alles. Du benimmst dich seltsam, und normalerweise bist du doch so ... normal. Alles okay mit dir?«

Nein, mit mir ist nicht alles okay. Mit mir ist schon seit Jahren nicht mehr alles okay. Ich bin sechsundvierzig und allein, nur dass ich nie allein bin. Ich bin für alles verantwortlich und zuständig, und das will ich nicht. Ich bin erschöpft. Mein Körper fühlt sich alt an, er erschlafft an Stellen, die ich nicht schlaff haben möchte. Ich will mehr Freude im Leben. Ich will mehr beteiligt sein. Ich will den richtigen Zauberspruch finden, damit meine schönen Geschöpfe in ihre schöne Welt zurückkehren und dort schönen Sex haben können. Vielleicht kann ich dann eine Fortsetzung rausschinden und so das Schulgeld für Allisons nächstes Jahr auf der Holt Hall sichern. Was sagst du dazu?

»Mir geht es gut«, sage ich. »Ich versuche nur, denen zu helfen, die es weniger gut haben als ich.«

»Ach, bitte«, sagt Roger. Wir stehen uns nahe. Ich meine, er hat zugesehen, wie ich ein Baby geboren habe, das kann nicht sehr hübsch gewesen sein. Aber das hier kann ich ihm nicht anvertrauen. Es reicht zu tief in meine grauen Zellen hinein.

Ich mache die Badezimmertür auf, bevor er mich festnageln

kann, und trete mit breitem Lächeln in den winzigen Wohnbereich. Allison ist gerade dabei, Aidan Rogers Sammlung antiker Schneekugeln zu zeigen. Ja, er hatte sie schon vor unserer Heirat. Nein, ich habe keine Verbindung zu meinem Sexualleben gesehen. Lily starrt auf die Betonwand vor dem Fenster. Die Klimaanlage keucht verzweifelt.

Ich umarme Allison.

»Ihr könnt euch jeder eine Sache kaufen«, sage ich und reiche Roger meine Kreditkarte. »Und diese Sache muss unter hundert Dollar kosten.«

»Okay, Mom.«

»Okay, Sadie.«

Ich küsse die beiden, treibe meine Leute zusammen und gehe hinaus.

»Ich mag Allison«, sagt Aidan, als wir zum Wagen zurückgehen. »Sie hat ziemlich viel Mumm.«

»Stimmt«, sage ich. »Das brauchen die Mädchen heutzutage auch. Das Leben hat sich seit meiner Kindheit sehr verändert.«

Lily bleibt auf dem Gehsteig stehen, stemmt die Hände in die Hüften und mustert mich herausfordernd.

»Was ist?«, frage ich.

»Lily?«, fragt Aidan.

»Mir ist eben aufgefallen, Aidan, dass wir so gut wie nichts über unsere *Gastgeberin* wissen. Ist das nicht merkwürdig?«

»Vermutlich schon.« Aber Aidan klingt nicht sehr überzeugt, denn was braucht er über mich schon zu wissen außer die Art und Weise, wie ich ihn von hier fortzubringen gedenke?

»Wir sollten gehen«, sage ich.

Lily stemmt die Füße in den Boden.

»Nein. Ehe Sie uns ein paar Details verraten haben, gehe ich nirgendwohin. Vielleicht ist das alles bloß eine Masche, eine betrügerische Gehirnwäsche, mit der wir betrogen werden sollen, um ...« Sie hält inne, sucht nach etwas, worum man sie betrügen könnte.

»Klar«, sage ich. »Und weiter kommen Sie nicht.«

»Komm, Lily.« Aidan nimmt ihren Arm. »Es ist heiß hier draußen.«

Nur damit Sie es wissen: In der Belletristik interessiert man sich nur in Ausnahmefällen für die Autoren. Wir müssen keine Angst haben, dass Paparazzi aus dem Gebüsch springen, wenn wir das Haus verlassen wollen. Und das ist auch richtig so. Denn wenn die Autorin sich nicht aus ihrer Geschichte heraushalten kann, sollte sie lieber ihre Memoiren oder dergleichen schreiben.

»Hey«, sage ich. »Wollen Sie etwa herausfinden, was passiert, wenn wir den Zauberspruch nicht entdecken? Wir haben weniger als vierundzwanzig Stunden Zeit und nicht den kleinsten Anhaltspunkt – ich würde sagen, dass Sie sich lieber *deswegen* Sorgen machen sollten, finden Sie nicht auch?«

Das scheint zu Lily durchzudringen. Widerstrebend gibt sie nach und folgt uns zum Wagen. Zum Glück kann an einem Tag wie heute auch der größte Widerstand vom Bedürfnis nach klimatisierter Luft gebrochen werden.

25. Kapitel

Im Minivan ist alles ruhig, als wir die unsichtbare Grenze zwischen Stadt und Vorstadt überqueren. Plötzlich sind mehr Bäume zu sehen, die Gehsteige verschwinden, und hin und wieder taucht sogar ein gerades Stück Highway auf. Ich sitze allein vorn. Im Rückspiegel kann ich Aidan und Lily sehen. Er flüstert ihr ins Ohr, streicht ihr über den Oberschenkel. Sie sieht aus, als würde sie weich werden. Ich jedoch kann nur an Zaubersprüche, Beschwörungsformeln und Talismane denken, nur an Dinge, die als mystisch oder magisch gelten könnten.

Aber es ist nicht einfach. Mein Wissen zu diesem Thema stammt ausschließlich von Disney. Nirgendwo sonst kann man eine solche Kollektion moderner, Zaubersprüche murmelnder Hexen finden. Es gibt sie in vielen verschiedenen Formen, doch die meisten sind groß, mager, verkniffen und bitter. Sie haben Augenbrauen, an denen man sich schneiden könnte. Und sie schmieden Ränke und Komplotte und stellen sich der Liebe in den Weg, wann immer es möglich ist. Oft geht es um Rache, weil sie alt werden oder ihre Macht verlieren, was irgendwie dasselbe ist, wenn man mal darüber nachdenkt. Manchmal hassen sie die schöne junge Prinzessin nur wegen ihres Glücks, ein Gefühl, das in ihren kalten, dunklen Herzen keinen Halt mehr findet.

Aber all das ist nicht wichtig. Wichtig ist das, was sie *sagen*. Ich hätte besser aufpassen sollen. Als ich neben Allison auf dem Sofa gesessen und *Arielle, die Meerjungfrau* zum vierzigtausendsten Mal angeschaut habe, hätte ich zuhören sollen, was Ursula sang, als sie Arielle die Stimme nahm. Aber stattdessen habe ich fleißig auf meinem Laptop getippt und Allison jedes Mal lächelnd angesehen, wenn sie mir sagte, ich müsse eine spezielle Szene ansehen, weil sie besonders toll sei. Ich hätte viel präsenter sein sollen. Das mit dem Multitasking hätte ich lieber sein lassen. Jetzt tut es mir leid.

Ich gehe auf Nummer sicher und lege die Fersen aneinander. Vorsichtig, damit ich den Minivan nicht in den Graben steuere, schlage ich dreimal die Hacken zusammen. Es ist nirgends besser als daheim. Es ist nirgends besser als daheim. Es ist nirgends besser als daheim.

Ich warte darauf, dass eine Lichtblase auftaucht und eine gute Hexe oder eine gute Fee erscheint, die alles in Ordnung bringt, aber natürlich geschieht das nicht. Meine Figuren sitzen immer noch im Fond. Ganz ohne Wunder müssen wir aber nicht auskommen. Lily lächelt. Halb. Und auch wenn ich Aidans Hand nicht sehe, habe ich doch den Verdacht, dass ich weiß, wohin sie unterwegs ist.

Ich rutsche auf meinem Sitz herum. Drehe die Musik auf. Und fange wieder an, mich zwanghaft mit Zaubersprüchen zu beschäftigen. Wenn ich hier automatisch die Teamleiterin bin, sollte ich mir schnell etwas einfallen lassen. Meine Tochter hat die Soundanlage in meinem Wagen so programmiert, dass sie ihre Lieblingspopsongs spielt. Es grenzt mich auf angenehme Art ab, und so fahre ich automatisch dahin. Diese Route kenne ich fast im Schlaf, genau wie die Strecke zur Schule. Im Radio klagt eine zwanzigjährige Popsängerin über die Liebe und dass sie nun wieder allein ist. Mir entschlüpft ein lautes Keuchen.

Ich brauche Hilfe.

Das sind drei kleine Worte, die ich sonst kaum zu sagen wage. Wen sollte ich auch bitten? Wer würde zuhören? Roger kommt nicht in Frage. Greta auch nicht. Ich habe auch keine speziellen Freundinnen, die ich »Schwester« nenne und denen ich regelmäßig mein Herz öffne. Bleibt also noch … Jason.

Jason? Nervös fahre ich mir durch das verschwitzte Haar. Bist du verrückt geworden, Sadie? Jason ist jemand, mit dem du Sex hast. Ja, ich weiß, dass er mich ganz gut leiden kann. Sonst würde er nicht weiterhin jeden Freitagmorgen bei mir auftauchen und Sandwiches mitbringen. Aber das zwischen Jason und mir ist rein körperlich. Keine tiefschürfenden Gespräche. Keine Hilfe.

Zum ersten Mal liegen mir die Beschränkungen unseres Verhältnisses wie ein Stein im Magen. Ich will nicht irgendwem von meiner Lage erzählen, ich will es Jason erzählen. Das und auch meine Reaktion, als ich ihn gestern Abend mit Belinda gesehen habe, geben Anlass zur Sorge.

Auf dem Rücksitz küsst Aidan Lily. Wenn sich *Geraubte Geheimnisse* normal entwickelt hätte, hätte ich die beiden in weitaus kompromittierendere Positionen gebracht als einen einfachen Kuss. Warum also fühle ich mich unbehaglich? Ich räuspere mich. Aidan zieht sich zurück. Lilys Augen bleiben geschlossen, ihre vollen Lippen leicht geöffnet.

»Zaubersprüche!«, blaffe ich nach hinten. »Kennt ihr welche? Vielleicht die eine oder andere Beschwörung?«

»Clarissa taucht in deinem Buch auf«, sagt Aidan und sieht dabei immer noch Lily an. »Solltest du da nicht die Antwort wissen?«

»Nein!«, rufe ich, trete in die Bremsen und schlingere vom

Highway auf den sandigen Seitenstreifen. Aidan und Lily werden nach vorn geschleudert.

»Du lieber Himmel, Sadie!«

»Ich habe Clarissa nicht erschaffen!«, sage ich. »Sie ist einfach aufgetaucht und bringt alles durcheinander.«

Plötzlich ist der Minivan zu klein. Ich öffne die Tür und stolpere hinaus, Panikfinger krallen sich in meine Kehle. Wenn ich Clarissa nicht erfunden habe, woher kommt sie dann? Das alles ergibt überhaupt keinen Sinn, egal, von welchem Blickpunkt aus ich die Sache betrachte.

Mit gestreckten Armen stütze ich mich auf der Motorhaube des Minivans ab. Das Metall ist so heiß, dass ich Gefahr laufe, mir die Handflächen zu verbrennen, aber das ist mir egal. Tief verborgen in den schlammigen Tiefen meines Gehirns erahne ich eine Idee, die es an die Oberfläche drängt, doch ich bekomme sie nicht zu fassen.

»Komm schon«, sage ich. »Was zum Teufel ist es? Was übersehe ich?«

Aidan springt aus dem Wagen.

»Sadie?«

Ich ignoriere ihn, gehe neben dem Minivan auf und ab. Ich bin voll grobem Sand, der vom vorbeibrausenden Verkehr auf mich geschleudert wird. Den Skort kann ich keinen weiteren Tag mehr tragen.

»Ich wünschte, wir wären hilfreicher«, sagt er.

Ich gehe weiter auf und ab. Dabei erinnere ich mich daran, wie mir die Geburtshelferin sagte, ich solle auf und ab gehen, als Allison überfällig war, das könnte die Geburt einleiten. Nun ja, vielleicht gilt das ja auch hier. Wenn ich in Bewegung bleibe, lockert sich vielleicht die schwer zu greifende Idee und kommt ans Licht. Ich gehe schneller. Aidan vertritt mir den Weg.

»Sadie«, sagt er. »Bitte. Es ist höllisch heiß. Steig wieder ein.«

»Was sagst du da?«

»Steig wieder ein?«

»Nein, davor?«

»Dass es dein Buch ist und du die Antwort wissen solltest?«

Und da ist sie. Voll ausgeformt.

»Ja!« Ich nehme ihn bei den Schultern und schüttele ihn. »Natürlich sollte ich die Antwort kennen. Fantasy!«

»Ich habe keine Ahnung, wovon du sprichst, aber ich verlange, dass du jetzt sofort wieder ins Auto einsteigst.«

Ich lache wie von Sinnen. Wirbele im Sand herum. Umarme Aidan.

»Fantasy«, sage ich noch einmal.

»Steig ein.«

Ich tue, was er sagt. Aidan steigt zu mir auf den Vordersitz. Seine Miene ist tief besorgt. Dieselbe Miene hat Roger vor nicht mal einer Stunde im Badezimmer gezeigt.

»Fantasy«, wiederhole ich. »Ich kann nicht glauben, dass ich daran nicht schon früher gedacht habe.«

»Hörst du auf, dauernd dieses Wort zu wiederholen? Oder erklärst uns wenigstens, was du damit meinst?«

Okay. Klar. Hört zu.

Ich habe einen Freund, einen älteren Mann, der Krimis schreibt und recht bekannt ist. Alle paar Monate treffen wir uns auf ein paar Drinks und klagen über die Verlagsbranche. Dieser Freund hat es bisher mit vierundzwanzig Romanen auf die Bestsellerliste der *New York Times* geschafft. Seine Fans sind großartig. Er besitzt viele Häuser und hat eine sehr junge Frau. Er ist der Inbegriff eines erfolgreichen Autors.

Aber ist er auch glücklich? Ja, meistens, bis auf den Umstand, dass dieselbe Zeitung, auf deren Bestsellerliste er so oft erscheint, sich weigert, sein Werk zu besprechen.

»Diese Snobs«, schreit er. »Diese Mistkerle.«

Er hat mit verschiedenen Strategien versucht, sie dazu zu bewegen, ihn zu beachten, doch sie haben die Nase gerümpft und sich stattdessen auf die »wahre« Literatur konzentriert. Ich habe ihm gesagt, dass wir so lange draußen in der Kälte sitzen, bis ein Genreautor – Krimi, Politthriller, Western, was auch immer – den Literaturnobelpreis gewinnt. Er solle sich einen warmen Parka kaufen und sich ansonsten mit seinem außergewöhnlichen Erfolg trösten. Aber es spielt keine Rolle, was ich sage. Er ist trotzdem wütend.

Was mich angeht, so bin ich völlig zufrieden damit, wenn sich meine Romane gut verkaufen und von der Kritik ignoriert werden, aber ich verstehe seinen Schmerz: Einen guten Krimi zu schreiben ist schwer. Es ist auch schwer, einen guten Liebesroman zu schreiben. Oder eine glaubhafte Sexszene. Ja, die Ergebnisse fallen unterschiedlich aus, doch der Weg dahin ist lang und schwierig.

Ehe ich mich an einem Fantasy-Liebesroman versucht habe, hatte ich das am eigenen Leib noch nicht erfahren müssen. Mit den normalen und später den erotischen Liebesromanen war ich bisher recht gut gefahren, doch meine Agentin, die stets meine berufliche Zukunft im Blick hatte, schlug vor, ich solle mich an einem Fantasy-Liebesroman versuchen.

»Das ist zurzeit total angesagt«, meinte Liz Stelow. »Ein Riesengeschäft. Einfach enorm. Und das meine ich jetzt nicht zweideutig. Also, als Alexi von Harper mich angerufen und gesagt hat, sie braucht etwas für ihr Frühjahrsprogramm nächstes Jahr, habe ich sofort an dich gedacht. Du bringst doch mit Leichtigkeit ein paar Bücher im Jahr heraus. Willst du es mal probieren?«

Kurt lag zwei Jahre zurück, Roger sollte ich erst zwei Monate später kennenlernen, Zeit hatte ich also. Doch das Problem war, dass ich keine Fantasy-Romane las. Ich war mir nicht mal sicher, was das war.

»Vampire?«, fragte ich.

»Nicht unbedingt. Du könntest auch über Hexen oder Leute mit magischen Kräften schreiben, oder vielleicht auch ein paar empfindsame Zombies.«

Vergessen Sie nicht, es waren zwei Erwachsene, die dieses Gespräch führten.

»Und es müssen heiße junge Dinger darin vorkommen«, fügte sie hinzu, »aber darin bist du ja wirklich gut.«

Das stimmte. Darin war ich wirklich gut. Stolz plusterte ich die Federn auf.

»Geize einfach nicht mit dem Übernatürlichen. Okay?«

Meine Federn sanken in sich zusammen. Liz las Fantasy offenbar genauso wenig wie ich. Aber ich hatte schon einmal von einem Genre zum anderen gewechselt, daher dachte ich mir, dass mir das Übernatürliche weiter keine Probleme bereiten sollte.

Also sprang ich ins kalte Wasser. Ich las die Bestseller, studierte das Handwerk, und dann setzte ich mich an meinen Laptop, um eine Geschichte über zwei Hexen zu schreiben, Schwestern und Rivalinnen, die verbittert um die Seele eines sterblichen Mannes kämpfen. Natürlich eines sehr gut aussehenden sterblichen Mannes, spärlich gekleidet, so oft es möglich war.

Von Anfang an litt ich unter Größenwahn. Ich sah Fortsetzungen, eine Fernsehserie, einen Kinoerfolg, Barbiepuppen und Actionfiguren. Doch dann kam ziemlich ungelegen die Realität ins Spiel.

Es stellte sich heraus, dass die Genres nicht willkürlich austauschbar sind. Wenn sie es wären, würden wir alle Justizthriller oder Romane über russische Spione schreiben. Aber jedes Genre erfordert eine eigene Gabe, eine Fähigkeit, die sich nicht immer auf eine andere Welt übertragen lässt.

Ich konnte das Buch nicht schreiben. Dabei mochte ich meine Hexen. Sie waren scharfzüngig, unverschämt und höllisch fies zueinander. Sie stolzierten wie Diven durch ihre Residenz an der East Side, in Highheels und Abendkleidern, egal, um welche Tageszeit. Der fragliche Mann war ein Polizist, der in der Nachbarschaft auf Streife ging. Ach, und wie sie ihn liebten. Es hätte ganz einfach sein müssen. Es hätte denselben Regeln folgen müssen wie Liebes- und Erotikromane. Aber das tat es nicht. Ich bekam den Ton einfach nicht hin, auch nicht die Nuancen oder den Witz. Mein Manuskript machte einfach keinen Spaß. Es war öde und düster. Es las sich nicht wie ein Roman von Sadie Fuller oder K. T. Briggs. Kurz gesagt, es war schrecklich.

»Was willst du damit sagen, du kriegst es nicht hin, Sadie?«, kreischte Liz, als ich ihr mein Versagen eingestand.

»Es ist einfach zu anders.«

»Ist es gar nicht. Du machst dir bloß zu viele Gedanken.«

Nein. Ich hatte einmal gehört, wie ein gefeierter Autor erklärt hat, er habe an einem einzigen Satz ein ganzes Jahr gearbeitet, weil er ihn einfach nicht zu seiner Zufriedenheit hinbekam. Der machte sich zu viele Gedanken. Ich akzeptierte einfach meine Niederlage, bevor es schmerzhaft wurde.

»Ich krieg es nicht hin«, wiederholte ich.

»Na gut«, sagte Liz beleidigt. »Wenn du es nicht kannst, finde ich jemanden, der es kann.«

Von all den schrecklichen Dingen, die sie hätte sagen können, war das das Schlimmste. Kurz dachte ich über meine Entscheidung nach, das Fantasy-Universum zu verlassen, doch es war schon zu spät. Liz hatte eingehängt. Ich setzte mich ein paar Minuten an meinen Schreibtisch und kaute auf meinen Fingernägeln herum. War dies das Ende meiner Karriere?

Natürlich nicht. Ich hatte verschiedene gute Ideen für erotische Liebesromane in petto, ich brauchte nur eine auszusuchen und loszulegen. Und genau das tat ich auch.

Die Luft im Minivan ist feucht und abgestanden. Aidan und Lily starren mich an, ihre faltenlosen Gesichter sind ausdruckslos.

»Und?«, fragt Aidan, als ich mit meiner Geschichte fertig bin. Offenbar habe ich mich nicht klar ausgedrückt.

»Die Hexen«, sage ich.

Lily schiebt sich zwischen die Vordersitze. Sie glänzt vor Schweiß, doch es sieht hübsch aus, als wäre er mit Glitzer oder Feenstaub vermischt.

»Was ist mit den Hexen, Sadie?«

»Clarissa ist eine der beiden Schwestern. Ich habe sie *früher* geschrieben.«

26. Kapitel

Ich habe das Gefühl, dass wir einen Durchbruch erzielt haben, doch meine Passagiere wissen diese Tatsache anscheinend nicht zu schätzen. Sie wirken gründlich verwirrt.

»Was genau meinst du damit?«, fragt Aidan.

»Ich habe sie tatsächlich erschaffen, wie du meintest, nur nicht für *Geraubte Geheimnisse*. Mir ist immer noch nicht klar, wieso sie hinter dir her ist, Aidan, aber eines weiß ich.«

»Und was?« Beide wirken skeptisch, was ja durchaus verständlich ist. Bisher war ich keine große Hilfe.

»In dem Fantasy-Manuskript, dem mit Clarissa darin, gibt es Zaubersprüche. Jede Menge Zaubersprüche. Viele davon gereimt. Nicht dass es eine Rolle spielt, aber ich hatte schon immer eine Schwäche für gereimte Zweizeiler. Überall fielen mir die Zaubersprüche ein, in der Dusche, auf dem Markt, beim Essengehen. Das war das Einzige, was mir an meinem Ausflug in die Fantasy-Welt Spaß gemacht hat.«

»Und du glaubst, dass uns einer dieser Sprüche zurückbringt?«

»Ja«, sage ich. »Sie hat in der Geschichte drei Leute verbannt, der richtige Zauberspruch muss einfach dort drinstehen.« Außerdem habe ich keinen Plan B, daher habe ich das Gefühl, ich müsste den hier möglichst gut verkaufen.

»Erinnern Sie sich daran?«, fragt Lily besorgt.

»Nicht auswendig«, sage ich. Aber es gibt Tage, an denen

ich mich nicht mehr daran erinnern kann, was es zu Mittag gab, daher scheint mir das nicht sonderlich bedeutsam. »Irgendwo habe ich sie aufgeschrieben. Ich muss nur das Manuskript oder meine Notizen dazu finden.«

Mein linkes Auge zuckt. Das Manuskript oder die Notizen dazu zu finden, ist in Wirklichkeit weitaus angsteinflößender, als es klingt. Zum Glück klingelt mein Handy, ehe irgendwer weitere Informationen einholen will.

»Hallo?«, melde ich mich.

»Hi, Sadie, Jason hier.«

»Hi, Jason«, sage ich und schlucke. Ich bin nervös. Warum bin ich nervös?

»Bist du zu Hause?«

»Unterwegs im Auto.«

»Du solltest im Auto nicht telefonieren. Das gibt einen teuren Strafzettel, und es ist gefährlich.«

»Bluetooth«, schwindele ich.

»Wie geht es dir?«, fragt er.

Nicht besonders.

»Prima«, sage ich.

»Hey. Wegen gestern Abend. Das war ein Blind Date. Die Frau eines Kollegen hat es ausgemacht, und ich konnte nicht Nein sagen. Tut mir leid, dass es deine Nachbarin und deine Spendengala war.«

»Hattest du einen netten Abend?« Ich habe Belindas Version der Geschichte gehört. Nun will ich seine erfahren.

»Na ja«, sagt Jason. »Ich glaube nicht, dass Belinda wirklich mein Typ ist. Sie kann anscheinend über nichts anderes reden als darüber, was sie im Fitnessstudio gemacht hat und wer wen betrügt. Es war deprimierend.«

Außerdem ist sie eine Stalkerin.

»Tut mir leid, dass du keinen schönen Abend hattest«, sage ich. Tut es aber nicht, kein bisschen.

Darauf tritt eine kleine Pause ein. Jason räuspert sich, als wollte er gleich eine vorbereitete Ansprache halten.

»Und wie ist es mit dir? Hattest du einen schönen Abend mit deinem ... jungen Mann? Das war ja ein ziemlich leidenschaftlicher Kuss, den er dir da gegeben hat.«

In seiner Stimme liegt eine Spur Kummer und Eifersucht. Bin ich etwa nicht auf einer Einbahnstraße unterwegs?

»Hatte aber nichts zu bedeuten«, sage ich rasch. »Die Drinks waren ziemlich stark. Außerdem haben wir gerade seine Freundin in New York abgeholt.«

Von Jason kam ein hörbarer Seufzer der Erleichterung. Dieses Gespräch steckt neue Grenzen ab. Es erzwingt eine neue Definition unserer Beziehung. In dem darauf folgenden Schweigen überlegen wir beide, was das zu bedeuten hat.

»Nun«, sagt Jason schließlich, »ich bin froh zu hören, dass er nun Gesellschaft hat. Er ist sehr ...«

»Attraktiv?«

»Ja.« Jason lacht. »Das könnte das richtige Wort sein. Ich dachte, ich könnte vielleicht vorbeikommen.«

»Zu mir nach Hause? Jetzt?«

»Ja. Also, wenn du dort ankommst. Ich möchte etwas mit dir besprechen.«

Ich hasse es, wenn Leute das sagen. Es hat nie etwas Gutes zu bedeuten. Möglicherweise ist das, was ich bei dem Kuss als Eifersucht interpretiert habe, in Wirklichkeit Ekel. Vielleicht ist er fertig mit mir. Ich sollte ablehnen, sollte ihm sagen, dass er nicht kommen kann. Ich sollte ihn daran erinnern, dass wir uns nur am Freitagmorgen treffen, aber ich höre mich sagen: »Klar. Wir sind ungefähr in einer Viertelstunde zu Hause.«

So, wie es heute läuft, wäre es gut möglich, dass Belinda seinen Wagen sieht und im Gebüsch vor dem Haus Stellung bezieht. Wie kann ich es nur wagen, mich mit einem Mann einzulassen, von dem sie selbst nichts wissen will?

Wir rumpeln über die zerfurchte Auffahrt und parken vor der Garage. Greta steht in der Tür. Obwohl sie dasselbe schlichte Wollkleid, dieselben vernünftigen Schuhe trägt wie jeden Tag, wirkt sie nicht erhitzt. Greta betrachtet die Szene, als Aidan Lily aus dem Wagen hilft.

»Seine Freundin«, flüstere ich Greta zu. »Sie heißt Lily.«

»Und für einen Samstagnachmittag ist sie etwas sehr aufgedonnert«, sagt Greta in voller Lautstärke.

Aidan, von Kopf bis Fuß Kavalier, hilft seiner Liebsten über den unebenen Plattenweg zur Haustür. Beide sehen erschöpft aus, mit roten Augen und leicht zerzaust. Mir ist schon aufgefallen, dass schönen Menschen manchmal eine gewisse Robustheit abgeht, über die wir Normalsterbliche in höchstem Maß verfügen.

»Zeig Lily doch das Gästezimmer«, sage ich zu Aidan. »Ihr könnt euch da frischmachen.«

»Und du suchst nach dem Manuskript mit den Zaubersprüchen?« Sein Gesicht wirkt heute fünf Jahre älter als gestern. Die jugendliche Arroganz, mit der er mich in der Küche angegraben hat, ist verschwunden. Das reale Leben kann wirklich hart sein.

»Ja.«

Greta taucht neben mir auf. »Fehlt irgendetwas?« In unserem Haus kommt nie etwas weg, weil Greta einen Bibliothekskatalog im Hirn hat. Wenn man sie nach einer Schere fragt, wird sie eine minutiöse Wegbeschreibung zu der Küchenschublade abliefern, wo besagte Schere liegt. Vermutlich kann sie sogar die Seriennummer nennen, wenn man es von ihr verlangt. Das ist eine Gabe, die ich nicht besitze. Wenn Greta nicht jeden Abend meine Autoschlüssel auf das Tischchen an der Haustür legen würde, könnte ich nie das Haus verlassen.

Ich weiß, wenn ich sie bitten würde, für mich ein unvollendetes, ausrangiertes Manuskript zu finden, das es noch nicht mal bis zu einem Arbeitstitel geschafft hat, könnte sie das. Aber ich will mich nicht unter ihre scharfäugige Aufsicht begeben. Das würde mich nur daran erinnern, dass ich in etwas verwickelt bin, das ich nicht erklären kann und das auch überhaupt keinen Sinn ergibt.

»Nein«, sage ich, »es fehlt nichts. Ich will unseren Gästen nur ein paar Seiten zeigen.«

Greta macht die Tür weit auf und lässt uns herein. Im Handumdrehen werden Aidan und Lily mit flauschigen Handtüchern, sauberen Kleidern zum Wechseln und einer Auswahl an Kosmetika in Reisegröße versorgt sein. Aidan legt Lily den starken Arm um die Taille. Diesmal ist zwischen ihnen kein Tageslicht zu sehen.

Ich folge ihnen nach oben und biege an meinem Arbeitszimmer ab. Sanft schließe ich die Tür. Die Luft hier drin fühlt sich dumpf und heiß an, als wäre sie außer Reichweite der Klimaanlage. Ich setze mich an meinen Schreibtisch. Streiche über das Holz. Mein Arbeitszimmer mag ja eine gewisse Zuflucht bieten, aber es sieht hier auch chaotisch aus. Auf sämtlichen Oberflächen liegen Papier- und Zeitschriftenstapel, Bücher, Kaffeetassen, Zettel mit Allisons Hausaufgaben, Werbepost und altbackene Bagelhälften. Greta hat hier keinen Zutritt, weil ich erstens befürchte, sie könnte einen Herzinfarkt bekommen, und ich zweitens nie wieder etwas finden würde. Ich weiß, wo was liegt. Gewissermaßen.

Meinen Berechnungen zufolge habe ich Clarissa und Evangeline vor zwölf Jahren erschaffen. Heutzutage läuft bei mir alles voll elektronisch, und ich bin stolz darauf. Mit Ausnahme meines Notizblocks am Bett, den ich nur für nächtliche Einfälle benutze, notiere ich mir alles entweder auf dem Tablet oder meinem Smartphone, und ich schreibe nur auf meinem Laptop. Doch damals, in den finsteren Zeiten, standen die Dinge anders. Mein System bestand aus einem kleinen schwarzen Notizbuch, das ich möglichst immer bei mir trug. Wenn mir etwas ein- oder auffiel, schrieb ich es auf. Das konnte die Art sein, wie ein Mensch sich bewegte, oder eine bestimmte Umgebung, die genau zu einer neuen Szene passte. Manchmal war es ein Dialogfetzen, den ich in einem Laden oder im Zug aufschnappte. Wenn ich mich dann zum Schreiben hinsetzte, blätterte ich erst mein Notizbuch nach passenden Kleinigkeiten durch, welche die Story, die ich im Kopf hatte, unterfüttern würden. Es war eine Schatztruhe an Details.

Aber manchmal vergaß ich das Notizbuch und schrieb die Sachen dann auf Kassenzettel oder Servietten aus dem Coffeeshop oder was eben gerade zur Hand war. Diese Notizen steckte ich in meine Handtasche und vergaß sie, bis ich wieder einmal Schreibpapier brauchte. Mein Arbeitszimmer war voller kleiner Zettel, von denen ich keinen wegwerfen konnte, weil er unter Umständen der Schlüssel zu einem speziellen Projekt war.

Ich ging dazu über, die Seiten aus den Notizbüchern und die wild herumfliegenden Papiere in eine Schuhschachtel zu räumen. Darauf stapelte ich die kleinen schwarzen Disketten, auf denen meine Entwürfe in elektronischer Form gespeichert waren. Manchmal beschriftete ich die Disketten, manchmal nicht. Manchmal verwendete ich sie als Untersetzer. Hin und wieder nahm Allison eine davon für ihre Kindergartenkunstwerke mit Glitzer, Kleber, Perlen und so weiter her. Gelegentlich verschwand eine Schuhschachtel oder wurde weggeworfen. Ich sagte, dass es ein System gab. Ich sagte nicht, dass es gut war.

Hinter mir befindet sich ein riesiger Wandschrank, wie man sie nur in Vorstädten findet. Ich bewahre darin Sachen auf, die ich selten benutze. Schneehosen, Parkas, die so fluffig sind, dass man kaum den Sicherheitsgurt vom Auto zubekommt, wenn man sie anhat, Cowboystiefel, die alle fünf bis sieben Jahre wieder in Mode kommen. Ich rolle mit meinem Bürostuhl hinüber und steige auf den Stuhl. Im obersten Fach befinden sich ein Dutzend Schuhschachteln. Sie sind alt. Das sehe ich daran, dass ich noch Größe 38 hatte, als ich sie gekauft habe, und Größe 38 trage ich seit meiner Schwangerschaft nicht mehr. Ich ziehe die Schachteln heraus und staple sie auf meinem Schreibtisch auf.

Ich nehme den Deckel von einer Schachtel, in der einmal ein Paar Stilettos mit Blumenmuster war, das ich genau ein Mal anhatte. Innen liegen Zettel und schwarze Disketten wild durcheinander. Ich erinnere mich, wie ich Allison ein Kinderbuch über Clifford, den großen roten Hund vorgelesen habe. In einer Szene setzt Emily Elizabeth, die Heldin, ihren kleinen Welpen Clifford auf einen Plattenteller, damit er ein wenig im Kreis fahren kann.

»Was ist das?«, fragte Allison und deutete auf den Plattenspieler. Und schon erklärte ich Allison alle veraltete Technik, bis hin zu Musik-CDs. Das Buch haben wir nicht mehr zu Ende gelesen.

Die Disketten gehören auch in diese Kategorie. Veraltet. Selbst wenn ich die gesuchte finde, wird mein Laptop nichts damit anfangen können. Die leise Hoffnung, die vorhin im Minivan an der Straße in mir aufgekeimt ist, ist ganz und gar an meine Notizzettel gebunden, die ziemlich an altes Konfetti erinnern. Mir sinkt der Mut. Das hier wird nichts bringen. Und zu versuchen, mich an diese Zaubersprüche zu erinnern, die ich vor zwölf Jahren geschrieben habe, ist den Versuch nicht wert. Ich werde doch nur Passagen aus Shakespeare-Sonetten hervorwürgen, die mein Vater mir in meiner Kindheit eingebläut hat. Und Sonette brauche ich nicht. Ich brauche Zaubersprüche.

Ich stecke eine Hand in die Schachtel und ziehe einen Zettel heraus. Meine Schrift ist furchtbar. Wird einem heutzutage in der Schule überhaupt noch Schönschreiben beigebracht, oder ist das ebenso veraltet wie Disketten und Plattenteller?

»Home Depot. Abteilung Seile. Die gelben. Nylon. Machen sie es im Bad drüben bei den Traktoren?«

Ich habe keine Ahnung, worum es bei dieser Notiz geht, doch meine Hexen sind bestimmt nie in den Baumarkt gegangen. Ich schließe die Schachtel und schiebe sie beiseite. Die nächste Schachtel beherbergte einst weitaus praktischere Schuhe, nämlich ein Paar Birkenstocks, die ich irgendwann durch hatte. Sie waren aus Lackleder, damit wirkte ich nicht zu hippiemäßig.

»Regen und Wind wie in Verstand und Gefühl. Sie rennen am Ende über ein Feld und fallen sich in die Arme. Aber sie hat sich das Bein gebrochen. Verletzung überarbeiten.«

Das ist es auch nicht. Ich stoße auf die Schachtel für ein Paar teurer Laufschuhe von Nike. Das entlockt mir ein Lächeln. An einem Samstag im Frühling war ich zehn Minuten lang eine Läuferin. Allerdings habe ich die Schuhe noch Jahre danach im Supermarkt getragen. Ich öffne die Schachtel.

»Evangeline jünger, hübscher, die wilde Schwester? Clarissa die bessere Hexe.«

Die schräge Schrift verrät mir, dass ich das beim Fahren notiert habe. Die letzten Worte gehen über den Rand des Flyers hinaus, der mir unter den Scheibenwischer gesteckt worden war und der irgendeine Hauslieferung oder eine Reinigung anpreist. Wenigstens habe ich die richtige Schachtel gefunden.

Bevor mich der Inhalt zu sehr in Aufregung versetzen kann, klingelt es an der Tür. Jason. Mein Herz macht einen Satz. Rasch stopfe ich alles in die Schachtel zurück und laufe nach unten. Es macht mir ein bisschen Angst, wie verzweifelt ich ihn sehen will.

27. Kapitel

Ohne zu fragen, stelle ich eine Flasche gekühlten Chardonnay auf den Küchentisch zwischen uns. Die Flasche schwitzt. Ich gieße zwei Gläser ein und bleibe neben dem Tisch stehen, die Schuhschachtel an die Brust gepresst. Jason lächelt.

»Wo sind deine Freunde?«, fragt er.

»Oben.« Ich nicke zur Decke. »Sie machen sich nach einem staubigen Tag in New York frisch. Dort draußen war es echt höllisch.« In mehr als einer Hinsicht.

»Woher kennst du die beiden denn?«

»Oh«, sage ich. »Freunde der Familie von früher. Freunde meiner Eltern. Der Sohn von Freunden meiner Eltern. Jüngeren Freunden.« Wie viel tiefer ich dieses Loch wohl noch graben kann und immer noch hoffen darf, dass ich wieder herauskomme?

»Also, ich bin froh, dass ich dich ein paar Minuten lang für mich haben kann«, sagt er. »Würdest du dich bitte setzen?«

Mir fällt auf, dass ich neben ihm stehe, das Weinglas in der Hand. Ich will mich nicht setzen. Sitzen bedeutet ernstes Gespräch. Aber ich tue, worum er mich bittet, und stelle die Schuhschachtel neben den Wein. Jason nimmt meine Hände. Lässt sie los. Trinkt. Seine Hände zittern. Er ist wirklich gekommen, um mich aus unserem Erotikvertrag zu entlassen. Traurigkeit erfasst mich, dabei habe ich mir noch nicht mal angehört, was er zu sagen hat.

»Und?«, frage ich. Draußen vor dem Fenster sehe ich Greta

im Rosengarten. Sie trägt grüne Gartenhandschuhe und hält eine Schere in der Hand. Jason atmet tief durch und reibt sich die Hände. Er ist nervös.

»Ich habe in letzter Zeit ziemlich oft über unser Arrangement nachgedacht«, sagt er schließlich.

Jetzt kommt's. Gleich werde ich gefeuert.

»Ich habe mir vorgenommen, in dieser Beziehung immer ehrlich zu sein. Ich habe mir vorgenommen, denselben Fehler nicht noch einmal zu machen. Diesmal würde ich sagen, was mir gefällt und was mir nicht gefällt. Ich würde mich besser behaupten. Du weißt schon. Dieses Zeug eben.«

Ich nicke und konzentriere mich auf sein Gesicht, aber so schlecht wie jetzt habe ich mich den ganzen Tag nicht gefühlt.

»Ich hab dich wirklich gern, Sadie. Eigentlich ist es mehr als wirklich gernhaben. Die ganze Zeit muss ich an dich denken. Ich stelle mir vor, dass du bei mir bist. Wenn ich etwas sehe, frage ich mich, was du dazu sagen würdest. Ich höre dich lachen. An sechs von sieben Tagen vermisse ich dich. Ich weiß, unser Arrangement bezieht sich auf nichts als Sex, aber es tut mir leid, ich kann an meinen Gefühlen nichts ändern. Vor allem will ich auch nichts daran ändern. Ich will es nicht mal versuchen.«

Ich werde rot. Ein rosiges, warmes Glühen erfüllt mich, was ungewohnt und tröstlich zugleich ist. An diesem Punkt habe ich schon öfter gestanden, nicht? Oder erinnere ich mich nur an Szenen, die ich mir auf irgendwelchen Zetteln notiert habe? Ich stelle mein Weinglas ab und ergreife Jasons Hände. Sie sind weich und fähig und wettergegerbt. Eigentlich gar nicht so anders als meine. Ich lege eine an meine Wange und halte sie dort fest. Mir ist klar, dass er auf eine Antwort wartet.

Bevor ich etwas sage, will ich mich ein wenig an diesem Gefühl wärmen. Ich will seine Weichheit erforschen, sein Wispern, das pochende Herz. Ich will mich daran erinnern, wie es mein Gesicht verwandeln kann, die Dunkelheit hinter meinen Augen erhellen. Ich will mich daran erinnern, weil ich, sobald ich den Mund aufmache, alles verderben werde.

»Mir geht es genauso«, sage ich. Und so ist es. Das warme Glühen strömt in die Zwischenräume, die ich zwischen den ganz verschiedenen Teilen meines Selbst – Mutter, Autorin, Geliebte, Geldverdienerin – lasse, und für einen Moment fühle ich mich ganz. Zum Glück wird dieses Gefühl so schnell vorüber sein, dass ich mich später nicht mehr an die Einzelheiten erinnern werde oder daran, wie tief es ging.

Jason wirkt erleichtert. Er streicht mir mit dem Daumen über die Wange. Ich beuge mich über den Tisch, stoße dabei gegen das Weinglas und küsse ihn. Wenn das eines meiner Bücher wäre, hätten wir es hier auf der Stelle getrieben. Hätten unser gegenseitiges Bekenntnis, dass wir uns gernhatten, mit einer guten alten Nummer auf dem Küchentisch besiegelt. Aber das hier ist kein Roman. Das ist das wahre Leben. Und ich muss meine Sünden beichten, soweit vorhanden.

»Ich bin so froh«, sagt er und entzieht sich mir. »So froh, Sadie. Und es ist nicht bloß Sex. Ich meine, zuerst schon, deswegen sind wir ja überhaupt erst zusammengekommen, nicht? Und ich will nicht so klingen, als wäre der Sex nicht gut. Er ist wunderbar. Ich war noch nie mit jemandem wie dir zusammen. Aber ich will dich ausführen, vor meinen Freunden mit dir angeben. Ich will deine Tochter kennenlernen. Ich will Teil deines Lebens sein, nicht nur am Freitagmorgen. Tut mir leid, ich plappere, aber ich bin einfach so froh, das ist alles.«

Nun, Jason, vielleicht solltest du den Gedanken festhalten.

»Es gibt da etwas, was ich dir sagen muss.« Für eine Frau, deren Kapital die Sprache ist, fehlen mir nun ziemlich viele Worte. Wie um alles in der Welt soll man einem vernunftbegabten Menschen, ja, einem Anwalt erklären, was sich hier abgespielt hat?

»Du kannst mir alles sagen, Sadie. So wünsche ich mir unsere Beziehung.«

»Moment mal«, sage ich. »Ich muss etwas holen.« Ich laufe nach oben, schnappe mir meinen Laptop und renne in die Küche zurück. Dort schiebe ich die Weingläser beiseite und stelle das Gerät auf den Tisch.

»Sadie?«

Ich klappe es auf. Das Manuskript von *Geraubte Geheimnisse* ist unverändert, komplett mit Clarissa und einem halben Kapitel, das ich nicht geschrieben habe. Ich hebe gerade an, das ganze Chaos zusammenzufassen, als uns ein Donnerknall von oben ablenkt. Es klingt, als wäre jemand auf den Boden gefallen.

»Was war das?«, fragt Jason. Er ist bereit, in Aktion zu treten und mein Ehre gegen plündernde Einbrecher zu verteidigen, die von oben über uns hereinstürmen.

»Keine Sorge. Das ist nichts weiter.« Doch ich freue mich irrsinnig über seine Reaktion. Es ist nett, romantisch. Das einzige Mal, als wir in Manhattan einem Straßenräuber begegnet sind, hat Roger sich buchstäblich hinter mir versteckt. Ich war so damit beschäftigt, Brieftaschen und Uhren und Zeug herauszuholen, um sie dem völlig bekloppten Typen zu geben, dass mir Rogers Reaktion erst später richtig bewusst wurde. Und dann, muss ich sagen, war ich davon nicht sonderlich überrascht.

»Es klingt, als wäre jemand gerade aus dem Bett gefallen.« Jason starrt immer noch zur Decke.

Das könnte durchaus sein. Wenn ich raten müsste, würde ich sagen, meine Gäste absolvieren eine Runde athletischen Versöhnungssex, der im Übrigen immer für mindestens ein heißes Kapitel gut ist.

28. Kapitel

Jason starrt mit gerunzelter Stirn zur Decke.

»Bist du sicher, dass ich nicht raufgehen und nachschauen soll?«

»Ja. Das ist nicht nötig, wirklich nicht. Ich will dir etwas vorlesen.« Verwirrt schüttelt er den Kopf. Er versucht herauszufinden, wie wir von einem Gespräch über uns und das neue Stadium unserer Beziehung zu »Laut vorlesen mit Sadie Fuller« gekommen sind. Bevor er seine Erklärung zurücknimmt und Reißaus nimmt, schenke ich ihm Wein nach und lese ihm die drei Kapitel von *Geraubte Geheimnisse* vor.

»Das ist gut«, sagt Jason, als ich fertig bin. »Weiß dein Freund Aidan, dass er in deinem Buch vorkommt? Nicht dass ich dir daraus einen Vorwurf machen könnte, er ist perfekt dafür.«

Ich räuspere mich. Meine Hände zittern. Ich warte darauf, dass die Panik ihr hässliches Haupt erhebt, doch sie bleibt weg.

»In Wirklichkeit kommt er aus meinem Buch«, sage ich. »Er ist dem Buch entsprungen.«

»Es ist sehr realistisch«, stimmt Jason zu. Offenbar hat er mich nicht verstanden. Aber vielleicht ist das, was ich gesagt habe, auch nicht zu verstehen.

»Nein«, sage ich langsam. »Ich habe ihn erfunden, und dann ist er hier *erschienen*. Im Target. Anschließend habe ich ihn aus dem Krankenhaus gerettet. Aber für den Teil mit den Hexen kann ich nichts. Ich meine, ich habe Clarissa erschaffen, aber nicht für diesen Roman, deswegen verstehe ich auch nicht, warum sie hinter Aidan her ist. Und den letzten Teil, den ich dir vorgelesen habe, habe ich gar nicht geschrieben. Der Teil ist einfach ... irgendwie ... auf meinem Bildschirm aufgetaucht.«

Jason rückt vom Tisch ab, schafft Raum zwischen uns. Das ist der Anfang vom Ende. Aber vielleicht hätte er mir demnächst gestanden, dass er die Republikaner wählt, dann wäre das mit uns auch nichts geworden. Mir wird schwach ums Herz.

»Also jetzt mal Klartext«, sagt Jason in einem Tonfall, den ich oft bei Allison verwendet habe, als sie ein Kleinkind war. »Du sagst mir, die Figuren aus deinem halbfertigen Roman sind zum Leben erwacht? Wie Frosty der Schneemann?«

»Ja.« Ich weiche seinem ungläubigen Blick aus. »Nur dass ich die Geschichte nicht länger unter Kontrolle habe. Clarissa hat sie in ihre Gewalt gebracht. Kannst du mir da folgen?«

Das darauf eintretende Schweigen ist tief. Ich glaube, ich könnte darin tatsächlich für einige Zeit verschwinden. Jason stellt sein leeres Glas ab, faltet die Hände im Schoß und betrachtet mich mit schmalen Augen.

Ich gehe zum Weinkühlschrank und nehme eine neue Flasche heraus, eine mit praktischem Schraubverschluss. Ich gieße etwas in mein Glas und gehe in der Küche auf und ab. Meine bloßen Füße bleiben an den Fliesen kleben. Da ich nichts mehr zu verlieren habe, gehe ich aufs Ganze.

»Ich muss sie zurückschicken, Jason. Und ich glaube, mit einem Zauberspruch wäre es zu schaffen. Aber wie funktioniert das? Wie kriege ich das hin? Ich brauche Hilfe.«

Ich an Jasons Stelle würde mich jetzt ja höflich für den Wein und die paar Monate Sex bedanken und schauen, dass ich schnellstens das Haus verlasse. Sobald ich im Wagen säße, würde ich ein Dankgebet zu jenen Göttern schicken, deren Eingreifen ich mein unblutiges Entkommen verdanke. Und ich würde nicht zurückgehen. Niemals. Nie. Irgendwo haben wir doch alle den Verdacht, dass Wahnsinn ansteckend sein könnte.

Doch Jason ist nicht ich. Er spielt auf Zeit, indem er sein eigenes Weinglas nachfüllt, zum Tiefkühlschrank geht und sich ein paar Eiswürfel holt. Dann setzt er sich wieder und nippt an dem Wein, als tränke er Tee mit der Queen. Seine wohlbedachten Bewegungen verraten nicht, was er denkt. Ich höre auf, hin und her zu gehen, setze mich und warte.

Nach kurzer Zeit steht er wieder auf. Ich rechne damit, dass er jetzt Reißaus nimmt. Aber er wendet sich nicht Richtung Ausgang. Stattdessen verlässt er die Küche und geht zur Treppe. Ich rappele mich hoch und laufe ihm nach. Er nimmt zwei Stufen auf einmal und ist im ersten Stock, ehe ich ihn aufhalten kann.

»Was hast du vor?«, rufe ich ihm nach.

»Die Zeugen befragen«, erwidert er. Die Tür zum Gästezimmer ist abgesperrt, doch das Schloss taugt nicht viel. Ein energischer Stoß mit der Schulter, und es lässt dir deinen Willen. Jason wirft sich hart und schnell dagegen, und die Tür springt auf.

»Was zum Teufel?«, ruft Aidan. Darauf ist ein empörter Aufschrei von Lily zu hören. Ich linse ins Zimmer. Sie liegen unter der Bettdecke, im ganzen Zimmer sind Kleider verstreut. Ich hatte recht mit dem Versöhnungssex.

»Sind Sie aus einem fiktiven Universum oder nicht?«, will Jason wissen. Seine Frage illustriert, wie weit wir vom Weg der Vernunft abgekommen sind; es schockiert mich, dass er die Frage überhaupt über die Lippen bekommt. Aidan sieht mich ratsuchend an. Ich nicke. Nur zu. Beantworte die Frage.

»Ja«, sagt Aidan. Lily wendet den Blick ab, kneift die Augen zusammen.

»Und Sie wurden von einer Hexe namens Clarissa hierher verbannt, wie es im Manuskript steht?«

»Ja«, sagt Aidan wieder und zieht die Decke bis zum Kinn hoch. Ohne weiteres Wort knallt Jason die Tür zu und stapft die Treppe hinunter. Ich folge ihm auf den Fersen. Unten angekommen, setzt er sich auf die Treppe, stützt die Ellbogen auf die Knie und legt den Kopf in die Hände.

»Ich bin Rechtsanwalt, Sadie«, sagt er, ohne mich anzusehen. Ich lege ihm eine Hand auf die Schulter. Er schreckt vor meiner Berührung zurück, und ich lege die Hände im Schoß zusammen. Wieder wird mir schwach ums Herz.

»Das Kapital eines Anwalts besteht aus Logik und stützenden Beweisen. Du kennst die Filme, in denen der Anwalt vor Gericht aufsteht und eine leidenschaftliche Rede zugunsten des zu Unrecht beschuldigten Angeklagten hält?«

»Ja.«

»Nun, so etwas passiert nur in Filmen. Meistens schieben wir Absätze in Verträgen wie Puzzleteilchen herum und hoffen, dass wir ein paar Dinge mit hineinschmuggeln können, welche die Gegenseite übersieht.«

Er wendet sich mir zu. Seine Augen brennen.

»Das ist zwar nicht aufregend, Sadie, aber es gehört nun mal zu mir. So bin ich.«

Ich werde nicht weinen. Ich weine nie, außer, mir würde eine Gliedmaße abgetrennt. Irgendwie weiß ich, dass ich, wenn ich jetzt anfange, nie wieder aufhören werde, und ich kann mir nicht mal vorstellen, einen einzigen Tag so zu verbringen. Doch der Schmerz in meiner Brust ist schwer zu bezähmen.

»Und jetzt kommt es«, sagt Jason und schüttelt den Kopf, »ich kann selbst nicht fassen, dass ich das sage, aber selbst wenn du übergeschnappt bist, was ich auf Grundlage der jüngsten Beweise wohl annehmen muss, so ist mir das egal. Ich bin bereit, bei jedem Spiel mitzumachen, das du spielst.«

Die Worte hängen zwischen uns, und die Luft riecht plötzlich süß.

»Was?« Ich bin mir nicht sicher, ob ich ihn richtig verstanden habe.

»Ich war lange Zeit mit einer Frau verheiratet, die mich nicht sonderlich leiden konnte. Wenn ich es mir recht überlege, mochte ich sie auch nicht sehr. Mit dir habe ich in den letzten Monaten mehr gelacht als mit ihr während unserer ganzen Ehe. Und es fühlt sich gut an, als hätte ich etwas gefunden, von dem ich gar nicht wusste, dass es mir abgeht. Du betrachtest die Welt auf eine Art, bei der mir leichter ums Herz wird. Daher ist es mir egal, was du treibst. Ich will mitmachen, wenn du mich lässt.«

Er nimmt meine Hände und zieht mich zu sich herab. Ich beuge mich zu ihm und küsse ihn. Er riecht gut, sauber, als hätte er geduscht, bevor er rüberkam.

»Sadie«, flüstert er mir ins Haar, und ich spüre, dass er lächelt.

Die Freude kann schwer fassbar sein. Manchmal muss man auf die Straße treten, um sie einzufangen, selbst wenn man weiß, dass man dabei Gefahr läuft, von einem Bus überfahren zu werden.

»Lass mich daran teilhaben«, sagt er. »Ich will mitmachen.« Seine Worte klingen wie ein Gebet, wie ein Mantra. Sie klingen wie etwas Gutes.

29. Kapitel

»Augenblick.« Jason starrt entsetzt in meine Schuhschachtel. Allmählich glaube ich, dass er zu den Leuten gehört, die nie etwas Wertvolles in einer unbeschrifteten Schuhschachtel aufbewahren würden. Ist unsere Beziehung jetzt schon zum Scheitern verurteilt? »Sag das noch mal.«

»Ich habe Clarissa schon vor längerer Zeit erfunden«, wiederhole ich. »Damals dachte ich, ich könnte einen Fantasy-Liebesroman schreiben, doch es stellte sich heraus, dass ich das nicht kann, und so habe ich das ganze Projekt vergessen.« Ich kippe den Inhalt der Schuhschachtel auf den Tisch. »Und ich hoffe, dass ich hier etwas finde, was Klarheit in die Sache bringt. Vielleicht finde ich sogar den richtigen Zauberspruch oder so.«

»Du erinnerst dich nicht daran?«

Ich schreibe vier Romane im Jahr, dazu mindestens so viele Fehlstarts. Genauso wahrscheinlich wäre, dass ich mich an alle Klassenkameraden in der Vorschule erinnere.

»Erinnerst du dich an jede deiner Gerichtsverhandlungen?«

»Selbstverständlich.« Na, das überrascht mich nicht.

Den meisten Leuten gelingt es, sich für ein paar Stunden in einem dunklen Kino oder für ein paar Kapitel vor dem Einschlafen voll und ganz auf eine Geschichte einzulassen. Das gehört zu den grundlegenden Freuden im Leben. Doch von Jason verlange ich einiges mehr. Ich verlange von ihm, die Grenze zwischen Realität und Fantasie verschwimmen zu lassen. Ich verlange von ihm, dass er an einem Schnürsenkel ins Leere springt. Natürlich könnte es funktionieren, aber wir könnten auch als Fleck unten im Canyon enden.

»Tut mir leid«, sage ich abrupt. »Das alles. Es ist ziemlich viel.«

»Das braucht es nicht«, sagt er. »Irgendwie macht es … Spaß.«

Seiner Miene entnehme ich, dass Jason allmählich begreift, dass Spaß kein Luxus ist, sondern eine Notwendigkeit, um geistig gesund zu bleiben. Er wirkt überrascht.

»Ein seltsames Wort dafür, nicht?«, sagt er.

»Wenn du Clarissa erst einmal begegnet bist, wirst du es vielleicht für keinen so großen Spaß mehr halten.«

»Erzähl mir von ihr.« Er lässt den Wein im Glas kreisen. »Erzähl mir von Clarissa und den Zaubersprüchen. Vielleicht fällt uns dabei etwas ein.«

Dass meine Hexengeschichte unvollendet blieb, ist nicht weiter ungewöhnlich. Ich habe Dutzende von unfertigen Manuskripten in den Schubläden. Manche sind nur eineinhalb Seiten lang, andere hunderte. Aber sie sind samt und sonders nicht mehr zu retten. Wenn ich ein Projekt einmal aufgegeben habe, setze ich mich nie wieder daran. Für mich wäre das so, als wollte man eine gescheiterte Liebe oder eine zerbrochene Ehe wiederbeleben, vor allem, wenn man weiß, dass es zwecklos ist.

Dennoch habe ich oft an die Charaktere gedacht, die mittendrin hängen gelassen werden, einen Anfang und möglicherweise eine Mitte haben, aber kein Ende. Wenn ich akzeptiert habe, dass aus einem Projekt einfach nichts werden wird, könnte ich nachts manchmal schwören, dass ich sie betteln höre, es doch noch einmal zu versuchen. Rette uns, schreien sie. Lass uns nicht für alle Zeiten hier in der Schwebe. Lass uns nicht unvollendet. Die Vorstellung, dass sie tatsächlich mit mir geredet haben könnten, dass ich mein Zimmer mit jeder Menge zorniger, halb ausgegorener Figuren geteilt habe, ist ein wenig beunruhigend.

Mich schaudert bei dem Gedanken. Doch Jason hat nach Clarissa gefragt. Ich krame in den Notizen, breite sie vor uns aus und zwinge mich, mehr als zehn Jahre zurückzublicken. Und das erzähle ich ihm:

Clarissa Barnes war 212 Jahre alt, sah aber keinen Tag älter als 25 aus; einer der Vorteile, wenn man eine Hexe ist. Im langen Lauf ihres Lebens war sie zu beträchtlichem Wohlstand gekommen, indem sie reiche Männer heiratete und abwartete, bis sie starben. Ein nicht besonders netter Gentleman brauchte ein wenig Unterstützung, um aus dem Leben zu treten, doch das kostete sie keine schlaflosen Nächte.

Clarissa lebte mit ihrer Schwester Evangeline Barnes. Evangeline war erst 208 und nutzte jede Gelegenheit, Clarissa diese Tatsache unter die Nase zu reiben. Trotzdem, beide Schwestern wussten, dass Clarissa die Mächtigere von ihnen war. Sie hatte ihre Fähigkeiten im Lauf der Jahrzehnte verfeinert, und inzwischen gab es nicht mehr viel, was sie nicht mit einem einfachen Spruch oder Zauber bewirken konnte.

Wenn man alt und mächtig war, neigte man leicht zur Langeweile. Es fiel den Schwestern immer schwerer, Wege zu finden, sich zu unterhalten. Klar, hin und wieder spukten sie herum und genossen die Panik und das Kreischen ihrer Opfer, aber das Hochgefühl hielt nicht lang an. Am nächsten Tag schauten sie schon wieder in ihre Kristallkugeln und spielten mit dem Wetter in Florida herum.

Als Clarissa eines Tages einmal wieder aus dem enormen

Panoramafenster ihrer Villa an der East Sixty-Third Street schaute, erblickte sie einen Mann. Er war jung, breitschultrig, schmalhüftig. In der traditionellen blauen Uniform eines New Yorker Streifenpolizisten sah er aus wie ein Aushängeschild für den Polizeivollzug. Er stand auf dem Gehsteig und starrte zu ihrem Haus empor, nahm seine Mütze ab und fuhr sich durch das dunkle, dichte Haar. Er wickelte sich ein paar Strähnen um den Zeigefinger, fast, als wäre er nervös. Dabei fiel Clarissas Blick auf eine verblasste Narbe an seiner Stirn, die von irgendeinem lang vergangenen Trauma stammen musste. Die Sonne spiegelte sich so grell in seiner Pilotensonnenbrille, dass Clarissa den Blick abwenden musste.

Sie rieb sich die Augen, um die Sonnenflecken loszuwerden, und wandte sich ihm wieder zu. Der junge Mann winkte ihr, zur Tür zu kommen. Die Schwestern bemühten sich sehr, nicht aufzufallen, daher leisteten sie den Anweisungen der Polizei stets Folge. Nicht ohne Erregung ging Clarissa zur Tür. Der Mann hatte etwas an sich, ein geheimes Schwelen, als wartete er nur auf eine Gelegenheit, sich auf ein unschuldiges junges Mädchen zu stürzen. Clarissas Herz vollführte einen schwindeligen Tanz, und das Wasser lief ihr im Mund zusammen.

»Entschuldigen Sie, Ma'am«, sagte der Cop, als Clarissa die massive Holztür weit aufmachte. Er nahm die Sonnenbrille ab und schenkte ihr ein freches Grinsen, das verriet, dass er sich seiner Wirkung auf Frauen durchaus bewusst war. Er würde nicht lang Streifenpolizist bleiben. Als er näher kam, fiel Clarissa auf, wie scharf sich seine grünen Augen von dem blassen, klaren Teint abhoben. Die Kombination brachte sie aus dem Gleichgewicht. Halt suchend fasste sie an den Türrahmen.

»Bitte entschuldigen Sie die Störung«, sagte der Cop. »Aber ich bin gerade bei Ihnen vorbeigekommen und habe gesehen, dass ein Fenster ein Stück offensteht.« Er deutete auf eine riesige Fenstertür, die in der Tat weit offen stand. »Die sollten Sie besser schließen. Nur für alle Fälle.«

Evangeline malte gern im Empfangszimmer und ließ oft das Fenster offen, um nicht an den Dämpfen der Ölfarbe zu ersticken. Hauptsächlich malte sie Landschaftsbilder der Hölle, zumindest so, wie sie sich die Hölle vorstellte. Clarissa fand die Bilder grässlich, aber die ganzen Neureichen im West Village rissen sich darum.

»Ah«, sagte Clarissa. »Meine Schwester ist recht vergesslich. Ich mache sie gleich zu. Vielen Dank fürs Aufpassen.«

»Nun, man kann nicht vorsichtig genug sein, nicht wahr? Wer weiß, was für Typen sich hier herumtreiben.« Der Streifenpolizist lachte.

»Wie wahr«, stimmte Clarissa zu. »Das weiß man nie.«

»Also dann, guten Tag, Ma'am«, sagte der Cop und setzte sich die Mütze auf.

Oh, er durfte nicht gehen! Noch nicht! Sie stellte fest, dass sie sich auf ungewohnte, körperliche Weise nach seiner Nähe sehnte. Sie wollte ihm tief in die Augen blicken und sehen, wofür er brannte. War es Begehren oder Macht? Wer *war* dieser Mann?

Evangeline verliebte sich ungefähr alle zwanzig Jahre. Es war immer klebrig, laut und chaotisch und erreichte unweigerlich den Punkt, an dem Clarissa ein paar Zaubersprüche loslassen musste, um sämtliche beteiligten Parteien auf diverse Parallelwelten zu verteilen, damit sie ein wenig Ruhe bekam. Danach tat Evangeline all der Aufruhr immer ehrlich leid, doch nach ein, zwei Jahrzehnten ging es wieder von vorn los.

»Du verstehst die Liebe einfach nicht«, klagte sie, wenn Clarissa sie daran erinnerte, wie übel es immer ausging. »Wie ich mich fühle, wenn ich in den Armen meines Geliebten liege, die Vorfreude, das Verlangen. Es ist mit sonst nichts zu vergleichen.«

Doch Clarissa verstand die Liebe durchaus. Sie beobachtete ihre Auswirkungen seit über zwei Jahrhunderten. Die Liebe machte einen verletzlich und schwach. Sie machte einen dumm und unvorsichtig. Statt einen zu erfüllen, zerriss sie einen weitaus öfter in Stücke. Die Liebe war etwas für Dummköpfe, und Clarissa war kein Dummkopf.

Doch im Augenblick fühlte sie sich gar nicht wie sie selbst. Sie lächelte den Polizisten an.

»Kommen Sie doch auf einen Kaffee herein. Als Belohnung für Ihre Wachsamkeit.«

»Danke für das Angebot, Ma'am«, sagte er, »aber ich bin im Dienst.«

Blumen funkeln
Seht mein Herz
Licht im Dunkeln
Bereitet den Schmerz.

Clarissa skandierte die Verse so leise, dass der Polizist nicht einmal bemerkte, wie sich ihre Lippen bewegten. Er sah verwirrt aus, als hätte die Zeit einen Satz gemacht und er hätte es nicht mitbekommen.

»Sagten Sie Kaffee?«, fragte er.

»Bitte sehr«, meinte Clarissa und trat beiseite. »Kommen Sie herein und gesellen Sie sich zu mir.«

»Na, ich glaube, das ist schon okay.« Er wirkte immer noch

leicht betäubt. »Nur für einen Augenblick. Der Chief sagt immer, man soll die Leute in der Nachbarschaft kennenlernen.«

»Na also.« Clarissa ließ die schwere Tür mit einem Rums zufallen, bei dem er zusammenzuckte. »Sie folgen nur Ihren Befehlen. Sie sind gut in Ihrem Job, das sehe ich sofort. Darf ich Ihnen die Mütze abnehmen?«

Sein Name war Officer Perkins. Er war fünfundzwanzig. Er hatte große Hände und Zähne, bei deren Anblick jeder Kieferorthopäde vor Verzücken in Ohnmacht fallen würde. Seine breite Brust füllte die Uniform so aus, dass die goldfarbenen Knöpfe in der Mitte einer harten Belastungsprobe ausgesetzt waren. Er nahm gegenüber von Clarissa Platz, die lächelnd dasaß und an einer aus dem Nichts herbeigezauberten Tasse Kaffee nippte. Das Herbeizaubern war natürlich geschehen, als Officer Perkins ihr den Rücken zugekehrt hatte, sie wollte den Mann ja nicht gleich ins kalte Wasser werfen.

Sie plauderten liebenswürdig über die Nachbarschaft, doch die Luft ringsum knisterte vor Spannung. Schließlich waren sie zwei schöne Menschen, die sich einen relativ kleinen Raum teilten. Als Clarissa Officer Perkins schließlich zur Tür brachte, keimte in ihrer Brust bereits ein ziemlich böser Plan.

»Evangeline, komm sofort her!«

Evangeline erschien umgehend neben Clarissa, als hätte sie um die Ecke gestanden und gelauscht.

»Liebste Schwester, warum schreist du denn so?«

Clarissa nahm Evangelines Hand und grinste spitzbübisch. Das heißt, bei einem kleinen Kind hätte es spitzbübisch ausgesehen. In Clarissas Gesicht wirkte es schlicht gemein.

»Ich glaube, ich habe für uns einen Zeitvertreib für die nächsten Monate gefunden.«

»Oh, sag schon, liebste Schwester. Ich langweile mich so schrecklich, dass ich angefangen habe, mit dem Aktienmarkt zu spielen.«

»Ich habe eben einen Mann kennengelernt. Einen Polizisten. Jung, attraktiv, eventuell menschlicher Dunkelheit fähig. Jedenfalls war er besorgt, weil unsere Fenstertür aufstand.«

»Weiter«, drängte Evangeline.

»Ich schlage eine Wette vor«, sagte Clarissa. »Einen kleinen freundschaftlichen Wettbewerb.«

Evangeline runzelte die Stirn. »Du erinnerst dich, was beim letzten Mal passiert ist?«

Clarissa wischte die Frage mit einer Handbewegung vom Tisch. »Das war ein Unfall. Ich glaube, daraus haben wir beide gelernt, meinst du nicht?«

Evangeline zuckte mit den Achseln. »Vermutlich. Ich kann mir jedenfalls mal anhören, was du zu sagen hast.«

»Sein Herz«, erklärte Clarissa direkt. »Wer gewinnt sein Herz!«

»Das ist es? Das ist die Aufgabe? Das Herz eines Sterblichen gewinnen?«

Clarissa nickte.

»Meine Güte, liebste Schwester, du setzt immer noch einen drauf bei unserer Hexerei. Brillant! Ein Liebestest! Und wenn der Wettbewerb entschieden ist?«

»Die Gewinnerin kann mit Officer Perkins machen, was sie will.«

»Oh, liebste Clarissa!« Evangeline warf ihrer Schwester die Arme um den Hals. »Ich nehme an. Das Spiel läuft!«

Und so begann der Versuch, Officer Perkins dazu zu bringen, sich in eine der beiden Barnes-Schwestern zu verlieben. Sie versuchten es mit allen Mitteln: mit Liebestränken, magischen Formeln, Beschwörungen, Zaubersprüchen. Sie präsentierten sich als experimentierfreudige Gespielinnen, als Naive, unschuldige Schulmädchen und als Huren. Es gab keine Grenzen, nichts, was sie nicht ausprobieren würden. Und wie Sie sich vielleicht vorstellen können, genoss Officer Perkins diesen Aspekt des Spiels, von dem er nicht wusste, dass er es spielte, ganz immens und beschloss, die Situation nicht zu genau zu hinterfragen, weil er befürchtete, sie könnte sich dann ändern. Und so nahm das Spiel seinen Lauf, alle amüsierten sich königlich, wenn auch auf unterschiedliche Weise, bis Evangeline sich selbst in ihn verliebte. Das verkomplizierte die Sache natürlich.

Zuerst sah Clarissa nicht, was da passierte. Hexen verliebten sich einfach nicht in Menschen. Seit Anbeginn der Zeit hielten sie sich an ihresgleichen. Dass Evangeline nun etwas für diesen schlichten Sterblichen empfand, war einfach grotesk. Doch all die Anzeichen waren vorhanden. Sie ging mit einem abwesenden Lächeln durchs Haus. Sie konnte nicht essen. Sie seufzte dauernd, unterbrach dabei oft Clarissas Gedankengänge. Manchmal verschwand sie stundenlang und war dann einfach wieder da, ohne ihre Abwesenheit zu erklären. Sie begann, völlig harmonische Landschaften zu malen.

Man konnte Clarissa keinen Vorwurf daraus machen, dass sie es nicht früher erkannte, schließlich waren seit Evangelines letzter katastrophaler Affäre fünfundzwanzig Jahre vergangen, und Clarissa hatte sich große Mühe gegeben, das Ganze zu vergessen. Nachdem sie die Sterne konsultiert hatte, war Clarissa jedoch klar, dass ihr nichts anderes übrig blieb, als ihre Schwester zu konfrontieren und das Spiel zu beenden. Inzwischen war es kein Spaß mehr. Es war gefährlich geworden.

Clarissa wartete im Salon, wo im Kamin ein Feuerchen brannte, als Evangeline durch eine der Hintertüren hereingeschwebt kam. Sie bemerkte Clarissa kaum, als sie an ihr vorbeikam, und murmelte etwas vor sich hin, was nach einem Liebeszauber auf dem Niveau eines Teenagers klang.

»Du kannst ihn nicht haben, das weißt du«, sagte Clarissa. Ihre Stimme ließ Evangeline abrupt innehalten. Die Schwestern starrten sich im düsteren, flackernden Licht an. »Er ist ein Sterblicher. Du kannst nicht auf die andere Seite wechseln. Das wäre dein Ende.«

»Liebste Schwester«, sagte Evangeline nach einem Augenblick, »wie nett von dir, dass du auf mich gewartet hast. Und danke, dass du dich um mein Wohlergehen sorgst.«

»Das Spiel ist vorbei«, sagte Clarissa. »Du musst ihn gehen lassen.«

Evangeline atmete scharf ein, und ihre eckigen Züge verzerrten sich.

»Warum? Damit du ihn für dich haben kannst? Das willst du doch, oder?«

Clarissa fuhr zurück. Wie konnte Evangeline es wagen, ihr so etwas zu unterstellen! Doch ihre Schwester sprach weiter.

»Du liebst ihn«, zischte Evangeline. »Und zwar vom ersten Tag an, als du dieses Spiel vorgeschlagen hast. Ich sehe es dir doch an. Aber es ist zu spät. Er liebt mich. Das hat er so gut wie gesagt.«

Clarissa heulte vor Zorn. Die Wände ihres Heims wackelten. Evangeline hatte recht. Mit *allem*.

30. Kapitel

Jason sitzt auf der Stuhlkante, die Lippen leicht geöffnet.

»Und?«, fragt er und reißt die Augen auf.

»Und was?« Ich habe meine Zettel in kleine Haufen sortiert, nach Größe geordnet. Nicht besonders effizient, aber es sieht wenigstens ordentlich aus.

»Wie geht es *weiter?*«, ruft Jason. »Wie geht es mit den Schwestern weiter?«

»Das weiß ich nicht. Ich habe es nie zu Ende geschrieben.«

»Warum nicht?«

»Ich wusste nicht, was ich als Nächstes schreiben sollte. Außerdem habe ich damals gerade Roger kennengelernt, glaube ich, und bin mit Allison schwanger geworden, das hat mich ziemlich abgelenkt. Und Fantasy ist nicht ganz leicht. Ich weiß es, ich habe es probiert.«

»Wird das oft vorkommen?« Jason lehnt sich zurück und wischt sich die verschwitzte Stirn am Hemdärmel ab. Er könnte damit so viele Dinge meinen, dass ich nicht wage, ihm zu antworten. »Weil ich nicht sicher bin, ob ich damit zurechtkomme. Geschichten ohne Ende, ohne Lösungen. Das könnte mich wahnsinnig machen.«

»Liest du denn jedes Buch zu Ende, das du anfängst?«

»Immer.«

Merkwürdig, wie man die Details durch eine andere Linse betrachtet, wenn eine Beziehung Aussicht auf Bestand hat. Als Jason einfach mein Freitagmorgenbettgefährte war, war es mir nicht wichtig, ob er seine Bücher zu Ende las oder sich an jedes Detail jedes Ereignisses in seinem Leben erinnerte. Jetzt schon.

Und ich bringe es einfach nicht übers Herz, ihm zu sagen, dass mir eine Idee für einen Roman kommen kann, während ich im Supermarkt an der Kasse stehe, ich sie aber schon wieder als Mist verworfen habe, wenn meine Einkäufe verpackt sind. Das kommt sogar ziemlich oft vor. Wenn es einmal aufhört, wird das der Tag sein, an dem ich Wirtschaftsprüferin oder Personal Trainerin werde.

»Du nicht?«, fragt Jason.

Ich schüttele den Kopf. Wenn ein Roman mich nicht auf den ersten fünfzig Seiten fesselt, lege ich ihn weg. Ich werde jeden Tag älter. Da habe ich keine Zeit zu verschwenden an Bücher, die mir nicht gefallen.

»Nicht immer«, sage ich.

»Okay«, sagt Jason und schüttelt das Gesprächsthema ab, wie ein Hund Wasser abschüttelt. Er blättert ein kleines Notizbuch durch, das er aus einer Tasche genommen hat, und fährt mit dem Finger über die Seite.

»Du machst dir Notizen?«

»Der Teufel steckt im Detail«, sagt er. Er würde einen prima Lektor abgeben, wenn ihn die Rechtswissenschaft irgendwann langweilt. »Der Cop, Perkins, zwirbelt sich das Haar?«

»Ja.« Ich nehme eine Strähne meines Kraushaars zwischen die Finger, um es zu demonstrieren.

»Und er hat eine Narbe?«

Ich nicke, fixiere ihn, als könnte er jeden Augenblick das Geheimnis des Universums enthüllen.

»Und er hat ...«, Jason hält inne, »... ein geheimes Schwelen an sich? War das die Formulierung?«

Ja. Wenn man es aus dem Kontext reißt, klingt die beste erotische Beschreibung komisch. Doch Jason lacht nicht.

»Sadie?«, fragt er.

»Jason?«

»Denkst du *immer* noch nicht, was ich denke?«

»Ich weiß nicht. Tue ich das?«

Entnervt verzieht er das Gesicht. »Der Mann in deinem Gästezimmer«, sagt er. »Zufall, oder gefallen sie dir einfach so?«

Nein. Mir gefallen Männer wie du. Nur wie du. Und, wichtiger noch, Zufälle darf es nicht geben. Wenn doch, hat der Plot Löcher, die groß genug sind, um die Geschichte zu schlucken. Am liebsten würde ich über den Tisch springen und Jason umarmen, weil er so detailversessen und nett ist und plötzlich auch ziemlich heiß, und das nicht wegen des Wetters.

»Aidan ist auch recycled«, sage ich atemlos. »Er ist der Cop!«

Jason nickt mir übertrieben deutlich zu. »Das würde ich auch sagen.«

Es verblüfft mich, dass ein Manuskript, das ich ohne einen weiteren Gedanken verworfen habe, so viele Jahre so fest an mir haften bleiben konnte.

»Clarissa ist hier, um sich den Cop zu holen, den sie an Evangeline verloren hat.« Ich spreche schnell, habe ein wenig Angst vor mir selbst. »Sie glaubt, er gehört ihr, aber sie muss erst Lily von der Bildfläche und aus seinem System verschwinden lassen. Richtig?«

»Könnte sein«, sagt Jason.

»O Gott, Jason. Was jetzt?« Meine Hände zittern. Ich fühle mich schwach. Und dabei dachte ich immer, Recycling ist gut für einen.

»Wir brauchen trotzdem den Zauberspruch«, sagt Jason. »Wenn wir sie zurückschicken können, hat ihre Geschichte eine Chance, so zu enden, wie du wolltest, ohne Clarissa.«

Und vielleicht ist das Happy End noch nicht ganz verloren.

Jason zieht die Speisekarte eines chinesischen Lieferdienstes aus einem Stapel und liest die Worte, die ich zwischen Wan-Tan-Suppe und Frühlingsrollen gequetscht habe.

Bis Gott dann selbst Dich weckt zum Leben wieder,
Lebst Du durch meine Lieb' und meine Lieder.

»Das ist gut«, sagte er.

»Das ist Shakespeare«, erwidere ich. Bis zu diesem Tag sind Shakespeare-Zitate oder Songtexte aus den 1980ern meine Art, herumzukritzeln.

»Oh«, sagt Jason. »Okay. Dann was anderes.« In diesem Augenblick liebe ich ihn so sehr, dass ich mich fast betrunken fühle. Obwohl, den leeren Flaschen nach zu urteilen, könnte ich auch tatsächlich betrunken sein.

Wir arbeiten uns durch die Notizen und finden sieben Sprüche, die in Frage kommen. Schließlich konzentriere ich mich auf den, der mir am geeignetsten erscheint, Liebende in eine kalte und trostlose Parallelwelt zu katapultieren.

Fürchte nicht das, was kommt
Feinsliebchen ist böse
Und nun führt es dich
Zu fernen, unbekannten Ufern.

Jason hält mit gezücktem Stift inne und sieht auf.

»Shakespeare war der Meister«, sage ich zu meiner Verteidigung.

»Es ist nicht schlecht.«

»Gut aber auch nicht.«

»Das spielt keine Rolle«, sagt er völlig selbstgewiss. »Es ist der richtige Spruch.«

»Woher weißt du das? Was, wenn es der falsche wäre? Was, wenn es nicht klappt? Wenn es alles nur schlimmer macht? Was, wenn wir alle verschwinden?«

Jason schließt seinen Stift und steckt ihn und sein Notizbuch ein. Er lächelt. »Vertraust du mir?«

Unbedingt und ganz und gar. Was für eine merkwürdige Erfahrung.

»Ja«, sage ich.

»Dann gibt es nur einen Weg, es herauszufinden.«

Ich habe befürchtet, dass er das sagen würde.

Jason steht auf, nimmt mich bei der Hand und zieht mich zur Treppe. Auf dem Weg hinauf zum Gästezimmer machen wir so viel Lärm wie möglich, in der Hoffnung, dass Aidan und Lily uns kommen hören, sich anziehen und an gegenüberliegenden Seiten des Raums Platz nehmen.

Diesmal klopfe ich.

»Hallo da drin.« Ich klinge lächerlich. Jason verbirgt ein Lächeln. Ich boxe ihn in den Oberarm. »Du bist aber auch keine Hilfe.«

»Ja?«, ruft es aus dem Raum.

»Aidan«, sage ich. »Hier ist Sadie. Kann ich reinkommen?«

Von drinnen hört man ein Scharren und Gemurmel.

»Moment noch«, sagt er.

Als er schließlich die Tür öffnet, ist er ein wenig unordentlich, das Haar leicht zerzaust, sein Hemd hängt heraus. Seine Augen strahlen, und seine Lippen sind leicht geschwollen, vermutlich von all den Küssen. Ich erröte, wünsche mir plötzlich, dass meine Fantasie nicht ganz so lebhaft wäre. Lily sitzt hinter ihm auf der Bettkante. Sie hat das orangefarbene Kleid an und fährt sich durch das Haar. Im Gästebadezimmer liegt eine Haarbürste, brandneu und zum Beweis noch plastikverpackt, denn so funktioniert Greta. Ich will Lily schon darauf aufmerksam machen, überlege es mir dann aber anders. Die Situation ist schon peinlich genug.

»Tut mir leid, dass ich störe«, sage ich. Jason taucht neben mir auf und linst ins Zimmer.

»Aidan, das hier ist mein Freund Jason«, stelle ich vor. »Ihr habt euch gestern Abend auf der Spendengala kennengelernt. Er ist Anwalt. Ich dachte, er könnte uns helfen.«

»War er nicht mit deiner Nachbarin dort?« Aidan betrachtet Jason, doch die Frage ist an mich gerichtet.

»Ja, sie waren verabredet.«

»Und jetzt ist er mit dir zusammen?«

»Ja.«

»Du bist kompliziert, Sadie.«

»Erst seit du aufgetaucht bist.«

»Freut mich, Sie wiederzusehen, Aidan«, unterbricht Jason. »Tut mir leid, dass ich vorhin so hereingetrampelt bin.«

»Und das da hinten ist Lily«, sage ich. Sie winkt halbherzig, kämmt sich jedoch weiter mit ihren Fingern die verfilzten roten Locken. Wenn man wissen will, ob jemand gerade Sex hatte, braucht man sich nur die Haare anzusehen. Selbst wenn man es im Stehen gemacht hat, das Haar ist immer zerzaust.

»Und?«, fragt Aidan. Er benimmt sich, als würde ich mich aufdrängen.

»Ich habe einen Zauberspruch gefunden und möchte ihn ausprobieren.«

Lily springt vom Bett auf und kommt zu uns gelaufen.

»Um uns zurückzuschicken?«, fragte sie mit blitzenden Augen.

»Ja.« Ich hoffe es. In Wirklichkeit habe ich keine Ahnung.

Aidan macht die Tür weit auf. »Kommt rein.«

Jason und ich quetschen uns in das kleine Zimmerchen. Es riecht nach Lust und Schweiß, und sofort werden meine Achselhöhlen feucht. Hier sind zu viele Leute. Jason zieht sich in eine Ecke zurück. Lily setzt sich aufs Bett. Aidan sitzt neben ihr. Ich stehe vor ihnen und in der Mitte und komme mir vor, wie sich Professor Marvel, der geheimnisvolle Schausteller und Wahrsager im *Zauberer von Oz* gefühlt haben muss: wie ein Scharlatan.

»Wie gehen wir jetzt vor?«, fragt Aidan.

»Ich weiß nicht. Vielleicht haltet ihr euch bei der Hand, und ich sage den Spruch?«

»Ist das Ihr Ernst?«, fragt Lily.

»Wenn Sie eine bessere Idee haben, nur heraus damit«, sage ich. Sie ist furchtbar angespannt für eine Frau, die gerade mit jemandem im Bett war. Nach ein paar enthaltsamen Monaten würde ich sie lieber gar nicht erst sehen.

»Nein«, sagt sie. »Ich dachte nur, dass es irgendwie ritueller sein würde.«

Bestimmt wäre das gut. Noch besser wäre es sicher, wenn ich einen Zauberstab hätte, einen spitzen Hut oder irgendeine Ahnung, was ich da mache. Doch ich habe nichts davon.

»Nehmt euch bei den Händen«, sage ich. Ich wedle mit den Armen, um sicherzugehen. Ich sehe sicher lächerlich aus. »Fürchte nicht das, was kommt, Feinsliebchen ist böse, und nun führt es dich zu fernen, unbekannten Ufern.«

Ich schließe die Augen und fülle meinen Geist mit zartem lila Rauch. Ich warte. Nichts passiert.

»Das war der Zauberspruch?« Lily starrt mich ungläubig an. »Er klingt, als wäre er von einem Fünftklässler geschrieben.«

»Ich bin kein Shakespeare«, rufe ich.

Jason streicht mir über die Schultern.

»Versuchen wir es noch einmal«, schlägt er vor. »Diesmal sagen Sie die Worte, Aidan.«

Aidan nickt. Ich glaube, er würde ein Gorillakostüm überziehen und im Grand Central Station einen Jig tanzen, wenn ich ihm sagte, dass ihn das von hier fortbringen würde. Die beiden setzen sich wieder aufs Bett und fassen sich bei den Händen.

»Schließt die Augen«, sagt Jason. Er klingt so selbstsicher, so gebieterisch, als wüsste er, was er tut. Ich finde das unglaublich sexy. »Und jetzt sagen Sie den Spruch. Flüstern Sie ihn, und hören Sie erst auf, wenn ich es sage.«

Aidan tut, wie ihm geheißen wird. Ich kann ihn kaum hören, doch ich sehe, wie ihm meine albernen Verse über die Lippen kommen. Er und Lily halten einander so fest, dass die Knöchel weiß werden. Jason beobachtet sie genau. Seine Finger bohren sich in meine Schultern. Er ist nervös.

Ein hellgelbes Licht erfüllt den Raum. Es ist weich und warm, wie konzentrierter Sonnenschein. Der Staub schillert in dieser Glut.

»Nicht aufhören«, wispert Jason. »Machen Sie weiter.«

Die Luft wird dicker. Aidan und Lily kneifen die Augen zu. Jason und ich weichen zurück, bis wir mit dem Rücken zur Wand stehen.

Das Bild ist schwach, schwebt in der Raummitte, als würde es von einem Projektor an der Zimmerdecke dorthingeworfen. Es ist Clarissa, immer noch ganz in Schwarz. Sie hat etwas in den Händen, das nicht ganz zu erkennen ist, und sie lacht, dasselbe schrille Gackern, das wir von ihr im Park gehört haben. Es klingt entsetzlich, und ich hebe instinktiv die Hände an die Ohren.

»Sadie?«, fragt Jason.

Ja. Ich nicke. Das ist Clarissa.

»Wow«, sagt er. In der Tat. *Wow* ist ein Wort dafür.

»Ich weiß, dass sie sich verstecken«, sagt die geisterhafte Clarissa. »Sie glauben, sie können herausfinden, wie sie zurückgelangen können, und dann glücklich bis ans Ende ihrer Tage leben. Wissen sie es denn nicht? Es gibt kein Happy End. Für sie nicht, für niemanden.«

Ich drücke den Rücken so fest an die Wand, dass ich befürchte, ich könnte sie durchbrechen und zwei Stockwerke tief in den Garten fallen.

Aidan und Lily bleiben auf dem Bett, sind sich der Erscheinung im Zimmer gar nicht bewusst.

Clarissa dreht sich langsam über dem Boden. Ich kann nicht sagen, ob sie uns sieht oder ob das ein Einwegspiegel ist.

»Entschuldigung«, sagt Jason ruhig. »Kannst du mich hören?«

»Ja«, sage ich. »Ich stehe gleich hier.«

»Nicht du, Sadie«, sagt er. »Das da.« Er zeigt auf Clarissa. Sie reagiert nicht auf seine Frage, doch sie dreht sich in meine Richtung.

»Es bleibt so wenig Zeit«, sagt sie fast nachdenklich. »Und ich will dabei sein und meinen Preis einfordern, wenn die Zeit verrinnt.« Bei ihren Worten krampft sich mir der Magen zusammen, und Schmerz durchzuckt meine Beine. Clarissa lächelt boshaft, als könnte sie meine Qualen hell und bunt leuchtend im ganzen Raum sehen. Sie tut einen Schritt nach vorn, zum Rand der Projektion, und hält den Gegenstand in ihren Händen hoch.

Es ist ein gebundener Roman. Ich erkenne ihn sofort. Es handelt sich um einen meiner neueren Sadie-Fuller-Liebesromane, über einen Cowboy und ein Mädchen aus der Großstadt, die sich gegen jede Wahrscheinlichkeit ineinander verlieben. Clarissa liebkost das Buch. Es ist, als hätte sie die Hände auf mir. Sie fängt wieder an zu lachen.

Ich falle auf die Knie, und Schwärze umfängt mich.

31. Kapitel

»Sadie. Sadie! Mach die Augen auf.« Jasons Stimme weht zu mir herüber. Es fühlt sich an, als käme sie von weit her. Ich bemühe mich, mich zu konzentrieren, doch mir tut der Kopf weh. Als es mir endlich gelingt, die Augen zu öffnen, sehe ich mich drei Gesichtern gegenüber, die auf mich herunterstarren. Wenigstens eines blickt tief besorgt.

»Was ist passiert?« Ich versuche mich aufzusetzen, doch mir ist schwindelig. Jason zieht mich auf seinen Schoß.

»Erinnerst du dich?«

Die plötzlich in mir aufsteigende Galle zeigt an, dass ich mich tatsächlich erinnere.

»Das Cowboybuch«, flüstere ich. Es ist nicht mein Lieblingsbuch, aber es hat sich gut verkauft. Liebesromanrezensenten haben geschrieben, ich hätte einem Klischee neue Frische eingehaucht. Am liebsten hätte ich jedem von ihnen eine Flasche Sekt geschickt, weil ich mir tief im Innersten Sorgen gemacht hatte, es könnte so frisch sein wie drei Tage altes Katzenstreu.

»Ja«, sagt Jason. Seine Miene ist merkwürdig, teils Schock, teils Belustigung.

»Sie weiß also, wo ich wohne«, sage ich ausdruckslos. »Es steht auf dem Schutzumschlag.« Als sich unsere Pfade beim letzten Mal kreuzten, dachte Clarissa wohl, dass ich noch in New York City wohnte. Sie hat nicht lang gebraucht, um herauszufinden, dass ich umgezogen bin.

»Und Ihr Zauberspruch hat nicht funktioniert«, sagt Lily beleidigt und setzt sich auf ihre Fersen zurück.

»Nun ja«, sagt Jason. »Funktioniert hat er schon. Nur anders, als wir geplant hatten.«

»Aber jetzt wissen wir, dass sie herkommt«, sagt Aidan. Er wirkt völlig fertig, sein Gesicht ist bleich. Wenn ich in ihn hineinschauen könnte, würde ich sehen, wie sein Herz rast, getrieben von ohnmächtiger Angst.

»Sie will das Ende nicht verpassen«, stimme ich zu. »Das ist das Beste.«

»Das ist lächerlich«, heult Lily. »Ich will einfach nach Hause. Ich will auf meiner Couch sitzen und fernsehen, einen Latte trinken, aus dem Fenster schauen und *meine* Wirklichkeit sehen. Ist das zu viel verlangt? Haben Sie noch einen Zauberspruch, den wir ausprobieren könnten?«

Aidan legt tröstend einen Arm um sie. Sie schiebt ihn weg. Ich fange an mich zu fragen, was er in dieser jungen Frau sieht.

»Ich dachte, der wäre es«, sage ich. »Anscheinend entgeht uns irgendetwas. Ein Hinweis. Wir müssen einfach klüger sein.« Und schnell, denn die Hexe ist unterwegs.

Ich versuche aufzustehen, schwanke und stolpere. Jason stützt mich. Ich hakte mich bei ihm unter und halte mich fest. Ein Räuspern lenkt meine Aufmerksamkeit zur Tür. Dort steht Greta, die Hände auf den Hüften. Sie tappt mit einem Lederslipper auf den Boden.

»Greta.« Ich versuche, normal zu lächeln.

»Ich habe ein Geräusch gehört«, sagt sie. »Von draußen.« Es hat wohl einen solchen Schlag gegeben, als ich zu Boden gegangen bin, dass Greta es bis in den Rosengarten hören konnte. »Ist alles in Ordnung?«

»Ja«, sage ich mit einem Lächeln, das wehtut.

Greta schnippt sich ein unsichtbares Stäubchen vom Ärmel. »Ich mache kalten Schinken und Nudelsalat zum Essen«, verkündet sie. Uns ist heiß, wir sind alle mehr oder weniger zerzaust, und im Raum hallen eine ganze Menge unausgesprochener Dialoge. Ich bin mir sicher, dass Greta sich gerade fragt, warum sie vor all den Jahren zu mir gekommen ist. Sie dreht sich um und verlässt wortlos das Zimmer. In zwanzig Minuten wird das Essen fertig und der Tisch gedeckt sein. Es wird Wein geben und Stoffservietten. Und sie wird nicht fragen, was zum Teufel hier los ist. Niemals.

»Hol den Laptop von unten«, sage ich zu Jason. »Komm dann zu uns ins Arbeitszimmer.« Ich halte es keinen Augenblick länger in diesem Gästezimmer aus.

Wir drei gehen in mein Arbeitszimmer. Meine Zuflucht. Es ist hellgrün gestrichen, und an den Wänden hängen verschiedene Werbeposter meiner Bücher. Die Regale quellen über von meinen Lieblingsromanen, denen, ohne die ich nicht leben kann. Ich neige nicht dazu, Bücher ein zweites Mal zu lesen, aber es gefällt mir, die Sicherheit zu haben, es jederzeit tun zu können, wenn ich wollte. Hier bin ich ganz ich selbst, das authentischste Selbst, das ich jemals erreichen werde.

Jason stellt den Laptop auf meinen Tisch. Ich setze mich davor, scrolle durch die Passagen, die ich nicht geschrieben habe, und lese den Abschnitt, in dem Clarissa Aidan den Deal vor dem Restaurant anbietet.

»Ich biete dir einen Deal an«, sagte sie. »Ich gebe dir achtundvierzig Stunden Zeit, deine Lily zu finden und den Zauber zu entdecken, der euch beide hierher zurückbringt. Wenn es dir gelingt, bekommst du deine Lily und dein Leben. Doch wenn du scheiterst, gehörst du für immer mir. Akzeptierst du meine Bedingungen?«

Im Zimmer ist es ganz still. Alle starren mich an.

»Der Zauberspruch«, sagt Aidan schließlich. »Das wissen wir doch schon.«

Aber das ist nicht ganz genau das, was sie sagte. Sie sagte »Zauber«.

»Vielleicht interpretieren wir das falsch«, sage ich.

»Sadie«, meint Jason, »es muss sich um einen Zauberspruch handeln. Das ist die einzige Möglichkeit, das Rätsel zu lösen. Wenn es nur irgendwelche willkürlichen Worte oder Handlungen sind, sind wir erledigt.«

Er hat recht. Ein unlösbares Geheimnis würde es nie an einer guten Lektorin vorbeischaffen. Ich seufze. Das ist noch schlimmer als eine Schreibblockade. Da ergreift Lily das Wort.

»Vielleicht hat Sadie recht«, sagt sie, verschränkt die Arme vor der Brust und pflanzt die Füße breitbeinig auf, als mache sie sich auf einen Schlag gefasst. »Vielleicht hat Zauber etwas anderes zu bedeuten.«

Ihre Stimme ist nicht genau wie die der Frau, der ich damals, in einem anderen Leben, aus der Grand Central Station gefolgt bin. Sie ist etwas höher und auf alle Fälle stählerner. Mein Grand-Central-Mädchen hatte eine melodische Stimme, und ich konnte mir vorstellen, wie sie sie irgendwann in der Zukunft äußerst effektiv einsetzt, um ein weinerliches Baby in den Schlaf zu singen. Die Lily, die vor mir steht, ist ganz und gar im Besitz ihrer Stimme. Sie gehört allein ihr.

Die Regeln besagen, dass sich die Leserin mit der romantischen Heldin identifizieren muss. Die Geschichte gehört nicht dem Helden. Er ist nur das Gefäß, durch das die Heldin ihr volles Potenzial entfalten kann. Im Mittelpunkt steht sie.

Ich habe mich dieser Situation aus Aidans Perspektive genähert, weil er zuerst aufgetaucht ist und weil ich ihn lieber mag. Aber es gibt keinen Zweifel: *Geraubte Geheimnisse* ist Lilys Geschichte, und sie wird mit ihrer Stimme erzählt. Sie ist der Antrieb.

»Lily«, sage ich. »Das mag jetzt komisch klingen, aber Sie müssen uns von sich erzählen.«

»Was?«

»Ihre Vorgeschichte. Vielleicht ist das, wonach wir suchen, irgendwo dort verborgen.« Ja, ich sollte ihre Geschichte in- und auswendig kennen, aber ich fürchte, dass sie sich seit Lilys Ankunft hier bis zur Unkenntlichkeit verändert hat. Wird sich der Zauber, den wir suchen, offenbaren, wenn wir genauer hinsehen? Einen Versuch ist es wert.

»Ich hasse es, über mich zu reden«, sagt sie.

»Bitte«, flehe ich. »Könnten Sie es versuchen?«

»Wenn Sie glauben, dass es etwas bringt.« Das weiß ich zwar nicht, aber mir gehen die Ideen aus.

»Vielleicht«, sage ich.

Achselzuckend erzählt sie ihre Geschichte.

Lily ist im Süden aufgewachsen, in einer einsamen und heruntergekommenen Vorstadt von Memphis. Sie lebte in einem kleinen Farmhaus, das ständig in baufälligem Zustand war. Die Fliegengitter hatten Löcher, die Haustür knarrte laut in ihren Angeln. Im Winter musste sie in ihrer billigen Daunenjacke schlafen, sonst wäre sie Gefahr gelaufen, nachts zu erfrieren. Es gab nie genug Geld für Heizöl. Es gab überhaupt nie genug Geld.

Lily kannte ihren Vater nicht.

»Die Liebe wird dir das Herz brechen, Lily. Heirate nie, wenn du nicht musst.« Das war alles, was ihre Mutter Gloria ihr über ihren Vater erzählte.

Tagsüber arbeitete Gloria in der Sanitärabteilung von Home Depot. Sie kannte sich aus und sah heiß aus in ihrer Uniform, und so befanden sich in der Sanitärabteilung immer jede Menge Kunden. Männer kamen vorbei und kauften ein wenig hiervon oder ein wenig davon, nur um Zeit mit ihr zu verbringen.

Abends arbeitete sie als Kellnerin in einer Bar an einer Ausfallstraße. Sie trug kurze Röcke und tief ausgeschnittene T-Shirts und kam bei den Trinkgeldern recht gut weg. Doch mit dem Verblassen ihrer Schönheit nahmen auch die Trinkgelder ab. Die Zeiten waren hart.

Hin und wieder brachte Gloria einen Mann aus der Bar mit. Kunden aus dem Home Depot brachte sie nie mit. Der Job im Baumarkt war wichtig. Er sorgte für die Krankenversicherung und ein regelmäßiges, wenn auch bescheidenes Einkommen. Das Home Depot war ihre Rettungsleine, ein Umstand, dessen Gloria sich nur allzu bewusst war.

Die Männer aus der Bar rochen nach Whiskey und Zigaretten und verschwanden mit Gloria in ihrem winzigen Schlafzimmer. Lily hörte Kichern und Stöhnen durch die papierdünnen Wände und setzte dann ihre billigen Kopfhörer auf, um die Geräusche auszublenden. Die Musik dröhnte, und sie lag auf dem Bett und erledigte ihre Algebrahausaufgaben oder las im Geschichtsbuch, während ihre Mutter keine drei Meter entfernt mit einem Fremden schlief.

Aber es war okay. Der Kerl, wer er auch war, war am nächsten Morgen immer verschwunden, während Gloria, gekleidet für einen weiteren Tag in der Sanitärabteilung, am Elektroherd stand und Lily zum Frühstück Eier briet.

Gloria akzeptierte ihr Leben, doch Lily sollte es einmal besser haben und ein Leben jenseits von Straßenbars und Baumärkten führen. Sie würde ihre schöne Tochter aus diesem Höllenloch herausholen, egal, was es kostete. Darum achtete sie streng darauf, dass Lily ihre Schulaufgaben machte und rechtzeitig zu Bett ging, und sie zwang Lily, nach der Schule an zahllosen Aktivitäten teilzunehmen, damit sie beschäftigt war und aus Schwierigkeiten herausgehalten wurde. Sie hielt ihr Vorträge über die Gefahren von Jungs, Sex und Drogen. Im Blickpunkt stand die Zukunft. Die Gegenwart war nur ein Trittstein dahin. Glorias einziges Kind sollte aufs College gehen, und wenn es Gloria umbrachte.

Und Lily war ein Naturtalent. Sie war schön, klug und begabt und durchlief die Highschool ohne Probleme, hielt sich an den Rat ihrer Mutter, bekam gute Noten und machte eine gute Figur auf dem baufälligen Tennisplatz, der neben einem städtischen Park lag.

Sie bekam ein Stipendium für die University of Wisconsin und hatte drei Nebenjobs, um sich über Wasser zu halten. Sie aß zweimal am Tag Nudeln, handelte beim Kauf gebrauchter Lehrbücher und ging überallhin zu Fuß, selbst bei Schneetreiben. Nachdem sie ihren Abschluss als eine der Jahrgangsbesten gemacht hatte, ging sie schnurstracks nach New York City und sah nie mehr zurück.

Als Lily aufwuchs, gab Gloria ihr immer zu verstehen, dass Männer nur dazu da waren, um Frauen von ihren Zielen abzulenken.

»Männer kommen daher, schwängern dich und hauen ab«, sagte sie gern. »Dann hast du ein Kind, das du durchbringen musst, und all deine Träume zählen auf einmal nicht mehr.«

Und so bekam Lily ein großes Misstrauen gegenüber Männern und ihren Absichten mit auf den Weg. Sie konzentrierte sich auf ihre Karriere und dachte, dass sich der Erfolg mindestens so gut anfühlte wie Sex und weitaus weniger riskant war. Das erste Mal, dass sie die heißen Finger der Lust berührten, war im Aufzug mit Aidan Hathaway.

32. Kapitel

Wir sitzen um meinen großen Esstisch und hören uns den Schluss von Lilys Geschichte an. Bestimmt sind wir die seltsamste spontane Dinnergesellschaft der Welt, doch auch erfundene Leute müssen essen. Greta hat einen Ventilator in die Ecke gestellt, der die Spitzenränder der Vorhänge in einem ständig wiederkehrenden Schlingenmuster aufwirbelt. Die alte Standuhr in der Ecke zeigt das Verstreichen der Viertelstunden mit scharfen Glockenklängen an. Jede verlorene Viertelstunde fühlt sich an wie ein Schlag ins Gesicht.

Am Anfang von *Geraubte Geheimnisse*, zumindest in den Passagen, die ich geschrieben habe, folgt Lily der Routine der Heldin auf das Kleinste. Sie schien sich an die Regeln eines erotischen Liebesromans zu halten. Als ich sie um ihre Vorgeschichte bat, dachte ich, irgendetwas darin könnte uns auf den Zauber bringen, von dem Clarissa sagt, dass wir ihn brauchen. Doch die Lily, die jetzt neben mir sitzt, ist so anders als die Lily aus dem Buch, dass man ihre Vergangenheit fast neu interpretieren müsste. Eigentlich war sie dazu gedacht, sie verletzlich und für Männer wie Aidan Hathaway empfänglich zu machen, doch in Wirklichkeit hat sie sie widerstandsfähig gemacht. Sie ist stark und bereit, selbst wenn sie noch nicht weiß wozu. Ich habe etwas geschrieben, und Lily hat daraus etwas anderes gemacht.

Erwartungsvoll sieht sie mich an.

»Und? Irgendetwas?«

Ich schüttele den Kopf. »Nein, tut mir leid. Wir sind dem Ganzen nicht näher gekommen.«

Die anderen nehmen das schwer. Wir sind ein verlorenes Grüppchen, ohne Ideen, das nur noch auf das Ende wartet.

Ich will niemanden ansehen, deshalb streiche ich über die Tischdecke. Sie hat meiner Großmutter gehört, die bei meiner Geburt schon tot war, aber ich schätze die Verbindung, die mir die Decke schenkt. Es ist tröstlich zu wissen, was vor mir war. Und in der gegenwärtigen Kultur gibt es nicht viel, was bleibt. Eine Minute kann ein Leben dauern. Alles wird weggeworfen und entsorgt, von den Büchern, die wir lesen, über die Autos, die wir fahren, bis hin zu den Kleidern, die wir tragen.

Sogar die Liebe ist heutzutage ein Wegwerfartikel. Wir behandeln sie schlecht, sie stirbt, wir fangen anderswo neu an. Oder sie zeigt sich gar nicht erst, weil unsere Erwartungen die Realität so weit übersteigen. Wir verbringen zu viel Zeit, in den Liebesgeschichten fiktiver Charaktere zu schwelgen, statt hinzugehen und unsere eigenen zu schaffen.

Glücklich bis ans Ende ihrer Tage. Die Worte hallen in meinem Kopf wider. Natürlich! Nur weil diese Geschichte den Buchseiten entkommen ist, heißt das nicht, dass nun auch die grundlegendsten Regeln des Liebesromans nicht mehr gelten. Ich springe auf.

»Glücklich bis ans Ende ihrer Tage. Die Regeln, so wie Ellen sie festgelegt hat. Nur füreinander Augen haben, und das für immer.« Ich betrachte Aidan und Lily.

»Der Zauber ist die Liebe«, sage ich. »Zu sagen: ›Ich liebe dich‹!«

Mächtiger als jeder Zauberspruch, bindender als die Zeit selbst – die Liebe ist die dynamischste Kraft in unserem Universum. Sie kann sogar dem Tod widerstehen.

»Hat denn niemand hier am Tisch *Sturmhöhe* gelesen?«, frage ich.

Ringsum ertönt defensives Gemurmel.

»Anscheinend nicht. Lily und Aidan, ihr habt euch beide verändert. Clarissas Wette baute darauf, dass ihr euch in dieser Realität begegnet und dann nicht leiden könnt, aber sie hat sich geirrt. Aidan, du kannst eine starke, unabhängige Frau lieben, und Lily, Sie können einen Mann wie ... Aidan lieben, stimmt's?«

»Was heißt das in der Praxis?«, fragt Jason. Männer. Selbst die guten, sie sind in gewissen Situationen immer gleich.

»Eine Liebeserklärung«, sage ich ungeduldig. »Ihr beide macht euch eine, und rums, seid ihr rechtzeitig zum Frühstück zuhause.« Ich lächle. Ich bin stolz auf mich und fühle mich von Kopf bis Fuß gut.

»Wo ist der Haken?«, fragt Aidan.

»Nun ja, es muss euch ernst damit sein.« Falsche Liebeserklärungen wirken keinen Zauber. Ich drehe mich zu Lily, um zu sehen, wie sie die Neuigkeiten aufnimmt. Sie ist kreidebleich, ihre Augen sind groß aufgerissen. Sie schluckt immer wieder, als käme ihr das wenige, was sie hatte essen können, die Kehle hochgekrochen. Mit dieser Reaktion habe ich nicht gerechnet.

»Ist das der einzige Weg?« Die Frage ist an mich gerichtet. Aidan nimmt ihre Hand.

»Das klingt gut, Sadie«, meint er. Er ist aufgeregt. Zum ersten Mal seit seiner Ankunft hier sieht er hoffnungsvoll aus. »Ich glaube, nun wird alles gut.«

Lily lächelt ihn trübe an.

»Sadie!«, schreit Greta aus der Küche. »Bitte kommen Sie mal her.«

Ich teile Aidans Aufregung. Ich glaube, ich habe das Rätsel gelöst.

»Bin gleich wieder da«, sage ich. »Keiner geht irgendwohin.« Ich laufe aus dem Esszimmer in die Küche.

»Was ist los?«, frage ich Greta.

»Nichts.«

Ich halte inne.

»Aber Sie haben mich gerufen.«

»Ja.«

»Und?«

Sie macht eine wirbelnde Bewegung mit den Fingern, um mir zu bedeuten, ich solle mich umdrehen. Als ich das tue, stoße ich mit Lily zusammen, die mir in die Küche gefolgt ist.

»Ich muss mit Ihnen reden«, sagt Lily. Manchmal frage ich mich, ob nicht Greta die wahrhaft magische Person unter uns ist. Sie weiß Dinge. Ich habe keine Ahnung, woher, aber sie weiß sie.

»Klar«, sage ich.

»Ich kann das nicht«, erklärt sie direkt.

»Was denn? Zurückgehen? Natürlich können Sie das. Sie bekommen Ihr Happy End und all das.«

»Nein.« Sie schüttelt den Kopf. »Ich kann Aidan nicht sagen, dass ich ihn liebe.«

»Warum nicht? Sie brauchen keine Angst zu haben. Er liebt Sie so, wie Sie sind. Dieser Mann wird Ihnen nicht das Herz brechen. Das verspreche ich Ihnen.«

»Nein, Sadie«, sagt sie. »Sie hören mir nicht zu.«

Das klingt fast ein wenig nach Allison.

»Okay«, sage ich. »Erklären Sie es mir.« Greta steht hinter mir und studiert ihr Kochbuch, doch ich bin mir ihrer Gegenwart äußerst bewusst. *Sie* hört zu. Ihr entgeht das Wesentliche nicht.

»Ich kann Aidan nicht sagen, dass ich ihn liebe«, erklärt Lily, »weil ich ihn nicht liebe.«

Bei ihren Worten wird mir sofort schwindelig. Ich stütze mich auf die Kücheninsel. So habe ich mir den Fortgang dieser Szene nicht vorgestellt.

»Aber«, sage ich, »das ist doch der Grund, warum Sie existieren, selbst wenn Sie sich ein bisschen verändert haben. Um sich in einen schönen Mann zu verlieben und mit ihm in den Sonnenuntergang zu fahren. In einem tollen Wagen. In schicken Kleidern. Und unpraktischen Schuhen.«

Lily hebt die Hand, damit ich aufhöre. »Das ist Ihr Haus, richtig?«

»Ja.«

»Sie haben es gekauft, Sie haben es bezahlt. Sie arbeiten für sich. Sie entscheiden, was Sie zum Frühstück essen, welche Kleider Sie anziehen. Sie entscheiden, welches Fernsehprogramm Sie ansehen.«

»Nicht immer«, sage ich. »Ich habe eine elfjährige Tochter.«

»Sie wissen, was ich meine.«

Ich blicke zu Boden. Mir gefällt diese Entwicklung nicht.

»Und Sie haben Jason«, sagt sie. »Sie beide reden bestimmt miteinander. Ich wette, Sie lachen miteinander. Bestimmt behandelt er Sie nicht wie eine zarte Pflanze, die immer Gefahr läuft, in der Hitze zu welken.«

Mit zarten Pflanzen haben wir keine Probleme.

»Und als Sie sich von Roger haben scheiden lassen, haben Sie sich bestimmt mit einer Masse Männer verabredet. Sie haben sich verabredet, mit wem Sie wollten. Es war Ihre Entscheidung.«

Ich würde ihr gern erklären, wie schrecklich diese ganze Verabrederei für mich war, aber darum geht es hier nicht.

»Ja«, sage ich. »Zu allem.«

»Nun denn«, sagt Lily und kommt einen Schritt näher. Sogar barfuß überragt sie mich. »Ich will das alles. Ich will über mein eigenes Leben bestimmen. Ich will kein Schmuckstück für irgendeinen superreichen, unglaublich attraktiven Kerl sein.«

»Aber mögen Sie Aidan denn nicht?«, stammele ich. »Er ist nett ... und sieht gut aus ... und so. Ich weiß, dass er jetzt noch oberflächlich auf Sie wirken mag, aber er wird sich ändern, das schwöre ich Ihnen.« So lauten die Regeln.

»Ich mag ihn ja«, sagt sie. »Aber ich liebe ihn nicht.«

Ich sinke neben Greta auf einen Stuhl.

»Probleme«, sagt diese, ohne aufzusehen.

Allerdings. Es hat keinen Sinn, Lily zu bitten, so zu tun als ob. Es würde nicht funktionieren. Vielleicht würde es sogar nach hinten losgehen. Ich lege den Kopf auf die Arme.

»Können Sie mir helfen, es Aidan zu erklären?«, fragt Lily leise.

Nein. Nein. Nein. Nein. Hundertmal Nein.

»Ja«, sage ich.

Lilys Geschichte ist noch nicht vorüber. Ich kann sie mir mit einem kurz gewachsenen Technikfreak vorstellen, der Videospiele entwickelt. Ich kann sie mir mit einem Profisportler vorstellen, der gern im Morgengrauen aufsteht und seine Runden im verlassenen Central Park dreht. Ich kann mir vorstellen, dass sie Kinder bekommt und dann wieder arbeiten geht. Ich kann mir vorstellen, dass sie ganz allein herausfindet, wie schwierig es ist, alles zu bekommen, von dem man glaubt, dass man es will.

Diese Gelegenheiten, sich auszuprobieren, seinen Weg zu finden, zu stolpern, ihn erneut zu finden, sind die Augenblicke, die uns zu dem machen, was wir sind. Genau das wünsche ich mir für meine Tochter: Dass sie kühn genug ist, dahin zu gehen, wohin sie will, dass sie keine Angst hat vor der Welt, die sie umgibt. Ist es fair, dass ich meiner Heldin weniger gönne?

»Sie gehören in ein anderes Buch«, brumme ich. »Sie gehören in die Frauenliteratur. Nicht in eine erotische Liebesgeschichte.« Drüben bei der Frauenliteratur liefen wir natürlich keine Gefahr, dass sich Lily binnen einer Stunde einfach in Luft auflöste. Oder für alle Ewigkeiten in eine andere Dimension verbannt wurde. So etwas passiert in der Frauenliteratur nicht.

»Tut mir leid«, sagt Lily.

»Schon gut.« Dies ist möglicherweise nicht der beste Augenblick, um eine Diskussion über Genreliteratur und Belletristik im Allgemeinen loszutreten. »Wir sollten zurückgehen und sehen, was wir jetzt mit alldem anfangen.«

Ich will schon ins Esszimmer zurückgehen, als Greta mich am Arm packt. Sie kann überraschend fest zupacken, und ich bleibe abrupt stehen.

»Das hier ist ein Haus voll Frauen«, sagt sie nüchtern. »Man kann Platz schaffen.« Bevor ich sie frage, warum sie ausgerechnet jetzt anfängt, in Rätseln zu sprechen, lässt sie mich los und widmet sich wieder dem Studium des *Bœuf bourguignon*. Greta und ich umarmen oder berühren uns nicht, doch nach zehn Jahren verstehe ich ihre Körpersprache perfekt. Ihre Haltung sagt: »Fragen Sie nicht.« Sie sagt: »Gehen Sie weg.«

Also tue ich das. Aber ich kann mich des Gedankens nicht erwehren, dass Greta gerade vorgeschlagen hat, Lily *hierzubehalten*. In unserem Haus. In unserer Wirklichkeit.

33. Kapitel

Als ich K. T. Briggs erfand, musste ich auch eine passende Biographie erfinden. Früher, zu Zeiten, als es noch kein Internet gab, war es keine große Sache, unter einem Pseudonym zu veröffentlichen. Ein kurzer Absatz auf dem Schutzumschlag, mehr war nicht erforderlich. Es konnte so knapp sein wie: »Die Autorin lebt in San Francisco mit ihrem Golden Retriever und einem kleinen grünen Papagei.« Es kam selten vor, dass eine Leserin nachforschte, ob die Autorin tatsächlich mit Hund und Vogel in San Francisco lebte oder ob das ein Trick war und sie in Wirklichkeit mit ihrem Ehemann und vier Kindern in Texas lebte. Ich meine, wen interessiert das?

Aber in einer Welt, die getrieben wird von Social Media, sind die Dinge komplizierter. Eine Website mit einem Foto, auf dem das Gesicht hinter dem Pseudonym zu sehen ist. Eine Facebook-Seite, wo diese Person, die nicht existiert, witzige Dinge über das Nacktsein schreibt. Vielleicht ein Twitter-Feed, wo den Followern die kreative Liebesstellung des Tages geboten wird, beschrieben in weniger als 140 Zeichen. Kurzum, die Person, die bisher nur ein einziger Absatz war, ist auf einmal viel mehr. Sie hat Meinungen. Sie reißt Witze. Sie bleibt zu lange auf und braucht am nächsten Morgen starken Espresso, um wach zu werden. Sie ist ebenso real wie alles andere im digitalen Universum.

Es ist ein wenig, als litte man an einer multiplen Persönlichkeitsstörung, nur dass ich mir dessen bewusst bin.

Als es Zeit wurde, Fotos für K. T. Briggs' Schutzumschlag zu schießen, bat ich den Fotografen, mich aussehen zu lassen, als schriebe ich über Sex. Geben Sie Ihr Bestes für diese coole Lady, die ich erfunden habe und die nun Gesicht und Körper mit mir teilen muss. Bitte. Die Ergebnisse waren spektakulär und sahen mir nicht im Mindesten ähnlich. Ich pflasterte die K.-T.-Briggs-Website voll damit und lasse mich dort gelegentlich blicken, wenn ich eine Aufmunterung brauche. K. T. Briggs lebt allein an der Upper West Side von New York in einem eleganten modernen Apartment. In der Küche stehen glänzende Edelstahlgeräte, die sie nie verwendet, weil sie nicht kocht. Sie hat diverse Liebhaber, die alle attraktiv und erfolgreich sind. In ihrem Schrank reiht sich ein Designermodell ans andere. Sie wird auf Partys eingeladen. Sie geht zur Maniküre. Sie holt nie irgendwelche Wäsche ab, und sie schreibt kecke Bücher. Es besteht kein Zweifel, K. T. Briggs ist einfach super.

Wenn ich über die Folgen nachgedacht hätte, wäre ich die Sache vielleicht ein wenig anders angegangen. Zum Beispiel die Lesereise. Meine Fans erwarten K. T. Briggs, und wenn sie dann mich sehen, erkenne ich die Enttäuschung in ihren Gesichtern. Ich bin ganz und gar nicht das, was sie erwarten. Aber niemand sieht aus wie ihr Bild auf dem Schutzumschlag, die Leserinnen sollten das inzwischen wissen.

Auch wenn es kompliziert sein kann, Tür an Tür mit K. T. Briggs zu leben, liebe ich sie doch von Herzen. In vielerlei Hinsicht hat sie mir das Leben gerettet. Als ich sie erfand, lebte ich immer noch unter der düsteren Wolke eines gebrochenen Herzens. Ich wollte mich unbedingt von meinem Elend befreien, wollte eine wunderbare, dicke Blase um mich herum schaffen und dort für immer allein leben, sicher vor den Grausamkeiten der Welt. Ein imaginäres Leben zu haben, auf das ich zurückkommen konnte, das Leben von K. T. Briggs, war erstaunlich befreiend. Es ging so weit, dass ich schon fand, jeder bräuchte ein Pseudonym, hinter dem er sich verstecken konnte, wenn es Probleme gab.

So, wie es aussieht, will Lily kein imaginäres Leben, zumindest nicht das, das ich ihr zugedacht habe. Sie will ihre Freiheit. Aber ist es meine Aufgabe, ihr die zu geben? Ich bin mir nicht sicher, ob ich so wagemutig bin, in diesem Ausmaß mit den Regeln zu spielen.

Wir kehren ins Esszimmer zurück, wo Aidan und Jason einander demonstrativ ignorieren.

»Sind wir soweit, meine Liebste?«, fragt Aidan und springt auf. »Sollen wir uns bei den Händen halten wie vorhin, als wir es mit dem Zauberspruch probiert haben?« Ich sehe fast, wie ihm unter dem Hemd das Herz aufgeht. Na toll. Ich habe eine romantische Heldin, die eine unabhängige Singlefrau in New York City sein möchte, und einen romantischen Helden, der vor Liebe richtig weich geworden ist. Was für ein Durcheinander.

Lily wirft mir einen Blick zu. Bitte, helfen Sie mir.

»Setzen wir uns doch alle erst mal«, schlage ich vor.

Jason klopft auf seine Uhr. »Es wird Zeit, Sadie«, sagt er, als wir uns setzen.

»Verstehe.« Ich weiß nicht, wie ich es formulieren soll. Ich schließe die Augen und stelle mir eine leere Seite auf meinem geistigen Computer vor. Wie würde ich diese Szene schreiben, wenn ich wüsste, dass ich nichts davon löschen kann?

»Aidan«, beginne ich. »Lily hat dich wirklich gern. Sie findet dich stark und attraktiv und … nett. Aber sie hat das Gefühl, sie kennt dich noch nicht lang genug, um sich gleich auf so etwas wie Liebe einzulassen.«

Ich klinge wie eine Schulpsychologin. Lily tritt mich unter dem Tisch, doch ich ignoriere sie. Ich habe nicht die Absicht, Aidan zu sagen, dass sie sich ziemlich sicher ist, ihn nie lieben zu können.

Jedenfalls habe ich schon genug gesagt. Aidan wirkt äußerst geknickt. Sein Blick wird dunkel. Ich sehe, wie er sich verschließt. Wenn einem so etwas von dem Menschen gesagt wird, den man begehrt, ist das schon schlimm genug, aber wenn es von mir kommt, ist es reine Demütigung.

»Tut mir leid«, wispert Lily. Doch Aidan will sie nicht einmal ansehen. Er ist völlig still.

»Du bist nichts Besonderes«, sagt er schließlich. »Du bist nur eine von vielen. Das ist keine große Sache.«

Mir tut das Herz für ihn weh. Ich will ihn halten, wie ich Allison halte, wenn sie verletzt worden ist, will ihn auf meinen Schoß ziehen, die Arme um ihn legen und ihm sagen, dass alles gut wird. Aber es wird nicht alles gut werden. In zehn Minuten wird Clarissa durch die Tür kommen und uns alle zur Hölle schicken. Ich habe einen großen Fehler gemacht. Schließlich trage ich Verantwortung. Ich habe ein Kind. Panik steigt in mir auf. Jason legt mir eine Hand auf den Oberschenkel und drückt ihn beruhigend.

»Haben wir noch einen Trick in petto?«, fragt er leise. Er will wissen, ob ich Aidan erzählen werde, dass Clarissa ihn in einer anderen Zeit, an einem anderen Ort geliebt hat. Aber ich kann Aidan nicht noch mehr verletzen. Und ich glaube nicht, dass es einen Unterschied macht. Das Ende liegt nicht in unseren Händen.

»Nein«, sage ich.

Wir sitzen um den Esstisch, als hielten wir Wache. Es regt sich kein Lüftchen, der Raum ist erfüllt von unausgesprochenen Emotionen. Mein Wein ist warm, doch ich trinke ihn trotzdem. Er bringt keine Erleichterung; weder beruhigt er meinen Herzschlag noch nimmt er mir das Gefühl, dass sich starke, entschlossene Hände um meinen Hals legen.

»Wissen Sie, was sie tun wird, wenn sie hierherkommt?«, fragt Lily mich. »Glauben Sie, dass es wehtut?«

Sie überrascht mich immer wieder. Möglich, dass sie in ein paar Minuten aufhört zu existieren, doch sie ist nicht aufgelöst, und sie ist nicht bereit, ihre Gefühle zu verleugnen, um zu überleben.

»Ich weiß nicht«, sage ich.

»Ich glaube, dass alles an Clarissa wehtut«, sagt Aidan.

Während die Worte über seine Lippen kommen, höre ich die Haustür aufgehen.

»Sie ist da«, sage ich.

In der Eingangshalle, neben einem frischen Blumenstrauß in der Kristallvase, steht Clarissa. Ihre Augen glitzern, als sie uns sieht.

»Oh, gut«, erklärt sie und schaut zu Aidan. »Ich habe schon befürchtet, ich käme zu spät und würde das Feuerwerk verpassen.« Sie lacht über ihren Witz.

»Was wollen Sie?«, fragt Jason und tritt vor mich hin.

»Nur das, was mir zusteht«, sagt sie, zieht eine Blume aus dem Wasser und steckt sie sich hinters Ohr. In all dem Schwarz sieht die rote Blume schrecklich einsam aus. »Aidan hat meinen Deal akzeptiert und konnte seinen Teil nicht erfüllen. Das ist doch nur gerecht, finden Sie nicht?«

Mir gefällt, dass Jason zwischen Clarissa und mir steht. Es ist beruhigend. Nicht dass ich glaube, er hätte auch nur die geringste Chance, mich zu verteidigen, wenn sie anfängt, mit den Händeln zu wedeln und zu skandieren. Aber es gefällt mir trotzdem.

»Sie haben recht, wissen Sie«, sagt Aidan ausdruckslos. Er tritt einen Schritt auf Clarissa zu. »Lily liebt mich nicht. Ich dachte, sie tut es. Ich war mir sicher. Aber sie liebt mich nicht.«

Ich sehe die Furcht in Lilys Blick, als würde sie jetzt erst erkennen, was für einen hohen Preis sie für ihre Freiheit zahlen muss.

»Ach, du dummer Junge«, sagt Clarissa und öffnet für Aidan die Arme. »Ich hätte dir die Mühe sparen können. Du gehörst mir. Du hast mir immer gehört und wirst es auch immer tun. Nichts kann zwischen uns kommen.«

Bevor er sich in die Umarmung begibt, wirft Aidan uns über die Schulter noch einen Blick zu. Er lächelt mich an und zwinkert mir zu, als wäre ich eingeweiht. Mein Inneres verkrampft sich vor Schmerzen, und ich krümme mich zusammen. Was tut er nur? Lily steht neben mir und zittert von Kopf bis Fuß. Clarissa legt die schwarz gekleideten Arme um Aidan, schließt die Augen und saugt seinen Geruch ein. Sie beginnt zu singen, so leise, dass ich die Worte nicht hören kann.

»Halt sie fest«, sagt Aidan über die Schulter. »Halt Lily fest. Halt sie, Sadie, und lass sie nicht los.«

Clarissa schien kein Wort gehört zu haben. Ich verschränke meinen Arm mit Lilys. Jason tritt an ihre rechte Seite und legt ihr den Arm um die Schultern. Jetzt ist nicht der richtige Zeitpunkt, sich ins Schwert zu stürzen. Wir können Clarissa nicht gewinnen lassen. Doch Aidan tut nur, was ihm bestimmt ist. Er opfert sich für die Liebe. Er macht die ultimative dramatische Geste.

Der Raum füllt sich mit demselben dickflüssigen gelben Licht, das wir zuvor im Gästezimmer gesehen haben. Clarissa nimmt Aidan mit sich zurück, und weiß Gott, was aus Lily werden soll.

Aber das ist zu viel. Das geht nicht. Aidan und Lily sind meine Verantwortung, und ich liebe sie, als wären sie meine Kinder. Ich lasse Lily los und trete einen Schritt vor. Ich weiß nicht, was ich tun werde. Clarissa mit der Vase eins überbraten? Sie verfluchen? Ihr sagen, sie soll mit meinem Buch zur Hölle fahren? Sie ist zu sehr mit Aidan beschäftigt, um meine Annäherung zu bemerken. Jason hingegen fällt meine Bewegung auf.

»Bleib sofort stehen«, zischt er. »Keinen weiteren Schritt mehr. Du hältst Lily. Lass mich das machen.«

»Vergiss es«, sage ich. »Das hier ist meine Sache. Ich muss das Chaos wieder in Ordnung bringen.«

»Ich bin der Mann«, erklärt er.

»Na und?«

Clarissa flüstert Aidan immer noch Dinge ins Ohr. Er schließt die Augen, sein Kopf fällt nach hinten, als wäre er hypnotisiert.

»Das sind meine Regeln«, erklärt Jason. »Ich muss dich beschützen.«

»Mir geht es bestens«, brumme ich. Das ist offensichtlich nicht wahr. Ich stehe erstarrt auf der Stelle und habe keine Ahnung, was als Nächstes kommt. Wenn ich diese Szene schreiben würde, wäre jetzt der Augenblick gekommen, wo ich eine Pause machen und Kaffee kochen würde. »Scheiße.«

»Geh zurück«, verlangt Jason.

»Sadie«, drängt Lily, »hören Sie auf ihn.«

»Nein«, sage ich. Aidans Kopf kippt vornüber. Sein Mund hängt offen. All seine männliche Kraft ist dahin. Er ist wie ein leerer Sack.

Ich kann eine Menge Kritik vertragen. Ich halte es aus,

wenn ein Lektor meine Geschichte völlig auseinandernimmt, denn dazu habe ich mich bereit erklärt, als ich den Vertrag unterschrieben habe. Aber ich kann nicht erlauben, dass irgendeine halbgare Figur mit riesigen Minderwertigkeitsproblemen meine Geschichte in eine Richtung verschiebt, die so nie vorgesehen war. Man kann sich nicht alles gefallen lassen.

Ich eile nach vorn, packe die Vase.

»Nein«, schreit Jason. »Sadie, ich liebe dich, verdammt! Bleib stehen!«

Seine Worte treffen mich wie der Blitz. Ich stolpere, so machtvoll sind sie. Doch ich habe noch Schwung. Ich falle gegen Aidan und halte mich an seinem Hemd fest. Die Aura, die Clarissa um die beiden gesponnen hat, ist hypnotisch. Es ist, als rutschte man bis zum Kinn in ein warmes Bad. Mein Herz beruhigt sich umgehend.

Doch genauso schnell ist die Aura verschwunden.

»Was hat er gesagt?«, fragt Clarissa. In ihrer Miene malt sich reines Entsetzen. Sie starrt Jason an.

»Ich habe gesagt, dass ich Sadie liebe«, wiederholt Jason. »Ich liebe sie. Ich liebe sie wirklich. Ich würde für sie bis zum Ende der Welt reisen und wieder zurück. Ich würde einfach *alles* für sie tun.«

Oh, diese Worte!

Darauf folgt ein markerschütternder Schrei, hoch und entsetzlich. Im ersten Augenblick habe ich keine Ahnung, woher er kommt. Von mir? Lily? Hat Greta entdeckt, dass ihr für ihren Rinderschmorbraten noch eine Zutat fehlt?

Doch der Schrei kommt von Clarissa. Sie gibt Aidan frei, presst sich die Hände an die Ohren und kreischt.

»Was, zum Teufel, ist los?«, ruft Jason über den Lärm hinweg. Aidan weicht vor Clarissa zurück. Sie beginnt sich zu winden, als hätte sie einen Anfall, dreht und krümmt sich vor unseren Augen.

Und sie verblasst. Ihre Ränder verschwimmen und schmelzen. Sie sieht aus, wie alles für mich aussieht, wenn ich die Kontaktlinsen herausnehme. Gerade lange genug hört sie auf zu schreien, um die neue Sachlage zu erkennen. Sie streicht sich über die Arme. Ist sie noch da? Ihr Blick richtet sich auf mich. Ihre Augen sind wie kleine rot glühende Kohlen. Ich schaudere zurück. Sie ist ein schrecklicher Anblick.

»Du nimmst dir alles«, heult Clarissa. »Das hätte ein Kinderspiel sein sollen. Aidan hat mir gehört. Er ist endlich zu mir zurückgekommen, und du musstest alles mit deinem Zauber zerstören!«

Mit meinem Zauber? Wovon spricht sie? Sie fängt an, Feuer zu sprühen wie eine Wunderkerze, spuckt ringsum Funken. Es riecht verkohlt.

Jason ist neben mir. Ich lehne mich an ihn. Es ist wie ein Unfall am Straßenrand: Man muss anhalten und gaffen, auch wenn man das eigentlich gar nicht will.

In Gedanken sehe ich jene Schachtel vor mir, in die ich vor vielen Jahren mein Herz gepackt habe. Sie ist staubig und zeigt Alterserscheinungen. Vorsichtig hebe ich sie auf. Sie ist leichter, als ich erwartet hätte. Ich stecke einen Finger unter die Klappe, mit der die Schachtel verschlossen ist, und stemme sie auf. Sie ist leer, denn mein Herz schlägt fest und gleichmäßig in meiner Brust.

»Ich liebe dich auch«, sage ich zu Jason. Meine Magie ist die Liebe. Ich muss sie herauslassen, fließen lassen, und darf mich nicht vor den Konsequenzen fürchten. Ohne Risiko keine Freude. Und plötzlich wird mir klar, dass es nicht um Aidan, Lily und ihre Geschichte geht, nein, es ist meine Geschichte.

Clarissa machte das Ergebnis des Deals mit Aidan von mir abhängig, weil sie dachte, dass ich die sicherste Bank war. Es war beinahe narrensicher. Ich würde den Zauber nie verstehen. Ich glaube, ich könnte in Ohnmacht fallen.

»O Gott!« Lily ist Aidan in die Arme gesprungen. Er hält sie ganz fest. Sie starren auf den Fleck, der Clarissa ist. »Was ist passiert?«

»Der Zauberspruch!«, ruft Aidan über den Lärm hinweg. »Sie hat ihr Leben darauf verwettet, dass sie gewinnt.«

Ich schließe die Augen, vor meinem inneren Auge das Bild der brennenden Hexe. Plötzlich ertönt hinter mir ein lautes Röhren. Greta marschiert mit einem riesigen Feuerlöscher den Flur entlang.

»Das ist ein altes Haus, Sadie. Da müssen wir vorsichtig sein.« Damit richtet sie die Düse auf Clarissa und legt los.

34. Kapitel

Wir stehen alle um das Häuflein schwarzen Staub. Niemand sagt ein Wort. Greta ist in die Küche zurückgekehrt und brummt etwas von Fahrlässigkeit und altem Holz in sich hinein.

»Ist sie weg?«, fragt Lily zögernd. Jason steckt einen Zeh in den Staub.

»Ich glaube schon«, sagt er. Ich muss mir sein Gesicht erst noch genauer ansehen. Zeigt sich darauf schierer Unglauben? Und wenn ja, was hat das für uns zu bedeuten? Er hält meine Hand. Ich drücke seine. Er erwidert den Druck. Das betrachte ich als gutes Zeichen, zumindest fürs Erste.

»Ich dachte, ich würde sterben«, sagt Lily. »Ich habe mich aufs Sterben gefasst gemacht. Aber ich bin nicht tot. Oder?«

Ich schüttele den Kopf. Nein. Sie sind nicht tot. Aber sie sind immer noch hier. Aidan, der bisher keinen Ton gesagt hat, meldet sich endlich zu Wort.

»Wir haben ein Problem.«

»Ja«, sage ich. »Wir haben eine Menge Probleme, aber wenigstens können wir die Hexe von der Liste streichen, oder?«

»Nein, Sadie«, sagt er. »Wir haben ein echtes Problem.« Er hebt die Hand, mit gestreckten Fingern, die Handfläche sieht zu mir. Ich kann beinahe durch ihn hindurchsehen. Er verblasst. Genau wie Lily neben ihm.

»Nein, nein, nein!«, kreische ich. »Das ist nicht fair.«

Zum ersten Mal in zwei Tagen bin ich fuchsteufelswild.

»Nichts von alledem hätte passieren dürfen!«, schreie ich. »*Geraubte Geheimnisse* handelte davon, wie sich diese beiden ineinander verlieben. Hexen, Zaubersprüche, Magie und willkürliches Verschwinden in Parallelwelten waren überhaupt nicht vorgesehen.«

Ich fühle mich verraten, kann aber nicht sagen, von wem eigentlich.

»Dann mach das daraus, was du willst«, sagt Jason einigermaßen dringlich. »Tu es. Schreib es. Jetzt sofort.«

Jetzt schreiben. Die Geschichte dahin lenken, wo ich sie haben will. Alle glücklich machen. Mit einem Happy End aufhören. Ich nehme Jason bei den Schultern und schüttele ihn.

»Hol meinen Laptop und komm hoch«, sage ich. »Aidan und Lily, verschwindet nicht, noch nicht. Bitte.«

Ich rase in mein Arbeitszimmer und werfe alles von meinem Schreibtisch zu Boden. Dann ziehe ich den Bürosessel heran, atme ein paarmal tief durch. Ich blicke aus dem Fenster in die Dunkelheit draußen. Jason kommt keuchend herein und stellt den Laptop vor mir ab. Die Maschine ist kalt und tot. Ich suche in der obersten Schreibtischschublade nach dem Stromkabel und schließe den Laptop an.

Einen Augenblick lang glaube ich, dass nichts passieren wird, doch als das Gerät zum Leben erwacht und der fröhliche kleine Apfel ins Blickfeld tanzt, hätte ich es am liebsten geküsst. Oh, was habe ich dich die letzten zwei Tage vermisst! Ich habe dir so viel zu erzählen.

Ich klicke auf das Icon für das Manuskript von *Geraubte Geheimnisse.* Die Datei wird geöffnet. Die Wortzahl steht genau da, wo ich aufgehört habe, als ich vor zwei Tagen zu Bett gegangen bin. Von Clarissa ist auf den Seiten nichts übrig.

Ich habe im Leben schon einige Dummheiten begangen. Viele Dummheiten, um genau zu sein, aber so dumm, einen ganzen Roman in einer einzigen Sitzung schreiben zu wollen, war ich noch nie. Doch meine Charaktere verblassen vor meinen Augen, und wenn ich sie nicht auf die Seite zurückbekomme, wenn ich sie nicht dort konserviere, könnte ich sie für immer verlieren. Und man empfindet sehr reale Schmerzen, wenn man einen Charakter verliert, den man liebt.

»Was brauchst du, Sadie?«, fragt Jason, als ich die Finger auf die Tastatur lege.

»Bleib einfach bei mir, okay?« Sei meine Muse.

»Natürlich«, sagt er.

»Aber du darfst nicht reden. Das lenkt mich ab.«

Er lacht und nimmt sich ein Vorausexemplar meines neuesten Romans, der in vier Wochen in die Läden kommen soll, aus einem Karton. Dann legt er sich auf die Couch und beginnt zu lesen, als hätte er das schon tausendmal gemacht. Ich fange an zu tippen.

Aidan Hathaway saß auf der breiten schwarzen Ledercouch und hatte die Füße hochgelegt. Sie hatten entschieden, sich hier in seinem Büro zu treffen, auf neutralem Boden, da es ihnen die Sache vielleicht erleichterte. Er erinnerte sich daran, dass er bereits wusste, was Lily ihm sagen wollte. Er spürte es auch. Es war nicht zu leugnen.

Sie hatten es versucht, doch am Ende war körperliche Lust einfach nicht genug gewesen. Sie liebten sich nicht, und das war die kalte, harte Wahrheit. Doch es war in Ordnung, denn es beruhte auf Gegenseitigkeit. Niemand würde mit gebrochenem Herzen zurückbleiben, wenn sie beide die Niederlage eingestanden.

Es hatte begonnen, als Aidan sich mit seiner besten Kindheitsfreundin Erin getroffen hatte. Erin war fröhlich und frech, klein und rund und klüger als beinahe alle, die Aidan je getroffen hatte. Sie kannten sich seit der Grundschule, und ihre Freundschaft war vor Kurzem wieder aufgeblüht, da Aidan mit normalen Leuten immer weniger zu tun hatte. Erin arbeitete als Staatsanwältin für die Stadt New York, und die Geschichten, die sie ihm erzählte, waren kleine Geschenke, voll Drama und Verrücktheiten. Er konnte ihr stundenlang zuhören. Auch die ganze Nacht lang, wie er es oft tat.

Was Teil des Problems mit Lily darstellte. Wenn er mit Lily zusammen war, stellte er fest, dass er Erin vermisste. Zuerst tat er es als völlig angemessenes Gefühl ab, das man einer guten, verlässlichen Freundin einfach entgegenbrachte, nach einer Weile musste er es aber doch näher unter die Lupe nehmen.

Er glaubte, dass er Erin lieben könnte. Er glaubte, dass er vielleicht doch in seine beste Freundin verliebt war.

Aidan war in Gedanken versunken, als Lily leise an seine Bürotür klopfte. Seine Sekretärin war längst weg, das Summen der Klimaanlage war das einzige Geräusch.

»Herein«, sagte er.

Lily lächelte ihn zögernd an. Er konnte sie nie ansehen, ohne dass ihm die Luft wegblieb, so schön war sie. Heute fielen ihr die rotblonden Locken offen auf die Schultern, und ihr leuchtend lila Kleid schmiegte sich an ihre Kurven, genau wie in den letzten Monaten. Er würde sie im Bett vermissen, würde es vermissen, ihr über die weiche, helle Haut zu streichen und sie vor Lust stöhnen zu hören. Aber das war nicht genug, und sie wussten es beide. Er war fast stolz auf sie, dass sie die Initiative ergriffen hatte, da er dazu nicht in der Lage gewesen war.

»Du siehst müde aus«, sagte sie, setzte sich zu ihm auf die Couch und strich ihm über die raue Wange.

»Langer Tag«, sagte er. »Irgendein Unsinn in China.«

»Natürlich. Aber wenn jemand damit fertigwerden kann, dann du.«

»Danke, Lily.« Er legte ihr einen Arm über die Schultern.

»Du weißt, weswegen ich hier bin.« Es war keine Frage.

Er nickte.

»Wir haben es versucht«, fuhr sie fort. »Wirklich. Und wir hatten Spaß. Ich weiß zwar, dass Exgeliebte meist keine Freunde sein können, aber bei uns empfinde ich anders. Ich glaube, wir könnten es versuchen. Was meinst du, Aidan?«

»Oh, Lily.« Er nahm sie in die Arme und küsste sie. Es war ein langer, süßer Kuss, und er sagte ihr alles, was er nicht aussprechen konnte. Er liebte sie. Sie würde immer Teil seines Lebens sein. Sie würden es beide schaffen. Nur nicht zusammen.

»Ja«, sagte er und löste sich schließlich von ihr. »Wir können es versuchen.« Er spürte, wie sie sich in seinen Armen entspannte. Durch seine Quellen wusste er, dass sie niemand anderen hatte, aber das wäre nicht von Dauer. Eine Frau, die so schön war wie Lily, war nur aus freien Stücken allein.

Am Ende hatten sie einfach unterschiedliche Dinge gewollt. Er wünschte sich jemanden, der ihn so gut verstand, dass er gar nichts mehr erklären musste. Er wollte eine Frau, die ihn um seinetwillen liebte, nicht wegen der Dinge, die er zu bieten hatte. Er wollte Erin.

»Sie ist hier, weißt du?«, sagte Lily und rückte von ihm ab. Konnte sie Gedanken lesen?

»Wer?«

»Du weißt schon«, sagte sie mit einem spröden Lächeln. »Und

es ist in Ordnung. Sie liebt dich, sie liebt dich wirklich. Sie würde alles für dich tun. Und ich glaube, dir geht es genauso. Nicht?«

Aidan nickte beinahe unmerklich. Sein Herz raste. War das alles wirklich real? Morgen sollte er nach Hongkong reisen. Konnte er das überhaupt, wenn in seinem Leben alles drunter und drüber ging? Er würde mit Erin darüber sprechen.

Lily stand auf und strich sich unsichtbare Falten aus dem Kleid. Sie zog einen Stiletto aus, wackelte mit den Zehen und zog ihn wieder an. Dann nahm sie ihre lederne Aktentasche, die er ihr in besseren Zeiten geschenkt hatte, und lächelte. Es war kein niedergeschlagenes Lächeln. Es war warm und offen, und es gab ihm Erlaubnis, mit jemand anderem glücklich zu werden. Mit Erin glücklich zu werden.

»Danke, Lily«, sagte er und erhob sich.

»Wiedersehen, Aidan.« Ohne sich noch einmal umzudrehen, ging sie aus der offenen Bürotür. Das Letzte, was Aidan von Lily Dell sah, war jener Stiletto, als sie um die Ecke bog und verschwand.

Erin hat einmal gesagt, dass sich die Liebe einen Weg bahnt. Es mag schwierig sein, es mag Überraschungen geben, aber die Liebe bahnt sich einen Weg.

Und vorerst musste er ihr zustimmen.

Ich klappe den Laptop zu. Atme tief durch. Ich habe alle Regeln gebrochen.

35. Kapitel

Es ist 6 Uhr morgens. Die Sonne klettert gerade über den Horizont. Mein Schreibtisch ist übersät mit kleinen Espressotassen, die mir im Stundentakt von Greta serviert wurden. Meine Hände zittern, und wenn ich in den Spiegel sehe, werden meine Augen bestimmt Feuerrädern gleichen. Aber ich habe es geschafft. Ich habe ihnen ein Ende gegeben.

Jason schnarcht auf der Couch, den Kopf irgendwie verdreht. Ich hatte ihm gesagt, er solle ins Bett gehen. Doch er hat sich geweigert.

»Ich bleibe hier bei dir«, sagte er. Wenn ich anfinge zu verschwinden, wollte er gleich zur Stelle sein und mich festhalten.

Es ist kalt geworden, die Hitzewelle ist vorbei. Ich lege mir ein Wolltuch um die Schultern und stehe leise vom Schreibtisch auf. Vom stundenlangen Sitzen in derselben Position tut mir alles weh. Ich knirsche und knacke, als ich mich zur Decke strecke. Auf Zehenspitzen tappe ich den Flur zum Gästezimmer hinunter, wohin sich Aidan und Lily zurückgezogen haben. Ich habe ihnen gesagt, ich wüsste nicht, was passieren würde, dass ich aber die beste Magie verwenden würde, über die ich verfügte: meine Liebe zur Sprache. Vorsichtig drücke ich die geschlossene Tür auf. Der Raum ist in weiches Morgenlicht getaucht, die Art, die auch die trostloseste Szene schön wirken lässt.

Lily liegt auf dem Bett, das rote Haar auf dem weißen Kissen ausgebreitet. Sie liegt auf der Seite, die beiden Hände hat sie unter dem Kinn. Wie ein Engel sieht sie aus, friedlich und ruhig.

Sie ist auch voll ausgeformt. Es gibt keine verschwommenen Flecke, keine ausgefransten Kanten. Und Aidan ist schlicht verschwunden. Die einzige Spur, die er hinterlassen hat, ist der Eindruck seines Kopfes auf dem Kissen neben Lily.

Ich werde nie erfahren, ob sie zugesehen hat, wie er verblasste, oder was sie zueinander sagten, als ihre Verbindung für immer getrennt wurde. Vielleicht haben sie gar nichts gesagt. Vielleicht haben sie geschlafen und das Ganze hat sich wie ein Traum angefühlt.

Greta taucht hinter mir auf, ein leichtes Lächeln auf den Lippen.

»Wird das ihr Zimmer?«, wispert sie.

»Fürs Erste.«

Greta legt mir eine Hand auf die Schulter. Die Berührung lässt mich zusammenfahren. »Sie erinnert mich an Sie, als wir uns zum ersten Mal begegnet sind«, sagt sie. »Dinge geschehen, aber man hält nicht inne. Man geht nicht um sie herum. Man geht durch die Schwierigkeiten hindurch. Daraus können wir alle lernen.«

Mir steigen die Tränen in die Augen. Ich bin erschöpft und überwältigt, aber ruhiger, als ich seit vielen Jahren gewesen bin. Greta verschwindet so leise, wie sie gekommen ist.

Die Liebe existiert. Sie kommt in Gestalt von Allison und Roger und Jason und Aidan und Lily. Sie kommt in Gestalt von Greta und meiner Agentin Liz und Ellen, meinem regelbesessenen Fan. Sie kommt in Gestalt meiner Leserinnen und der Freundinnen, mit denen ich mich zum Kaffee treffe. Sie kommt in Gestalt der Mütter auf dem Schulhof. Sie kommt in Gestalt der Seiten, die ich zu meinem Glück schreiben kann, wenn ich allein bin. Ich bin umgeben von Liebe, aber bis jetzt habe ich nicht erkannt, dass sie alles ist, was ich brauche, um die verschiedenen Seiten meiner selbst zusammenzuhalten. Sie lässt mich ganz werden.

Die Liebe ist schwierig, sie hat mich ganz gewiss überrascht, aber sie hat ihren Weg zu mir gefunden.

36. Kapitel

Zwölf Wochen später

Ich sitze an meinem Schreibtisch und starre ins Leere. Der Duft frisch gemähten Rasens dringt durchs Fenster und kitzelt mich in der Nase. Auf dem Bildschirm meines brandneuen Laptops habe ich eine E-Mail von Ellen. Mein letztes Buch hat ihr gefallen. Sie glaubt, dass ich es vielleicht endlich kapiert habe.

Danke, dass Sie mir treu geblieben sind, schreibe ich zurück. Das weiß ich sehr zu schätzen.

Ich erzähle ihr nicht, dass sie mich gleich wieder hassen wird, wenn sie *Geraubte Geheimnisse* gelesen hat. Aber das ist schon okay. Mir gefällt es. Bis jetzt könnte es mein Lieblingsbuch sein.

Allison sitzt auf dem kleinen Sofa und liest den jüngsten Heißer-Teenager-Vampir-Bestseller. Sie kaut an ihren Fingernägeln und dreht eine Haarsträhne auf eine Art, die mich an Aidan Hathaway erinnert. Aber sie sitzt freiwillig bei mir im Arbeitszimmer, daher erwähne ich die Korrelation von Haarzwirbeln und kahlen Stellen lieber nicht. Ich genieße ihre Anwesenheit. Unten wird lautstark mit Töpfen und Pfannen herumgedonnert.

»Mom, wann hören sie wohl damit auf?«, fragt Allison.

»Wahrscheinlich nie. Greta ist knallhart, Liebes.«

Als sie erfuhr, dass sie bleiben würde, sprang Lily fest entschlossen in diese Realität. Sie ging sogar so weit, Greta zu bitten, ihr das Kochen beizubringen. Nicht etwa Rührei auf Toast, nein, richtiges Essen. Greta, hocherfreut darüber, eine enthusiastische Schülerin unterrichten zu können, lässt Lily nun Rippenstücke zum Dinner schmoren. Es ist eine stürmische Beziehung, zumindest von Gretas Seite. Sie ist keine sehr geduldige Lehrmeisterin, vor allem, wenn Gefahr besteht, dass ihre Schülerin ein vollkommen unschuldiges Stück Fleisch verdirbt. Lily nimmt die Schimpfkanonaden mit Humor. Man kommt gut mit ihr aus. Und wirklich, wenn ich mit den Babys angefangen hätte, bevor ich Ende dreißig war, hätte ich eine Tochter in Lilys Alter haben können, also ist es nicht ganz merkwürdig, sie unter meinem Dach zu haben. Wir sind ein Haus voller Frauen.

Bald wird Jason kommen. Er ist immer eingeladen, wenn Greta und Lily den Tag in der Küche verbracht haben. Er wird mit gelöster Krawatte und aufgerollten Hemdsärmeln auftauchen und mich leidenschaftlich küssen, wenn er glaubt, dass keiner hinschaut.

Wir gehen jetzt aus, nur wir beide. Es ist schön, in einem dunklen Kino Händchen zu halten oder hinten im Eck eines Restaurants an einem Zweiertisch zu sitzen. Jeden Tag telefonieren wir. Wenn ich etwas Komisches höre, rufe ich ihn an und erzähle es ihm. Ich hatte all die kleinen Dinge vergessen, die eine Beziehung so süß machen. Wir geben uns keine Mühe, herauszufinden, was die Zukunft für uns bereithält, denn die Zukunft passiert ohnehin.

Wenn Allison dann zu Bett gegangen ist und ich eine Wortzahl erreicht habe, mit der ich leben kann, schleicht er sich oft durch die Hintertür herein und verbringt die Nacht mit mir. Aber gleichgültig, was sonst auch passiert, die Freitagvormittage lassen wir nie aus, denn nur ein Dummkopf würde mit voller Absicht eine wirklich gute Sache abschaffen.

Über die Ereignisse vor drei Monaten müssen wir erst noch reden. Ich bezeichne es als »die Hitzewelle«, und jeder weiß, dass alle ein wenig verrückt werden in einer Hitzewelle. Jason lächelt immer, wenn ich darauf zu sprechen komme, aber manchmal frage ich mich schon, ob das alles wirklich passiert ist. Vielleicht bin ich einfach mit meinem Bürosessel umgekippt und habe mir den Kopf an einem Regal oder so gestoßen. Oder war es ein Traum? Doch dann sehe ich Lily, und die Grenze zwischen Realität und Fantasie verschwimmt. Ich springe an einem Schnürsenkel ins Leere. Es könnte alles gut gehen, aber man weiß es nicht.

Mein Handy klingelt.

»Hallo?«

»Liz hier, Liebes«, sagt meine Agentin. »Wie geht's? Ich habe seit mindestens einer Woche nichts mehr von dir gehört. Woran arbeitest du derzeit?«

Ich will es nicht sagen, aber ich kann Liz einfach nicht anlügen.

»Fantasy«, sage ich leise. Vielleicht hört sie mich nicht.

»Du hast jetzt eben *nicht* Fantasy gesagt, Sadie.«

»Doch. Erinnerst du dich an den Versuch mit den Hexen? Clarissa und Evangeline?«

»Nein«, sagt sie ein wenig hitzig, »du hast mir das nämlich nie gezeigt. Du hast behauptet, es wäre Mist und sollte nie irgendwo hergezeigt werden. Warum also jetzt?«

Weil ich Clarissa ihre eigene Geschichte verweigert habe, hat sie sich in eine andere gedrängt. Sie wollte einen Abschluss. Wollen wir das nicht alle? Und so, wie ich es sehe, kann es immer wieder passieren. Wer sagt mir denn, dass nicht als Nächstes

Evangeline irgendwo hereinschneit, um sich an Clarissa zu rächen? Ich kann das nicht zulassen. Es wäre ein schönes Chaos.

In Wirklichkeit will ich mich nur absichern. Wenn ich ihnen ihr eigenes Buch gebe, lassen sie mich vielleicht in Ruhe. Außerdem, nachdem ich jetzt ja zu wissen glaube, wie es endet, beschere ich ihnen ein Happy End. Es wird schockierend sein.

»Weil ich jetzt bereit dazu bin.«

»Schön, Liebes. Spiel herum, so viel du willst, wenn es dich glücklich macht.«

Ich würde nicht sagen, dass es mich glücklich macht. Trotz der jüngsten Ereignisse bin ich keine tolle Fantasy-Autorin. Aber ich bin meiner Hexe etwas schuldig. Seit drei Monaten habe ich kein Xanax mehr genommen. Ich fühle mich bemerkenswert ruhig. Nicht mal an meinen Nägeln habe ich herumgekaut, als ich auf das Feedback meines Verlags zu *Geraubte Geheimnisse* gewartet habe. Es ist wirklich merkwürdig, und ich weiß nicht, ob irgendetwas davon ohne Clarissa passiert wäre.

»Vielleicht«, sage ich, »gewissermaßen.«

»Nun, da bin ich froh, aber deswegen rufe ich nicht an. Reden wir über *Geraubte Geheimnisse*.«

Sie fanden es schrecklich.

»Sie fanden es toll! Es ist ein wenig anders als deine sonstigen Romane, aber es hat anscheinend einen Nerv getroffen. Sie wollen eine Fortsetzung. Kannst du das für mich machen, Liebes? Ich habe gesagt, dass du dafür mindestens drei Monate brauchst.«

Hat sie gerade Fortsetzung gesagt?

Du liebe Güte.

– Ende –

Danksagung

Wie immer geht mein Dank an meine Agentin Leigh Feldman. Ohne Leigh würde nichts laufen, und ich bin ihr jeden Tag dankbar. Außerdem ist sie ein lustiger Mensch, und das ist wichtig. Ein großes Dankeschön auch an meine Lektorin Heather Lazare, die diesem Buch genau die Form verliehen hat, die es bekommen sollte, und dafür, dass sie es noch vor der Unterbrechung durch Mutter Natur zu Ende brachte. Ich glaube, das ist gemeint, wenn man etwas als Teamarbeit bezeichnet.

Ich weiß, ich habe es schon öfter gesagt, aber ich verdanke meiner Familie einfach alles. Danke also an meine Kinder, dass sie so muntere und neugierige und gute kleine Menschen sind. In meinem Sohn habe ich endlich einen Leser gefunden, der ebenso unersättlich ist wie ich. Es wärmt mir das Herz und leert mir das Konto. Alle Honorare von *Ein Held für alle Tage* werden darauf verwendet werden, ihn mit noch mehr Büchern zu versorgen. Und natürlich vielen Dank an Mike, der es immer noch cool findet, mit einer Autorin verheiratet zu sein, und danke, dass er nie die Augen rollt, wenn ich sage: »Ich habe eine *großartige* Idee!« Herzlicher Dank geht ebenfalls an meine Schwiegereltern Bob und Becky McMullen, die auch in großer Not immer wieder für mich einspringen.

Und nicht zuletzt möchte ich mich bei meinen Leserinnen und Lesern bedanken. Ich bin jedem Einzelnen von Ihnen dankbar, und wenn ich Ihnen helfen kann, der Wirklichkeit nur für ein Weilchen zu entfliehen, dann betrachte ich meinen Einsatz als erfolgreich. Viel Spaß bei der Lektüre.